THORN (LORDS OF CARNAGE MC 5)

DAPHNE LOVELING

THORN

Lords of Carnage MC

Daphne Loveling

Übersetzt von Stefanie Andres
www.translatebooks.com

Umschlaggestaltung: Coverlüv
Titelbild: MRBIG_Photography/iStockphoto.com

Die Originalausgabe erschien 2018 unter dem Titel *Thorn: Lords of Carnage MC*

ISBN: 9798373183390

Autor: Daphne Loveling
P.O. Box 40243
St. Paul, MN 55104 USA
daphne@daphneloveling.com

1

ISABEL

I zzy, komm schon!", kreischt meine beste Freundin Deb.

„Oh Mann, ich beeile mich ja!", erwidere ich und versuche währenddessen, auf diesen abartig hohen High Heels, die ich mir von ihr geliehen habe, nicht zu sehr zu wackeln.

Der Hintereingang, auf den wir zusteuern, sieht definitiv nicht so aus, als wäre er für Kunden gedacht, doch der schwach beleuchtete Parkplatz des Lokals war voll, und so musste Deb ganz hinten neben einem Müllcontainer parken. Wir haben unsere Mäntel gegen die kühlen Temperaturen im frühen November nicht an, und in der Tür klemmt ein Pflasterstein, um sie offenzuhalten, also steuert Deb natürlich sofort darauf zu, um so schnell wie möglich hineinzukommen.

Ich werfe einen letzten Blick zurück auf den Parkplatz, um mich zu vergewissern, dass uns niemand beobachtet oder verfolgt. Beruhigt schlüpfe ich hinter meiner Freundin durch die schwere Stahltür.

Buzzy's Roadhouse liegt ein paar Kilometer außerhalb

der Stadtgrenze. Ich war noch nie hier, aber Deb meinte, sie wäre einmal mit ihrem Bruder hier gewesen. Das Gebäude selbst ist eine Ruine. Die Fassade ist mit morschen Brettern verblendet, die stark vergilbt aussehen und das Gebäude aussehen lassen, als würde es beim nächsten starken Sturm einstürzen. Innen riecht es nach Rauch und Schweiß. Die Beleuchtung ist so schwach, dass man kaum etwas erkennen kann.

Buzzy's ist dafür bekannt, ein gefährlicher Ort zu sein. Ein Ort, an den sich kein „anständiges" Mädchen je begeben würde – vor allem nicht ohne die Begleitung eines Mannes. Als wir eintreten, drehen sich die Leute neugierig um, um Deb und mich zu mustern. Wir sehen eindeutig nicht aus wie Stammgäste, und vermutlich denken sie, dass wir Angst haben. Oder zumindest, dass wir Angst haben *sollten*.

Die meisten Menschen kennen allerdings weder meinen Vater noch die Familie, in der ich aufgewachsen bin. Das hier? Das ist *gar nichts*.

Deb hingegen hätte es sich vielleicht besser zweimal überlegen sollen, bevor sie hierhergekommen ist. Zumindest sollte sie sich hier drinnen etwas weniger aufgeregt und eifrig verhalten. Aber solange ich sie kenne, hatte Deb noch nie Angst vor irgendetwas. Sie war schon immer die Art von Mädchen, die auf das Feuer zuläuft, statt davor wegzulaufen.

Paradoxerweise bin ich die Vorsichtigere von uns beiden. Nicht, weil ich Angst habe, sondern weil in meinem Leben bisher schon mehr als genug Chaos geherrscht hat.

Debs Vater ist ein wichtiger Anwalt in unserer Stadt. Sie ist mit einem silbernen Löffel im Mund aufgewachsen. Aber hey, wir wollen doch immer das, was wir nicht haben können, richtig? Natürlich hat es Deb also schon immer gereizt, die wilde Seite, die falsche Seite zu erkunden. Sie hat sich in die Vorstellung verliebt, hierher ins Buzzy's zu kommen, um ein paar gefährliche, zwielichtige Typen zu finden, mit denen sie flirten kann.

Was mich betrifft, so bin ich normalerweise froh, wenn ich mich mit einem Buch in eine Decke einkuscheln und den Abend auf ruhige Weise verbringen kann. Aber nach den letzten Tagen – seit einem Monat stehe ich praktisch unter Hausarrest – war ich mehr als nur bereit, Debs Wunsch nachzukommen, auszubrechen und ein bisschen Spaß zu haben. Außerdem gibt es im Buzzy's – so schäbig und potenziell gefährlich es auch ist – zwei große Vorteile.

Erstens: Mit ziemlich großer Sicherheit wird keiner der Idioten, die wir aus der Highschool kennen, hier sein.

Und zweitens: Das trifft auch für die Leute aus dem Club meines Vaters zu.

Drinnen angekommen beginne ich mich endlich zu entspannen. Die Aussicht auf ein paar Stunden Freiheit macht mich glücklich. Ich folge Deb durch einen seltsam aussehenden Flur. Wir laufen an ein paar geschlossenen Türen mit verblassten, vom Rauch vergilbten Schildern vorbei. Als wir an der Herrentoilette vorbeikommen, öffnet sich eine Tür, und ein großer Mann mit einem dicken Bierbauch kommt heraus. Der Gestank, den er mit sich zieht, breitet sich auf dem Flur aus. Ich rümpfe reflexartig die Nase und trete angewidert einen Schritt zurück. Deb allerdings, aufgeregt, wie sie ist, scheint es nicht einmal zu bemerken.

„Komm schon!", ruft sie wieder und greift nach meiner Hand. Sie zerrt mich förmlich zur Bar, und ich stolpere beinahe über meine hohen Absätze, während ich versuche, mit ihr Schritt zu halten.

Im Hauptraum ist das Dröhnen der Musik gemischt mit

Stimmen ohrenbetäubend. Der Geruch von verschwitzten Körpern ist hier noch schlimmer – geradezu erdrückend. Meine Lungen fühlen sich an, als bräuchten sie einen langen, tiefen Zug frischer Luft, aber in diesem überfüllten Raum werde ich die sicher nicht bekommen. Stattdessen atme ich flach durch den Mund ein und versuche, die Gerüche zu ignorieren.

Deb macht sich auf den Weg zur Bar, um uns etwas zu trinken zu holen. Ich beobachte, wie sie sich auf die Zehenspitzen stellt, sich über den Tresen lehnt, um sich auszubalancieren, und dem Barkeeper unsere Bestellung zuruft. Ihre Brüste quellen aufreizend zur Hälfte aus ihrem tief ausgeschnittenen Kleid; der Barmann starrt sie unverhohlen an und grinst wölfisch.

Während sie beschäftigt ist, sehe ich mich ein wenig um. Der Laden ist fast zum Bersten mit Menschen gefüllt. Die meisten der Männer sind groß, bärtig und tätowiert, teils muskulös, teils eher fett. Die Frauen sind – bis auf ein paar Ausnahmen – jünger. Sie sind wie ich ziemlich aufgetakelt, und gekleidet wie Opfergaben für die männliche Bevölkerung. Was die Kleidung angeht, bin ich sicher nicht fehl am Platz, obwohl mein nuttigstes schwarzes Kleid und Debs High Heels im Vergleich zu den Outfits der meisten Frauen hier eher konservativ wirken.

Ich habe zwar keine Angst, fange jedoch langsam an mich zu fragen, ob es eine gute Idee war, ins Buzzy's zu gehen. Ich bin hergekommen, um einen Abend mit meiner besten Freundin zu verbringen, was eine Seltenheit ist, und der Obhut meines überdurchschnittlich fürsorglichen Vaters zu entgehen. Aber so langsam wünsche ich mir, wir hätten uns einen etwas netteren Ort ausgesucht, mit etwas weniger Testosteron. Sicher, ich hätte auch nichts gegen ein wenig Flirten. Und vielleicht habe ich auch im Hinterkopf gehofft, es würde einen heißen Kerl in meinem Alter geben, mit dem ich ein bisschen herumknutschen könnte. Aber jetzt, wo die Männer in dieser Bar ihre hungrigen Blicke auf mich richten, fühle ich mich wie ein Stück abgepacktes Fleisch in der Vitrine. Mit einem Neonschild über mir, auf dem steht: *„Iss mich".*

„Hier!", ruft mir Deb ins Ohr und reicht mir einen Plastikbecher mit Bier. „Du kannst die nächste Runde bezahlen."

Ich nehme ihr den Becher ab. Wir erheben unsere Becher, um anzustoßen, und ich nehme einen Schluck. Es ist kalt und eine Wohltat gegen den Rauch, der in meiner Kehle brennt. Ich stoße einen zufriedenen Seufzer aus, obwohl das Bier selbst nicht besonders gut schmeckt.

„Ist dir aufgefallen, wie viele Männer uns anstarren?", murmle ich in Debs Ohr.

„Ich weiß", krächzt sie fröhlich und wirft ihr Haar in einer verführerischen Bewegung zurück. „Ich habe dir doch gesagt, dass es hier cool sein wird."

„Das ist nicht das, was ich ...", schieße ich zurück, doch bevor ich meinen Satz beenden kann, taucht ein großer, stämmiger Mann mit einem langen dunklen Bart hinter Deb auf und packt sie um die Taille.

„Sieh an, sieh an, sieh an, Darling, ich habe dich hier noch nie gesehen", bellt der Mann. „Du siehst zum Anbeißen aus!"

Deb lacht und löst sich aus seiner Umklammerung, um ihn anzusehen. „Hey", säuselt sie und neigt den Kopf zur Seite.

„Ich bin Ralph", sagt er.

„Deb", antwortet sie. „Und das ist meine Freundin Izzy."

„Ihr Mädels seid neu hier", sagt er und mustert jede von

uns langsam und mit sichtlicher Freude. „Ihr seid mir aufgefallen."

„Du bist also ein Stammgast?", antworte ich. Abneigung färbt meine Stimme, aber er scheint es nicht zu bemerken. Obwohl er nicht wirklich mein Typ ist, muss ich zugeben, dass er nicht schlecht aussieht. Allerdings ist er so offensichtlich darauf aus, alles, was einen Rock trägt, abzuschleppen, dass ich sofort abgetörnt bin. Deb jedoch scheint meine Gefühle nicht zu teilen.

„Ich bin jedes Wochenende hier", antwortet er stolz. Ich schaffe es gerade noch, mir ein Schnauben zu verkneifen. „Ich wünschte, ich hätte euch schon vorher gesehen. Dann hätte ich eure Getränke bezahlen können."

„Es gibt immer eine nächste Runde", grinst Deb und wirft ihm einen vielsagenden Blick zu. *Oh, Mann.*

Ralph interpretiert das als Einladung und macht einen Schritt auf Deb zu. Er zieht sie zu sich heran und begrapscht ihren Hintern. „Du bist *süß*", sagt er.

„Woher willst du das wissen?", kontert Deb. „Du hast mich noch nicht probiert."

Bevor ich überhaupt realisiere, was passiert, steckt Ralphs Zunge so weit in Debs Hals, dass ich mir ziemlich sicher bin, er überprüft, ob sie noch Mandeln hat.

Solltet ihr auch schon einmal dagestanden haben, während sich zwei Leute vor euch das Gesicht abgeleckt haben, könnt ihr euch sicher vorstellen, wie seltsam das anfühlt. Ich nehme einen großen Schluck von meinem Bier und sehe mich im Raum um, als wäre ich unglaublich fasziniert von den anderen Gästen. Als ich mich allerdings wieder umdrehe, sind Deb und Ralph *noch immer nicht fertig*. Ralphs Hand befindet sich auf ihrem Oberschenkel und schiebt sich langsam unter ihr Kleid. Deb unternimmt nichts, um ihn aufzuhalten. Etwas verzweifelt frage ich mich, ob sie es gleich hier treiben werden, vor den Augen aller.

„Ähm, Leute?", frage ich schnippisch. „Ist das euer Ernst?"

Deb löst sich von Ralphs Mund und zieht einen kleinen Schmollmund. „Komm schon, Izzy. Wir haben doch nur ein bisschen Spaß."

Ralph sieht mich an und zwinkert mir zu, als würde er sich für verdammt sexy halten. „Seid ihr Ladys ein Doppel-pack?", fragt er mit einem Augenzwinkern.

Igitt. Ekelhaft. „Nein", antworte ich verärgert, doch Deb *lacht* tatsächlich.

„Was ist los, Hübscher? Bin ich dir nicht genug?", jammert sie und legt eine Hand auf seinen Unterarm.

„Mehr als genug", knurrt er. „Lass uns das anderswo fortsetzen. Draußen auf dem Parkplatz steht mein Truck. Auf dem Rücksitz ist es ziemlich gemütlich."

Deb wirft mir einen halb entschuldigenden Blick zu. „Ich bin gleich wieder da, Iz, okay?"

Ich unterdrücke einen Seufzer und mache eine beschwichtigende Handbewegung. „Alles klar. Ich werde da sein."

„Das Angebot steht noch", sagt Ralph, worauf ich ihm einen angewiderten Blick zuwerfe. „Wie du willst, Zucker-schnute."

Ralph führt Deb zur Vordertür hinaus und nickt dabei dem Türsteher zu. Ich atme tief ein und aus und halte dann an der Bar nach einem freien Hocker Ausschau. Sieht so aus, als würde ich noch eine Weile hierbleiben.

Mühevoll klettere ich auf den einzigen freien Barho-cker, den ich sehe, und versuche, mich unsichtbar zu machen. Ich bin viel lieber Beobachterin als diejenige, die beobachtet wird, vor allem, während Deb sich mit Ralph

amüsiert. Geistesabwesend fummle ich an dem kleinen
goldenen Seestern herum, den ich an einer Kette um den
Hals trage, und sehe mich dabei im Raum um. Irgendwie ist
es ganz amüsant. Die Typen in dieser Bar posieren, präsen-
tieren sich, und versuchen, hart und gefährlich auszusehen.
Trotzdem machen sie mir keine Angst. Im Vergleich zu den
Jungs aus dem Club meines Vaters, den Death Devils,
sehen sie wie Weicheier aus. Mein Dad, Oz, ist der Präsident des MC. Und so sehr ich den Club und alles, was
damit zusammenhängt, auch hasse, muss ich doch zugeben, dass sie zehnmal mehr Männer sind als diese Kerle
hier.

Dennoch, ich ziehe definitiv deren Aufmerksamkeit auf
mich, und weiß, dass ich nicht mehr lange allein sein werde.
Reflexartig greife ich in meine Handtasche und suche nach
meinem Pfefferspray, um sichergehen zu können, dass er da
ist, sollte ich ihn benötigen.

„Hey. Du siehst einsam aus." Der Geruch von Bier steigt
mir in die Nase. Mit einer leichten Grimasse im Gesicht
drehe ich mich um, um einen schmierigen Kerl mit ungewa-
schenen schulterlangen Haaren zu sehen, der mich mit
erwartungsvollem Grinsen anstarrt.

„Nein, das bin ich definitiv nicht", antworte ich und
wende mich wieder ab. Natürlich lässt er sich nicht so leicht
abschrecken.

„Ach, komm schon, Mädchen. Schenk mir ein Lächeln.
Ich wette, du bist wunderschön, wenn du lächelst."

Igitt. „Tut mir leid, aber ich schulde dir weder ein
Lächeln noch sonst etwas. Ich möchte nur hier sitzen und in
Ruhe gelassen werden, danke."

Ich hätte wissen müssen, dass meine Ablehnung den
schmierigen Fremden in Rage bringen würde. „Du bist eine
echte Schlampe, weißt du das?", knurrt er.

„Ja, ich weiß", zische ich zurück. „Also lass mich verdammt noch mal in Ruhe."

Das Arschloch beugt sich in die andere Richtung und murmelt etwas, und dann, nur einen Moment später, steht ein zweiter Mann vor mir. „Was zum Teufel ist dein Problem, Schlampe?", fragt er mich fordernd. „Mein Freund hier wollte dir nur ein Getränk ausgeben."

„Nein, wollte er nicht", erwidere ich. „Er hat versucht, an mein Höschen zu kommen. Und daraus wird nichts. Es gibt also keinen Grund, sich weiter zu unterhalten."

Ich drehe mich in Richtung der Bar um, doch der zweite Typ packt mich am Oberarm und zieht mich wieder zurück.

„Was bist du, eine verdammte Lesbe?" Er baut sich in seiner vollen Größe vor mir auf und Speichel klebt an seinen Lippen, während sich sein Gesicht zu einer wütenden Fratze verzieht. Mir ist klar, dass er denkt, er würde mir Angst machen, aber da hat er sich geschnitten. Ich kenne diese Scheiße zur Genüge.

„Ja, ich bin eine verdammte Lesbe", stimme ich zu und stehe auf. „Wenn ihr mich also entschuldigen würdet. Ich gehe jetzt auf die Damentoilette und suche mir ein heißes junges Mädchen, das ich vernaschen kann, denn ich *weiß,* dass ich das besser kann als jeder dieser Clowns in dieser Bar."

Ich stehe auf und versuche, die Hand des zweiten Mannes von meinem Arm abzuschütteln, doch der packt mich nur noch fester und reißt mich zu sich. Ich stütze mich an der Theke ab, um das Gleichgewicht zu halten, und trete mit voller Wucht mit meinem Pfennigabsatz auf seinen Fuß. Als ich auf seinen Stiefel treffe, bricht der Absatz ab. Allerdings ist das ausreichend: Der Typ lässt meinen Arm los und heult vor Schmerz auf.

Ich mache mich aus dem Staub, bevor mich das erste

Arschloch packen kann, und laufe humpelnd durch die Bar in Richtung des Flurs, durch den wir hereingekommen sind. Für den Fall, dass sie sich entscheiden könnten, sich vor der Tür zu positionieren und auf mich zu warten, halte ich bei den Toiletten sicherheitshalber nicht an. Stattdessen stapfe ich durch die Hintertür hinaus auf den Parkplatz, von wo wir hereingekommen sind.

Draußen angekommen gehe ich weiter, bis ich weit genug weg bin, um vom Hintereingang aus nicht mehr gesehen werden zu können. Mir selbst zum Trotz schlägt mein Herz ein wenig schneller, als ich ein paar Mal tief durchatme und mich umsehe, um meine Situation zu beurteilen. Ich bin in Sicherheit, aber mein Schuh ist im Arsch. Und ich bin ohne Transportmittel, bis Deb damit fertig ist, Ralph auf dem Rücksitz seines Trucks zu vögeln.

Die Nachtluft ist kühl, aber nicht so kalt, dass ich nicht eine Weile hier draußen bleiben kann. Ich gehe zu Debs Auto hinüber und lehne mich dagegen. Dann schicke ich ihr eine kurze SMS, auf die sie erwartungsgemäß nicht antwortet.

Ein paar Minuten lang warte ich in höchster Alarmbereitschaft. Niemand, der so aussieht wie die Kerle, die mich belästigt haben, kommt hinten oder vorn aus dem Lokal heraus, also fange ich an, mich ein wenig zu entspannen. Ich suche den Parkplatz nach einem schaukelnden Truck ab, aber hier gibt es so viele Pickups, dass ich Ralphs Truck im Dunkeln niemals erkennen würde. Da das Laufen für mich im Moment ziemlich anstrengend ist, stelle ich mich darauf ein, zu warten, bis sie fertig sind, und überlege mir, dass ich sie einholen werde, wenn sie zurück zur Bar gehen. Ich nehme mein Handy heraus und beschließe, mir die Zeit zu vertreiben, indem ich eine Weile in den sozialen Netzwerken umherstöbere.

Es ist meine eigene Schuld, dass ich so dumm bin, und dem Kommen und Gehen auf dem Parkplatz nicht so viel Aufmerksamkeit schenke, wie ich sollte. Mein Vater hat es mir eigentlich besser beigebracht, aber aus irgendeinem Grund ist sein Training für diesen Moment aus meinem Gehirn verschwunden. Und genau darum registriert mein Bewusstsein das leise Rascheln hinter mir für eine Sekunde nicht.

Wie sich herausstellt, war diese eine Sekunde zu lang.

Bevor ich weiß, wie mir geschieht, presst sich eine raue Hand auf meinen Mund. Mein Handy rutscht mir aus den Händen, als meine Arme hinter meinem Rücken verschränkt werden. Als mir etwas grob über den Kopf gestülpt wird, beginne ich zu schreien. Bevor ich versuchen kann, mich zu wehren, sind meine Handgelenke gefesselt, und ich werde hochgehoben und in die entgegengesetzte Richtung der Bar getragen.

Ich höre, wie sich die Tür eines Vans öffnet, und werde grob auf den Rücksitz geschleudert. Wer auch immer mich geschnappt hat, klettert neben mir hinein, das Wackeln hört auf und die Tür wird zugeschoben. Ein Schlüssel dreht sich, der Motor springt an, und der Van fährt los, beschleunigt schnell und fährt in die Nacht hinaus.

2

THORN

nwärter! Wo zur Hölle ist mein Motorrad?"
Der schlaksige Junge erschrickt und dreht
sich um, um mich mit großen Augen anzustarren.
Er ist noch grün hinter den Ohren und sieht nicht älter als
achtzehn aus, obwohl ich weiß, dass er ein paar Jahre älter
ist. Die frisch gestochenen Tätowierungen, die seine
sehnigen Arme säumen, sehen aus, als sollten sie als eine
Art inadäquater Schutz dienen.

„E-es steht draußen", stammelt er. „Ich habe es gerade
gewaschen, wie du es verlangt hast."

„Nein, dort ist es nicht, verdammt!", zische ich ihm zu.
„Ich habe dir nicht die Erlaubnis erteilt, das Teil zu bewegen, du Schwachkopf."

„Das habe ich nicht!", beharrt er und hebt zitternd eine
Hand zum Schwur. „Ich schwöre, Thorn, ich habe nichts
damit angestellt!"

„Wo ist es dann, verdammt noch mal?"

Er starrt mich immer noch entsetzt und ungläubig an,
als ich ihn grob an der Schulter in Richtung der
Eingangstür schiebe und ihn auffordere, nach draußen zu

gehen. Er stößt die Tür auf und hält sie mir auf, dann läuft er vor mir her an die Seite des Grundstücks, wo sich die Wasseranschlüsse befinden.

Mein Motorrad ist nirgendwo zu sehen. Ich bin ziemlich sicher, dass er sich gleich in die Hose kacken wird.

„Oh mein Gott!", kreischt er. „Es ist weg! Ich weiß nicht, wo es ist! Ich schwöre es! Ich weiß es nicht!" Er schüttelt seinen Kopf so schnell hin und her, dass es aussieht, als würde er ihm gleich vom Hals fliegen.

„Also, du hattest die Verantwortung dafür, nicht wahr?", knurre ich und mache einen wütenden Schritt auf ihn zu. Ich mache mir einen Spaß daraus, meine Ärmel hochzuschieben und mit geballten Fäusten auf ihn zuzutreten. „Dann solltest du es besser finden, oder ich reiße dir deinen verdammten Kopf vom Hals, Junge!"

„Verdammt, hör auf, den Anwärter zu quälen, Thorn", lallt Beast träge, während er hinter mir auftaucht. „Und lass dein verdammtes Kobold-Gehabe. Mein Gott, du benimmst dich wie ein irischer Cop aus einem alten Film."

Ich drehe mich um und werfe meinem Bruder ein Grinsen zu. „Gehört alles zu meiner Rolle, Bruder." Ich lasse zu, dass mein Akzent wieder seinen natürlichen leichten irischen Unterton annimmt. Ich bin in Irland aufgewachsen, das stimmt. Aber ich habe lange genug hier in den Staaten gelebt, sodass der größte Teil meines Akzents verschwunden ist. Es sei denn, ich habe getrunken, dann – das behaupten zumindest meine Brüder – kommt er mit voller Wucht zurück.

Potenzielle Anwärter zu verarschen, ist eine altehrwürdige Tradition. Und ich bin ein Mann, der Traditionen respektiert. Außerdem ist Beast auch nicht besser. Er ist eine Legende, wenn es darum geht, junge, hoffnungsvolle Anwärter auf Herz und Nieren zu prüfen. Ich muss es wissen: Ich war selbst einmal ein Anwärter, und Beast hat mich bei einem missglückten Streich versehentlich angeschossen. Ich kann mich glücklich schätzen, die Geschichte noch selbst erzählen zu können. Wenn ihr allerdings glaubt, dass ich ihm die Sache jemals übel genommen habe – das habe ich nicht.

Nachdem Beast meinen kleinen Spaß verdorben hat, lache ich nur und nicke in Richtung der anderen Seite des Parkplatzes. „Mein Motorrad steht gleich da drüben", sage ich dem blassen, schwitzenden Anwärter direkt ins Gesicht. „Ich habe es rüber gestellt. Um dir eine Lektion zu erteilen. Solange eines unserer Motorräder unter deiner Aufsicht steht, bist du für alles verantwortlich, was damit passiert. Vergiss das nicht."

Wir sprechen potenzielle Anwärter nicht mit ihrem Namen an, weil wir daran glauben, dass sie für uns unwichtig und austauschbar sind, bis sie ihren Wert bewiesen haben und in unser Team aufgenommen werden. Oder bis sie ihre Wertlosigkeit bewiesen haben und hinausgeworfen werden. Ich habe gehört, wie ein anderer Anwärter den hier Hollis genannt hat, obwohl ich nicht weiß, ob das sein Vorname oder sein Familienname ist. Hollis' Kopf bewegt sich nickend auf und ab wie bei einer Wackelpuppe. „Ja, Sir. Das werde ich, Sir."

„Gut."

„Thorn", grunzt Beast. „Rock will dich sehen. Er hat mich hergeschickt, um dich zu holen."

Ich nicke und wende mich wieder dem Anwärter zu. „Ich werde das Motorrad später überprüfen, um zu sehen, wie gut du es gewaschen hast. In der Zwischenzeit fährst du mit einem der Autos zum Laden und holst ein paar Guinness. Und eine Packung Lucky Charms."

Der Anwärter lacht. „Der war gut."

Ich sehe ihn scharf an. „Was?"

Sein Gesichtsausdruck wird unsicher. „Ich meine ... ähm ... Lucky Charms. Zerealien aus Irland. Kobolde und so."

„*Ich mag Lucky Charms, zur Hölle noch mal!*", brülle ich ihn an. „Geh mir verdammt noch mal aus den Augen und tu, was man dir sagt!"

Mit kreidebleichem Gesicht und weit aufgerissenen Augen rennt der Anwärter los, um meinen Auftrag zu erfüllen, als stünde sein Arsch in Flammen.

„Gott, du bist ein Arschloch", murmelt Beast.

Ich lache. „Zumindest habe ich ihn noch nicht angeschossen, du Penner."

NACHDEM DAS ERLEDIGT IST, mache ich mich auf die Suche nach Rock, unserem Präsidenten. Ich finde ihn in der Chapel mit unserem Vize-Präsidenten Angel.

„Hey, Boss", rufe ich, als ich durch die schwere Eichentür marschiere. Rock sitzt an seinem üblichen Platz am Kopfende des Tisches. Zu seiner Rechten lehnt sich Angel in seinem Stuhl zurück, die Füße hochgelegt, die Hände hinter dem Kopf verschränkt. „Angel."

„Bruder", nickt Angel.

„Setz dich", poltert Rock.

Ich tue, worum er mich gebeten hat, und mustere ihre Gesichter, um herauszufinden, worum es hier geht. Sie sehen nicht allzu ernst aus, was ein gutes Zeichen ist. Aber die Tatsache, dass sie beide hier sind und wir uns in der Chapel befinden, lässt mich wissen, dass es sich um etwas mehr als nur ein lockeres Gespräch handelt.

„Was ist los?", frage ich, während ich mich zurücklehne und die beiden beobachte.

„Ich habe einen Job für dich", sagt Rock, ohne lang um den heißen Brei herumzureden.

„Was für einen Job?"

„Schutz."

Der Club bietet einer Reihe von Unternehmen hier in Tanner Springs gegen eine kleine Gebühr oder eine andere Gegenleistung Schutz an. Sofort nehme ich an, dass es das ist, wovon Rock spricht. „Okay", nicke ich. „Wer?"

Rock zögert. Angel sieht erst ihn an, bevor er seinen Blick auf mich richtet.

„Oz Mandias' Tochter", sagt er.

Was? Zur Hölle?

„Wie bitte? Was?", frage ich. „Die verdammte *Tochter* von Oz?"

„Dein Gehör ist ausgezeichnet", murmelt Rock und kneift die Augen zusammen.

Oz Mandias. Der Präsident der Death Devils. Ein rivalisierender Club, östlich von uns gelegen. Wir haben früher schon mal mit ihnen Geschäfte gemacht – gelegentlich ein paar Drogen, hauptsächlich jedoch Waffen. In letzter Zeit haben unsere beiden Clubs so etwas wie eine Allianz gebildet. Eine Art gegenseitiges Rückenkratzen mit dem vagen Versprechen gegenseitiger Hilfe im Falle einer Infiltration durch andere Clubs, die sich südlich von uns befinden.

Gegenseitige Hilfe, wie zum Beispiel Verstärkung anzubieten. Zusätzlicher Schutz bei Ausfahrten. Solche Dinge.

Aber Babysitten?

„Ich wusste nicht einmal, dass Oz eine Tochter hat", antworte ich etwas dämlich. Ich versuche Zeit zu gewinnen, weil ich nicht weiß, was das soll, denn alles in meinem Kopf schreit, dass ich *das auf keinen Fall tun will.*

„Scheinbar", erwidert Angel milde. Er lehnt sich weiter

in seinem Stuhl zurück und zuckt leicht mit den Schultern. „Ich schätze, sie ist sein einziges Kind. Ihr Name ist Isabel."

„Himmel noch mal", murmle ich und fahre mir mit meiner rauen Hand durchs Haar. „Was ist das Problem? Ist sie in Gefahr?"

„Ich weiß es nicht." Rock rutscht in seinem Sitz hin und her und greift nach einer Schachtel Zigaretten, die vor ihm liegt. Er zündet sich eine davon an und fährt fort. „Oz wollte mir keine Details verraten."

„Warum zum Teufel setzt er nicht einen seiner eigenen Männer dafür ein?"

Ich stelle mir schon vor, wie ich vor der verdammten Highschool des Mädchens stehen werde. Ich habe keine Ahnung, wie alt die Tochter von Oz überhaupt sein könnte. Der Präsident der Death Devils hat eines dieser zerklüfteten, wettergegerbten Gesichter, die alterslos erscheinen. Er könnte zwischen fünfunddreißig und sechzig sein – wie zur Hölle sollte ich das wissen? Das einzige Anzeichen für sein Alter könnte sein, dass sein Bart ein paar graue Stellen aufweist, aber selbst das könnte auch nur an dem harten Leben liegen, das er bisher geführt hat.

„Also, genau darum geht es ja", beginnt Rock zu erklären, lehnt sich dabei vor und stützt die Ellbogen auf den Tisch. „Oz will sie außer Sichtweite haben. An irgendeinem Ort, an dem es keinerlei Verbindung zu seinem Club gibt. Darum setzt er auch keinen der Devils dafür ein."

Angel lacht wieder. „Ja. Und wahrscheinlich auch, weil er seinen Männern nicht zutraut, die Finger von ihr zu lassen."

„Scheiße, willst du mich verarschen?", knurrt Rock. „Kannst du dir vorstellen, was Oz tun würde, wenn er herausfindet, dass einer seiner Männer seine Tochter gevögelt hat?" Er tut so, als würde er seinen Schwanz herausziehen und ihn mit einem Messer abschneiden.

Das Mädchen muss also schon mindestens die Pubertät überwunden haben. *Verdammt großartig.* Wobei ich wohl erleichtert sein sollte, dass ich kein kleines Kind beschützen soll.

Bei diesem Gedanken gefriert mir das Blut in den Adern. Ein Aufblitzen der Dunkelheit – jener Dunkelheit, an die ich versuche, nie zu denken – breitet sich hinter meiner Stirn aus. Sie droht sich auszubreiten, aber ich schließe die Augen und dränge sie zurück. Trotzdem beginnt mein Herz in meiner Brust unregelmäßig zu pochen.

Ich will niemanden beschützen, der hilflos ist. Ich will das nicht tun. Ich kann nicht ...

Mit einer Anstrengung, die meine Kräfte beinahe übersteigt, atme ich tief durch und öffne meine Augen, während ich hoffe, dass der Moment nicht so lang gedauert hat, dass Angel und Rock etwas bemerken. Doch Angel sieht mich neugierig an.

„Warum habt ihr mich dafür ausgewählt?", frage ich eilig, um ihn davon abzuhalten, mir die Frage zu stellen, die ich bereits in seinen Augen sehen kann.

„Eigentlich", antwortet Rock, „Ist Oz derjenige, der dich ausgewählt hat."

„*Oz* hat mich ausgewählt?" Ich wusste nicht einmal, dass er meinen Namen kennt.

„Ja", schnaubt Angel. „Er hat gesagt, dass er die irische Fotze will."

Rock lacht, ich bin allerdings immer noch zu fassungslos, um es ihm gleichzutun. „Fick dich, Angel", knurre ich. „Was zur Hölle will er von mir?"

„Offensichtlich hat er sich über dich informiert",

antwortet Rock milde. „Er hat dich ausgewählt, weil er weiß, dass du alles tun würdest, um sie zu beschützen *und* die Sache nicht an die Bullen geraten zu lassen." Einer seiner Mundwinkel geht nach oben. „Er hat gesagt, er weiß, dass er dich abschieben lassen kann, wenn du Scheiße baust."

Scheiße. Das ist verdammt noch mal sowas von wahr. Ich habe eine Strafakte in den USA, die schon so voll ist, dass mich ein weiterer Aufenthalt im Gefängnis auf direktem Weg ins nächste Flugzeug verfrachten würde, das zurück nach Irland fliegt. Und ich will nicht zurück nach Irland. Was dort auf mich wartet, ist schlimmer als der Tod.

Und danach erwartet mich vermutlich ohnehin der sichere Tod.

„Wie zum Teufel soll ich dieses Mädchen beschützen, wenn ich nicht einmal weiß, wovor ich sie beschützen soll?", frage ich hilflos und greife nach meiner eigenen Schachtel Zigaretten.

„Oz hat mir gesagt, ich soll dir diese Nummer geben", sagt Rock. Er holt einen Zettel aus der Tasche seiner Jeans und reicht ihn mir. „Er wird dir so viele Informationen geben, wie er preisgeben möchte." Er nimmt einen langen Zug von seiner Zigarette und drückt sie danach aus. „Wir werden euch in unserem sicheren Haus außerhalb von Connegut River unterbringen. Nicht einmal Oz weiß, wo es sich befindet. Oz will, dass wir uns mit einigen seiner Männer treffen, die Überstellung des Mädchens besprechen und sie dann dorthin bringen. Ich werde in regelmäßigen Abständen ein paar der Lords mit Vorräten hochschicken, und zwar so lange, bis sich diese Scheiße – worum auch immer es sich handelt – gelegt hat."

„Moment mal", platze ich heraus. „Ich soll mich mit diesem Mädchen im *Connegut* verkriechen? Auf unbestimmte Zeit?"

„Oz sagt, es wird vielleicht ein paar Wochen dauern. Möglicherweise auch einen Monat. Lange genug eben, damit sie mit ihrem Problem fertig werden, bis es sicher genug ist, dass Isabel zurückkommen kann."

„Verdammte Scheiße", murmle ich.

„Versau es nicht, Thorn", knurrt Rock, während ich den Zettel in meine Tasche stecke. „Ich muss dich nicht daran erinnern, wie wichtig unsere Allianz mit den Death Devils ist."

„Nein, musst du nicht", stimme ich zu.

„Und lass deinen Schwanz in der Hose."

Keine Sorge. Ich müsste ein verdammter Idiot sein, um Oz' Tochter zu vögeln. Und ich bin kein verdammter Idiot.

Das war es dann also. Ich muss es tun.

Ich stehe vom Tisch auf, werfe Rock und Angel jeweils einen Blick zu und verlasse die Chapel ohne ein weiteres Wort zu verlieren. Ich glaube zu sehen, wie Angel mir auf dem Weg nach draußen einen mitfühlenden Blick zuwirft.

Das alles passiert wirklich. Ich muss meinem Präsidenten gehorchen. In dieser Angelegenheit habe in keine Wahl.

Ich werde mitten im Nirgendwo festsitzen und den Bodyguard spielen, um irgendeine Schlampe auf unbestimmte Zeit vor den Wölfen zu beschützen.

Oder bei dem Versuch sterben.

3

ISABEL

Der eklige Lappen in meinem Mund riecht nach Motoröl und Fäulnis. Dessen raues, schmutziges Gefühl auf meiner Zunge lässt mich würgen, aber ich zwinge mich, mich zu beruhigen und durch meine Nase zu atmen.

Die Luft in dem Sack, den man mir über den Kopf gestülpt hat, ist abgestanden. Ich kämpfe gegen ein schleichendes Gefühl der Klaustrophobie an, weil ich nicht tief genug Luft holen kann.

Meine Füße und Hände sind jetzt mit etwas gefesselt, das sich wie ein Kabelbinder anfühlt. Ich liege auf der Rücksitzbank eines Vans. Das Material des Sitzes ist rutschig, und ich muss meine Knie gegen den Sitz vor mir drücken, um nicht auf den Boden zu fallen. Abgesehen vom Geräusch des Motors, das mal lauter und mal leiser wird, herrscht unheimliche Stille. Ich stelle fest, dass keiner der Männer – vorausgesetzt, es handelt sich um Männer – auch nur ein Wort gesagt hat, seit sie mich entführt haben.

Ihr Schweigen ist das, was mir am meisten Angst macht. Sie wirken so ruhig. So bedächtig. Wer auch immer sie sind, es scheint ihnen überhaupt nicht darum zu gehen, etwas von mir zu bekommen. Kein Geld, keine Informationen, nicht einmal Sex. Sie behandeln mich wie ein lebloses Objekt. Wie ein Paket, das zugestellt werden soll.

Wofür auch immer sie mich brauchen, es fühlt sich wie eine beschlossene Sache an. Sie haben bereits entschieden, was mit mir passieren soll. Und ich bin ihnen hilflos ausgeliefert. Ich kann mich nicht wehren, nicht betteln und mich nicht einmal bewegen. Ich kann *nichts* tun.

Vielleicht bin ich schon tot und weiß es nur noch nicht.

Mein Atem beschleunigt sich, während mein Herz zu rasen beginnt. Das Pochen in meiner Brust ist so beharrlich, dass ich das Gefühl habe, mein Herz könnte mir demnächst einfach durch die Haut herausspringen. Ich frage mich, ob es möglich ist, vor lauter Angst einen Herzinfarkt zu bekommen. Ich unterdrücke ein Stöhnen, atme tief ein und schließe die Augen, um mich zu konzentrieren und meine Atmung zu verlangsamen. Eine Sekunde lang halte ich den Atem an, dann noch eine. Dann wieder ausatmen, genauso langsam.

Ein. Aus. Ein. Aus.

Mein Herz beginnt etwas weniger schnell zu schlagen. Ich atme weiter und zwinge mich, mich ausschließlich darauf zu konzentrieren. An nichts anderes zu denken. Nach etwa einer Minute fange ich an, mich ein wenig zu beruhigen. Die Augen immer noch geschlossen, versuche ich, obwohl der Sack immer noch über meinen Kopf gezogen ist, meine Situation so gut wie möglich zu erfassen. Ich bewege meine Füße. Der Kabelbinder um meine Knöchel ist eng, aber mein Kreislauf ist noch in Ordnung. Meine beiden Schuhe habe ich noch an, der Absatz des Rechten ist abgebrochen und somit nicht mehr da. Ich bewege meine Finger, die langsam ein wenig taub werden.

Versuchsweise zucke ich mit den Schultern und spüre, wie sich der Riemen meiner kleinen Tasche in meine Haut drückt. Als sie mich gefesselt haben, haben sie sie mir nicht abgenommen. Diese Erkenntnis gibt mir einen kleinen Hoffnungsschimmer. *Vielleicht, nur vielleicht, kann ich sie lange genug davon abhalten, meine Tasche zu bemerken, um an mein Pfefferspray zu kommen ...*

Ein lauter Aufprall erschüttert die Karosserie des Wagens, als wir über eine große Bodenwelle fahren. Da ich keinen Halt habe, rutsche ich von der Rückbank und lande schmerzhaft auf dem Boden, wo ich mit dem Kopf gegen etwas scharfkantiges pralle. Ich stoße einen gedämpften Schmerzensschrei aus. Vor mir murmelt einer der Männer einen Fluch. Ich höre, wie ein Körper über die Sitzpolster gleitet, bevor mich raue Hände hochziehen und zurück auf den Sitz verfrachten.

Benebelt durch den Schmerz höre ich eine Stimme. „Ist sie okay?"

„Halt die Klappe, verdammt!", zischt ein anderer.

Es ist nicht viel, aber es ist genug. Genug für mich, um zu erkennen, dass ich die zweite Stimme wiedererkenne.

Es ist einer der Männer meines Vaters. Einer der Death Devils. Lazarus, glaube ich.

Erkenntnis durchdringt das Pochen in meinem Kopf und durchflutet plötzlich meinen Körper. Für eine schwindelerregende Sekunde fühle ich mich schwach vor Erleichterung, und habe beinahe das Bedürfnis, lachen zu wollen. Doch dann überlagert Verwirrung die Erleichterung, gefolgt von Entsetzen. *Bin ich sicher, dass es Lazarus ist, oder bilde ich mir das nur ein? Immerhin habe ich nur ein paar Worte gehört. Und warum sollten Dads Männer mich* entführen?

Plötzlich will ich *unbedingt* ganz sicher sein, dass es seine Stimme war. Ich muss etwas tun, damit sie mehr sprechen.

Ich spanne mich an und ignoriere das Hämmern in meinem Hinterkopf, um mich auf die nächste abrupte Bewegung des Vans vorzubereiten. Und tatsächlich, etwa zwei Minuten später tritt der Fahrer etwas fester auf die Bremse, und ich nutze die Gelegenheit, um vom Sitz auf den Boden zu rollen.

Diesmal pralle ich mit dem Knie und der Schulter auf dem Boden auf, sodass das Geräusch der Landung lauter klingt als beim ersten Mal. Es tut verdammt weh, was hilfreich ist, weil ich mich nicht einmal anstrengen muss. Reflexartig drehe ich mich um und schreie so laut, wie es der Lappen in meinem Mund zulässt.

„Verdammt noch mal", murmelt jemand, bevor ich erneut höre, wie jemand sich bewegt, bevor ich hochgezogen werde. Als ich mich wieder auf dem Sitz befinde, sammle ich all meine Kräfte, und beginne hin und her zu schaukeln. Eine raue Hand greift unter den Sack und zieht mir den Lappen aus dem Mund. „Was zum Teufel ist los mit dir?", höre ich eine tiefe Stimme wütend fragen. Ich bemerke, dass er versucht, seinen Tonfall zu verbergen, doch es reicht nicht.

„Warum hast du mich nicht angeschnallt, wenn du nicht wolltest, dass ich vom Sitz falle, Franco?", zische ich zurück. Der Moment der Stille, der mich plötzlich umgibt, zeigt mir, dass ich ins Schwarze getroffen habe.

„Halt die Klappe", knirscht er neben meinem Ohr.

Ich bin so dankbar, dass ich weinen könnte, zwinge mich jedoch, meine Stimme zu beruhigen, damit sie nicht zittert. „Was soll das ganze Drama, Leute?", fahre ich mit spöttischem Tonfall fort. „Ihr hättet mich doch einfach nett fragen können."

Einer der Männer schnaubt. „Sei einfach still und tu, was man dir sagt", bellt er.

„Wenn ihr mich zu meinem Vater bringt, warum tut ihr es dann nicht einfach? Was soll der Sack über meinem Kopf? Es ist ja nicht so, dass ich nicht weiß, wo sich das Clubhaus befindet."

„Wir bringen dich nicht zu Oz."

Diese Nachricht überrascht mich und reißt mich aus dem Konzept. Das Geräusch eines Sicherheitsgurtes, der herausgezogen wird, dringt an mein Ohr, und ich werde unsanft angeschnallt, während ich versuche, mir einen Reim darauf zu machen.

Einen schrecklichen Moment lang denke ich ...

Aber ... nein. Ich weiß, dass mein Vater in der Vergangenheit unaussprechliche Dinge mit seinen Feinden gemacht hat. Er hat mehr Menschen getötet oder töten lassen, als ich je wissen will. Trotzdem würde er *mir* nie etwas antun. Das kann ich mir einfach nicht vorstellen. Sicher, wir haben nicht gerade die beste Beziehung zueinander und ich gehe meinem Vater regelmäßig auf die Nerven. Meistens habe ich das Gefühl, dass er mich als lästig empfindet und sonst nichts. Aber selbst wenn er mich *hassen* würde, wäre sein Familiensinn zu stark, um mich verletzen oder töten zu lassen.

Er könnte dich aber auch wegschicken.

Sobald dieser Gedanke in meinem Kopf Form annimmt, bin ich mir *absolut* sicher, dass genau das gerade passiert. Ein kaltes, grauenvolles Gefühl breitet sich in meiner Magengegend aus. *Nein!* Ich widerstehe dem Drang zu schreien, zu kämpfen, zu streiten, denn das würde ohnehin nichts bringen. Wenn ich anfange zu schreien, werden sie mir den Lappen einfach wieder in den Mund stecken. Außerdem gibt es nichts, was ich sagen oder tun könnte, um sie dazu zu bringen, sich dem Wunsch meines Vaters zu widersetzen. Wenn ich eines über den Death Devils MC weiß, dann ist es, dass kein einziger von ihnen jemals einen direkten Befehl ihres Präsidenten missachten würde. Mein Vater hat die Autorität im Club eisern in der Hand. Er könnte jedem von ihnen befehlen, sich eine Pistole an den Kopf zu halten und sich zu erschießen, und sie würden es vermutlich ohne zu fragen tun.

„Wohin fahren wir?", frage ich sinnloserweise. Meine Stimme klingt niedergeschlagen und leise, und ich *hasse* sie.

„Das geht dich nichts an."

„Wie lange fahren wir noch?", versuche ich es noch einmal. „Ich muss pinkeln."

Keiner macht sich die Mühe, zu antworten.

Schweigend fahren wir weiter, der verdammte Sack befindet sich immer noch auf meinem Kopf, sodass ich nichts sehen kann. Ich fange an, mich durch den Mangel an Luft und die Bewegung des Wagens ein wenig benommen zu fühlen. Ich frage sie einmal, ob sie den Sack zumindest ein wenig anheben können, damit ich atmen kann, aber es ist, als hätte ich nie etwas gesagt.

Genervt prustend richte ich meinen Körper so aus, dass meine linke Schulter an der Rückenlehne lehnt, und versuche, die Spannung des Kabelbinders, der in meine Handgelenke schneidet, etwas zu lockern. *Gottverdammt, ich werde wie eine verdammte Geisel behandelt.* Wenn ich Oz sehe, sage ich mir selbst aufmunternd, werde ich ihm mitteilen, wie grob diese Typen mich behandelt haben.

Wenn ich ihn sehe.

Wieder frage ich mich, wohin die Devils mich wohl bringen werden. Vermutlich an einen Ort, den mein Vater für sicher hält. Aber – und das ist noch wichtiger – aus der Schusslinie. Oz war in letzter Zeit sehr nervös, und in den letzten Wochen ist es immer schlimmer geworden. Ich weiß, dass der Club irgendwelche Probleme hat, obwohl ich natürlich keine Ahnung habe, um welche Art von Problemen es sich handeln könnte. Ich weiß nur, dass, was auch immer los ist, mein Vater zu einem verdammten Tyrannen geworden ist, wenn es um mich geht. Er ist sogar so beunruhigt gewesen, dass er es für angebracht hielt, mich von dem College, das ich im Nachbarstaat besucht habe, abzuholen. Er hat mir kein Sterbenswörtchen darüber gesagt, bis er eines Tages mit zwei seiner Leute an die Tür meines Zimmers geklopft hat, um meine Sachen zu packen. Drei Wochen nach Beginn des Herbstsemesters, um genau zu sein. Ich musste mir fast das ganze Semester freinehmen. Letztlich konnte ich genügend Online-Kurse finden, um vorerst weitermachen zu können.

Ich habe keine Ahnung, warum Oz unbedingt darauf bestanden hat, mich wieder nach Hause zu holen, statt mich einfach aufs College gehen zu lassen. Aber der Versuch, Informationen aus ihm herauszubekommen, ist, als wollte man Blut aus einem Stein quetschen. Die Männer des Clubs erzählen den Frauen nicht, was vor sich geht. Nicht einmal ihren Old Ladys oder ihren Töchtern. Sie sagen, es sei zu unserem eigenen Schutz. Aber es ist mehr als nur zermürbend.

Seit einem Monat hat Oz mich also praktisch unter Hausarrest gestellt, und ich weiß nicht einmal, warum. Jedes Mal, wenn ich ihn darauf anspreche, winkt er einfach ab und sagt: „Es ist nicht wichtig, dass du das weißt. Deine Aufgabe ist es, zu gehorchen."

Habe ich schon erwähnt, dass sich mein Vater manchmal wie ein Neandertaler verhält?

Anfangs habe ich mein Bestes gegeben, um ein braves, gehorsames kleines Mädchen zu sein – obwohl ich schon einundzwanzig verdammte Jahre alt bin. Ich bin zu Hause geblieben, habe meine Schularbeiten gemacht und so geduldig wie möglich auf die Entwarnung von Oz gewartet, damit das Leben wieder normal weitergehen kann. Aber stattdessen ist er mit der Zeit nur noch paranoider geworden, und immer wütender, wenn ich versuche, herauszufinden, was los ist oder wann ich wieder ein normales Leben führen darf.

Ich gebe zu, dass ich durch das Eingesperrtsein ein wenig durchgedreht bin.

Als Deb also vorgeschlagen hat, heute Abend für ein paar Stunden auszugehen, habe ich gedacht, es wäre eine harmlose Möglichkeit, etwas Dampf abzulassen. Ich habe gewusst, dass Oz ins Clubhaus müsste, um etwas zu erledigen, und habe angenommen, dass ich bis mindestens Mitternacht Zeit hätte, bis er nach Hause kommen würde. Wie eine Dreizehnjährige, die sich durch das Fenster ihres Schlafzimmers in die Nacht hinausstiehlt, bin ich also das Risiko eingegangen und habe Dads strikte Anweisung, zu Hause zu bleiben und die Türen abzuschließen, einfach ignoriert.

Es wäre mir nie in den Sinn gekommen, dass Oz mich verfolgen lassen könnte. Und ich habe ganz sicher nicht damit gerechnet, von meinem eigenen Vater entführt zu werden.

Doch jetzt werde ich dafür bezahlen, dass ich ihm nicht gehorcht habe. So wie jeder in Dads Welt für alles bezahlt, was nicht dem absoluten Gehorsam entspricht. Aber im Gegensatz zu den Death Devils und ihrem strengen Kodex der Clubjustiz, habe ich keine Ahnung, welchen Preis ich bezahlen muss.

4

THORN

Ich weiß nicht, was ich erwartet habe, als die Devils Isabel zum Treffpunkt gebracht haben.

Nichts hätte mich allerdings auf diese wütende Giftspritze vorbereiten können, die sich mit aller Gewalt von den Männern, die sie aus dem Van gezerrt haben, befreien wollte.

„Was zum Teufel ist das, eine Geiselnahme?", knurre ich ungläubig.

„Oz hat uns gesagt, dass sie nicht freiwillig mitkommen würde", murmelt einer der Männer und packt sie, als sie versucht, sich aus seinem Griff zu winden, noch fester am Bizeps. „Wir haben beschlossen, dass es besser ist, ihr keine Wahl zu lassen."

„Indem ihr sie verdammt noch mal *entführt?*", frage ich fordernd.

Das Mädchen ist eindeutig gegen ihren Willen hier. Und wie es scheint, wurde sie nicht von zu Hause entführt. Abgesehen von dem Sack, der ihren Kopf bedeckt, trägt sie Klamotten, die man normalerweise in einem Club sieht: ein enges schwarzes Kleid, das aussieht, als hätte man es direkt für ihren offensichtlich *perfekten* Körper angefertigt. Dazu trägt sie Sandalen mit hohen Absätzen, wobei einer davon abgebrochen ist, was dazu führt, dass sie in einem beschissenen Winkel dasteht, wenn sie nicht gerade versucht, einen Tritt gegen eines der Beine der Devils zu landen.

„Warum zum Teufel ist sie so angezogen?", frage ich.

Der größere Mann meldet sich zu Wort. „Wir haben sie uns in Buzzy's Roadhouse geschnappt."

Geschnappt trifft es recht gut, wie es scheint. Und das nicht kampflos. Eines ihrer Knie ist geschwollen und wird immer röter. Ohne dass ich es will, beginnt die Wut tief in meinem Bauch zu brodeln. Es gibt keinen Grund, sie so zu behandeln, verdammt noch mal. Selbst der kleinste der Männer ist fast doppelt so groß wie sie. Ich kann mir nicht vorstellen, dass Oz gewollt hätte, dass sie so mit ihr umgehen.

Neben mir blicken Beast und Gunner finster auf die Situation, die sich vor uns abspielt. Sie sehen auch nicht beeindruckter aus als ich. Ich werfe Beast einen Blick zu, und er schüttelt angewidert den Kopf.

Isabels Brust hebt und senkt sich vor Anstrengung, während sie sich gegen den Mann wehrt, der sie am Arm festhält. Es ist schwer, nicht auf ihre Titten zu starren, die sich durch den engen Stoff ihres Kleides abzeichnen. Obwohl ich versuche, mich auf die Arbeit zu konzentrieren, kann ich nicht umhin, mich zu fragen, wie sie sich in meinen Händen anfühlen würden. Bei diesem Gedanken wird mein Schwanz sofort hart.

Runter, Junior. Wir haben einen Job zu erledigen.

„Ich rufe Oz an", knurre ich die Männer an, die Isabel festhalten. Dann nicke ich Gunner zu und murmle: „Lasst nicht zu, dass sie irgendeinen Scheiß machen. Und lasst sie nicht abhauen."

„Alles klar", murmelt er zurück.

Ich entferne mich ein paar Schritte, und trete aus dem Licht der Straßenlaterne heraus, unter der wir stehen. Wir befinden uns im Gebiet der Death Devils, in einem Teil der Stadt, den niemand ohne guten Grund je aufsuchen würde. Sogar die Bullen halten sich von hier fern. Vor allem um drei Uhr morgens am verlassenen Ende einer Sackgasse, in der es nichts gibt als verlassene Lagerhallen, so weit das Auge reicht. Ich werfe einen letzten missbilligenden Blick über meine Schulter und wähle die Nummer, die Rock mir gegeben hat, um Oz zu erreichen. Es ist schon spät, aber das kümmert mich einen Dreck. Bevor ich in dieser Sache irgendetwas tue, brauche ich ein paar Antworten.

Sollte ich angenommen haben, Oz würde um diese Zeit schon schlafen, habe ich mich geirrt. Er antwortet nach dem ersten Klingeln. „Ja."

„Hier ist Thorn."

„Bist du am Treffpunkt?"

„Ja, verdammt, das bin ich! Was zum Teufel ist hier los, Oz?"

„Ich bin mir nicht sicher, dass ich weiß, was du meinst", antwortet er milde.

„Deine Tochter wurde gefesselt hergebracht, mit einem verdammten Sack über dem Kopf."

Sollte er überrascht sein, lässt er es sich nicht anmerken. „Und?"

„Ich dachte, ich sollte sie beschützen und nicht entführen. Um Himmels willen, Oz."

„Meine Tochter handelt nicht immer so, wie es für sie am besten wäre." Ich höre, wie er kräftig an einer Zigarette zieht, und langsam den Rauch ausbläst. „Ich habe ihr gesagt, dass sie das Haus nicht verlassen soll. Sie hat sich mir widersetzt."

„Oz, bei unserem letzten Gespräch hast du mir nur
gesagt, dass eine ernsthafte Bedrohung für die Sicherheit
deiner Tochter besteht." Ich höre, wie mein Tonfall härter
wird. „Ich könnte hier ein paar mehr Informationen gebrauchen. Besonders jetzt, wo ich weiß, dass ich sie gegen ihren
Willen festhalten soll."

Am anderen Ende der Leitung ist es eine Sekunde lang
still. Ich höre, wie er einen weiteren Zug von seiner Zigarette nimmt.

„Ich habe viele Feinde, Thorn", antwortet er schließlich.
„Vielleicht nicht mehr als jeder andere MC-Präsident, aber
sicher nicht weniger."

„Okay, und weiter?"

„Einer meiner Feinde ist ein Mann namens Fowler.
Sagen wir einfach, wir hatten eine geschäftliche Vereinba-
rung, die schiefgelaufen ist. Über die Gründe dafür sind wir
uns nicht einig." Er zögert. „Fowler ist ein Mann, der gerne
seine Mitmenschen foltert. Nicht nur auf physischer Ebene,
sondern auch auf psychischer Basis. Und wie es scheint,
bezieht sich das auch auf seine sexuellen Neigungen. Er ist
dafür bekannt, dass er die Ehefrauen und Töchter seiner
Feinde entführt. Und sie missbraucht." Oz' Stimme wird
leise. Tödlich. „Er macht Fotos von alldem und schickt sie
den Männern als Erinnerungsstücke, bevor er die Frauen
tötet und ihre verstümmelten Körper zurückbringt."

„Mein Gott", zische ich und fahre mir mit der Hand
durchs Haar.

„Ja." Oz atmet tief aus. „Wie du siehst, muss ich Isabel an
einen sicheren Ort bringen, und wissen, dass sie beschützt
wird, bis mein Club Fowler und seine Männer neutrali-
sieren kann."

„Ihn umbringen", präzisiere ich.

„Korrekt."

„Weiß Isabel darüber Bescheid?"

„Sie weiß nur, dass ich glaube, dass sie in Gefahr ist", antwortet Oz. „Anfangs war sie zwar widerwillig, hat mir jedoch gehorcht und ist zu Hause geblieben. So war sie außer Reichweite. Das ist jetzt allerdings schon über einen Monat her, und sie ist ... unruhig geworden. Trotzig." Es folgt ein angestrengtes Ausatmen. „Daher diese kleine Aktion, die sie heute Abend abgezogen hat, um mit ihrer Freundin auszugehen."

Ich runzle die Stirn. „Warum hast du es ihr nicht gesagt? Wäre sie nicht eher bereit, zu Hause zu bleiben, wenn sie wüsste, wie ernst die Bedrohung ist?"

Ich kann die Kälte in Oz' Stimme durch das Telefon hören. „Dass ich ihr gesagt habe, was ich von ihr verlange, sollte ausreichen."

Aha. Oz ist es also gewohnt, dass man ihm gehorcht. Wie es scheint, gehorcht ihm normalerweise jeder.

„Isabel ist meine einzige Tochter, Thorn. Meine einzige lebende Verwandte. Ich kann sie nicht beschützen und gleichzeitig nach diesem Mann suchen. Ich muss wissen, dass sie in Sicherheit ist. Du, mein Freund, wirst für ihre Sicherheit sorgen. Dein *Club* wird sie beschützen."

Am Ende von Oz' Satz kann ich ein angedeutetes „*Wehe, wenn nicht*" hören. Ich weiß, dass die Beziehung meines Clubs zu den Death Devils davon abhängt, was hier passiert. Davon, ob ich dafür sorgen kann, dass Isabel am Leben bleibt und in Sicherheit ist.

„Verstanden", antworte ich, denn ich habe keine andere Wahl.

Das Telefon klickt. Oz ist weg.

„Verdammte Scheiße", murmle ich und schiebe mein Handy in die Tasche meiner Jeans. Dieser Job, den ich von Anfang an nicht wollte, ist gerade noch schlimmer geworden. Nicht nur, dass ich gezwungen bin, die nächste Zeit nasebohrend in Connegut zu verbringen, kennt das Mädchen, das ich beschütze, nicht einmal ausreichend viele Details, um dafür dankbar zu sein. Hinzu kommt das Problem, dass sie *absolut nicht* beschützt werden will. Was bedeutet, dass ich auch noch verhindern muss, dass sie flieht.

Ganz zu schweigen von der Tatsache, dass sie sowohl älter als auch heißer ist, als ich erwartet hatte. Und das, wo ich noch nicht einmal ihr Gesicht gesehen habe.

Was für ein beschissener Schwachsinn das doch ist.

Auf dem Rückweg zu Beast, Gunner und den Devils geht mir jedes Schimpfwort durch den Kopf, das mir nur einfällt. „Also", grinse ich. „Es sieht so aus, als wäre alles geklärt. Habt ihr Idioten wenigstens daran gedacht, dem Mädchen ein paar Klamotten zum Wechseln mitzunehmen?"

Der eine sieht den anderen an, der den Kopf schüttelt und zumindest den Anstand hat, ein wenig verlegen drein-zuschauen.

„Großer Gott." Ich spucke angewidert auf den Boden. „Gunner, kannst du, wenn du wieder in Tanner Springs bist, Alix bitten, eine Tasche für das Mädchen zu packen? Bring sie bei deiner nächsten Fahrt zum Versteck mit."

Gunner nickt mir kurz zu, als ich den Namen seiner Old Lady erwähne. „Wird gemacht."

„Also dann", sage ich müde. „Eure Arbeit ist getan. Ihr könnt gehen, ihr verdammten Roboter", schnauze ich Oz' Männer an. „Gebt sie her und sagt eurem Präsidenten, er soll mich morgen anrufen, um ein Update zu bekommen."

Der kleinere der beiden Männer lässt Isabels Arm los, und der größere gibt ihr einen Schubs in unsere Richtung, wobei er froh zu sein scheint, dass er seinen Schützling los ist. Sie stolpert ein wenig nach vorn, fängt sich jedoch schnell wieder. Ich nehme sie am Arm, um sie die letzten paar Schritte zu führen. Als sie schließlich vor mir steht, greife ich nach unten, hebe ihre kleine Handtasche an und nehme sie ihr ab. Ich werfe einen kurzen Blick hinein. Ein Lippenstift. Ein Schlüsselbund mit einem kleinen Pfefferspray. Eine Brieftasche. Nichts Besonderes.

„Oh. Hier." Der Größere der beiden Männer greift in seine Hosentasche und reicht mir ein Handy. „Ihres", sagt er und nickt in Richtung von Isabel. Ich nehme es, überprüfe, ob es ausgeschaltet ist, und stecke es in ihre Handtasche.

Die Devils steigen in ihren Van. Der Motor springt an, und ich mache mir kaum die Mühe, zu beobachten, wie sie wegfahren. „In Ordnung, Brüder. Lasst uns die Sache hinter uns bringen." Wieder packe ich Isabel am Arm. „Tut mir leid, Schätzchen, aber du musst den Sack vorläufig noch aufbehalten. Ich kann schließlich nicht zulassen, dass du siehst, wohin wir fahren. Das verstehst du doch, nicht wahr?"

Das Mädchen weicht vor mir zurück. „Hast du vor, dir den Weg mit den Zehen zu ertasten?", frage ich amüsiert. Ich versuche noch einmal, sie am Arm zu nehmen, und dieses Mal lässt sie mich widerwillig gewähren. Ich gehe ein paar Schritte vorwärts, vergesse jedoch, dass einer der Absätze an ihren Schuhen abgebrochenen ist. Sie stolpert erneut und ich ziehe sie am Arm hoch. Mit ihrem ganzen Körpergewicht zerrt sie an den Kabelbindern, die ihre Handgelenke fesseln. Das Mädchen stößt einen gedämpften, schmerzerfüllten Schrei aus. Ich blicke nach unten und sehe, dass die Kabelbinder bereits in ihr Fleisch geschnitten haben und die Haut aufgerissen ist.

„Verdammt noch mal", murmle ich leise vor mich hin. Ich gebe ihr etwas Zeit, ihre Beine zu sortieren, und sobald sie wieder aufrecht steht, ziehe ich ein Messer aus meiner

Gesäßtasche. Eilig schiebe ich es unter den Kabelbinder und durchtrenne ihn. „Ich habe dich erst mal befreit, aber zwing mich nicht, dich wieder zu fesseln, verstanden?"

Ihre einzige Reaktion ist ein dumpfes Grunzen. Eine Sekunde lang weiß ich nicht, woran es liegen könnte, doch dann dämmert es mir.

„Mein Gott, das kann doch nicht wahr sein?" Ich schüttle ungläubig den Kopf, während ich unter den Sack greife und ihr den Lappen aus dem Mund ziehe. Kaum habe ich das getan, stürzt sich das Mädchen auf mich und versucht mich zu treten, wobei sie wild mit dem Fuß zielt, der den Schuh mit dem abgebrochenen Absatz trägt.

„Also bitte, ist das deine Art von Dank?", frage ich mit verletztem Tonfall.

„Fick dich", zischt sie.

„Schon besser", kichere ich.

Wir gehen weiter zu unserem eigenen Van, der nur ein paar Schritte entfernt geparkt ist, wobei die Türen offenstehen. Ich helfe dem Mädchen hinein und warte erst mal, bis sie so weit wie möglich von mir weg in die gegenüberliegende Ecke gerutscht ist. Beast steigt ebenfalls ein und nimmt den Sitz vor ihr ein, wobei er sich so hinsetzt, dass er seitlich sitzt. Ich steige neben dem Mädchen ein und schlage die Tür zu. Gunner setzt sich auf den Fahrersitz.

„Hast du Durst?", frage ich sie, wohl wissend, dass der Lappen in ihrem Mund sie ausgedörrt haben könnte.

Das Mädchen erstarrt einen Moment lang, dann nickt der Sack kurz.

„Gun. Wirf mir bitte die Wasserflasche nach hinten", rufe ich. Er tut, was ich verlange. Ich schraube den Deckel ab. Das Mädchen reibt sich die Handgelenke, und ich greife nach einer ihrer Hände. Die Berührung lässt sie eine Sekunde lang zusammenzucken. Dann, als sie die Flasche auf ihrer Haut spürt, legt sie ihre Finger darum. Sie schiebt den Flaschenhals unter den Sack, legt den Kopf zurück und nimmt einen großen Schluck, dann noch einen. Innerhalb von Sekunden ist die Flasche leer.

Ich kann nicht anders, als die glatte, zarte Haut ihres Halses anzustarren, während sie trinkt. Wieder erregt die sanfte Bewegung ihrer Brüste meine Aufmerksamkeit. Ich bin nicht oft so nah an Mädchen, die ich nicht ficken will oder die ich eben gerade in diesem Moment ficke. Mein Gott, der Körper dieses Mädchens ist *reif*, um beansprucht zu werden. Langsam beginne ich zu begreifen, wie schwer es sein wird, mich für Tage – wenn nicht sogar Wochen – im selben Raum mit ihr aufzuhalten.

Isabel trinkt das Wasser aus, und mit einem kleinen Seufzer gibt sie mir die Flasche zurück. „Danke", flüstert sie so leise, dass ich es fast nicht höre.

„Gern geschehen", antworte ich kurz und bündig, wobei ich ein Grinsen unterdrücke. „Hungrig?"

Der Sack nickt.

„Beast, gib dem Mädchen etwas, das sie mit dem Sack auf dem Kopf essen kann", sage ich und nicke in Richtung der großen Kiste mit Vorräten, die direkt vor ihm steht. Er kramt darin herum und holt schließlich einen Apfel heraus. Ich nehme ihn entgegen und ergreife wieder ihre Hand. Sie zittert ein wenig, zieht sie jedoch nicht zurück.

„Hier. Das Beste, was ich im Moment zu bieten habe."

Während der nächsten Minuten sind die einzigen Geräusche das Schmatzen des Mädchens und der Motor des Wagens. Als sie fertig ist, hält sie den Stunk ruhig in der Hand, bis ich ihn ihr abnehme. *Sie versucht, mich dazu zu bringen, meine Schutzmauer vor ihr fallen zu lassen.* Momentan scheint sie lammfromm zu sein.

Ich erwarte nicht, dass das von Dauer sein wird.

5

ISABEL

Irgendwie schlafe ich trotz der unbequemen Position, in der ich mich befinde, im Van der Devils ein. Durch das Geräusch der sich öffnenden Tür, die aufgeschoben wird, werde ich geweckt. Jemand schneidet die Fesseln an meinen Knöcheln durch. Der Sicherheitsgurt wird gelöst, ich werde vom Sitz gezogen und jemand hievt mich wie einen verdammten Kartoffelsack über seine Schulter.

„Wir sind am Treffpunkt", grunzt Lazarus. Er trägt mich ein paar Meter, dann setzt er mich kurzerhand auf dem Boden ab. Ich taumle ein wenig, während der Fuß mit der abgebrochenen Absatz Halt sucht. Er zieht mich vorwärts, woraufhin ich mich kurzzeitig ein wenig wehre, was natürlich zwecklos ist. An den Geräuschen um mich herum kann ich erkennen, dass mindestens drei Devils anwesend sind, den Fahrer des Vans mitgerechnet. Ich kann weder sprechen noch kann ich mich wehren, und ich kann kaum laufen.

Ich stehe aufrecht, während Lazarus meinen Oberarm mit der Hand umklammert. Wieder wehre ich mich einfach nur, weil ich es kann, und schaffe es fast, ihn mit dem Fuß am Knöchel zu treffen. Er schüttelt mich so grob, dass meine Zähne klappern und ich innehalte.

Schritte nähern sich auf dem Schotter. Es sind mehr als nur zwei Füße.

„Was zum Teufel ist das, eine Geiselnahme?", knurrt eine Männerstimme.

„Oz hat uns gesagt, dass sie nicht freiwillig mitkommen würde", antwortet Lazarus. „Wir haben beschlossen, dass es besser ist, ihr keine Wahl zu lassen."

„Indem ihr sie verdammt noch mal *entführt?*", fragt die Stimme und klingt dabei wütend. Wer auch immer der Mann ist, er hat einen leichten Akzent – irisch, glaube ich. Oder schottisch? Ich bin mir nicht sicher.

Die Männer diskutieren weiter Hin und Her. Ich nehme alles in mich auf und versuche herauszufinden, wem ich hier ausgeliefert bin. Wieder beginnt mein Magen, sich vor Angst zusammenzukrampfen, aber ich versuche, die Angst zu unterdrücken.

„Ich rufe Oz an", knurrt die Stimme mit dem Akzent. Ich höre, wie er sich von uns entfernt. Während sie warten, gibt es keinerlei Unterhaltung oder Gespräch zwischen den anderen. Ich bemühe mich, das Gespräch zwischen dem Mann und meinem Vater mithören zu können, er ist jedoch zu weit weg. Alles, was ich erkennen kann, ist der frustrierte, abgehackte Tonfall seiner Stimme.

Als der Mann zurückkommt, werde ich von den Devils an ihn übergeben. Ich wehre mich wieder, verliere jedoch das Gleichgewicht und falle beinahe hin. Der Kabelbinder schneidet schmerzhaft in meine Handgelenke, und ich schreie auf, auch wenn ich es eigentlich nicht will. Als ich wieder aufrecht stehe, flucht der Mann leise vor sich hin. Dann, völlig unerwartet, löst sich der Kabelbinder.

„Ich habe dich erst mal befreit, aber zwing mich nicht,

dich wieder zu fesseln, verstanden?", murmelt er mit tiefer Stimme nah an meinem Ohr. Unwillkürlich erschaudere ich ein wenig.

Ich versuche, trotz des Lappens in meinem Mund zu antworten. Eine Sekunde lang herrscht Stille. Als er schließlich wieder spricht, schwingt Abscheu und Unglauben in seinem Tonfall mit. „Mein Gott, das kann doch nicht wahr sein?"

Bevor ich registriere, was gerade passiert, steckt er seine Hand unter den Sack und zieht mir den Lappen aus dem Mund. Zum ersten Mal seit Stunden atme ich endlich wieder tief ein und bemerke dann, wie sich Panik in mir breitmacht. Ohne lang zu überlegen, ziehe ich einen meiner Füße zurück und trete damit nach vorn, um einen Versuch zu starten, ihn am Schienbein zu erwischen. Leider verliere ich das Gleichgewicht und wackle zu sehr, um ihn zu treffen.

Doch statt wütend zu werden, scheint ihn meine Aktion eher zu amüsieren. „Also bitte, ist das deine Art von Dank?", neckt er mich. Ich werde verdammt wütend.

„Fick dich", zische ich.

„Schon besser." Das Arschloch *lacht* mich tatsächlich aus. Ich bin zu sauer, um irgendetwas zu erwidern.

Ein paar Minuten später sitzen wir bereits in einem anderen Fahrzeug, der Sack befindet sich immer noch auf meinem Kopf und ich werde angeschnallt. Ich tappe völlig im Dunkeln. Das Einzige, was ich weiß, ist, dass diese Männer nicht die Devils sind und dass Oz mich ihnen überlassen hat. Ich bin so wütend auf ihn, auf sie alle und besonders auf den Mann mit dem Akzent, dass ich am liebsten schreien, um mich schlagen, kratzen, schlagen und vielleicht sogar töten möchte. Aber ich weiß, dass ich in einer zu aussichtslosen Lage stecke, um im Moment irgendetwas zu unternehmen. Ich sitze da, während Wut in mir kocht und ich mir zehn verschiedene Szenarien ausdenke, die alle darauf hinauslaufen, dass ich jedem einzelnen dieser Männer – meinen Vater mit eingeschlossen – schreckliche, lang anhaltende Schmerzen zufüge.

Nach etwa einer halben Stunde Fahrt beschließe ich herauszufinden, wie viel Aufmerksamkeit mir diese Männer schenken. Langsam, so langsam, wie ich es nur ertragen kann, beginne ich, die Hand, die dem Fenster am nächsten ist, in Richtung meines Halses zu bewegen.

„Denk nicht einmal daran."

„Was?", schnappe ich zurück. „Ich muss mich kratzen."

„Dann übe dich in Willenskraft."

Unverschämter Mistkerl. Ich pruste frustriert, lehne mich zurück und versuche, eine bequeme Position einzunehmen. Meine Füße schmerzen von den hohen Schuhen und sind immer noch ein wenig geschwollen von den Kabelbindern. Langsam beginne ich, sie abwechselnd, einen nach dem anderen zu bewegen.

„Warum zur Hölle hast du diese Dinger immer noch an?"

„Ich weiß nicht, ob du es bemerkt hast", zische ich, „Aber bis vor Kurzem war ich nicht wirklich in der Lage, sie auszuziehen."

„Tja, jetzt schon."

„Ich habe keine anderen Schuhe dabei", antworte ich.

„Ja, mir ist aufgefallen, dass du keine Turnschuhe in deiner Umhängetasche hast", antwortet er sarkastisch.

Erst kann ich dem Drang noch widerstehen, doch dann wird mir klar, dass ich nur mir selbst schade. Widerwillig beuge ich mich vor und schiebe die Riemen der Sandalen über meine Fersen hinunter. Augenblicklich kann ich die Erleichterung spüren. Ich kann ein Seufzen nicht unterdrücken, während ich für einen kurzen Moment erst den einen, dann den anderen Fuß massiere.

„Fühlt sich schon besser an, oder?"

Verdammt noch mal. Ich *hasse* es, bei jeder einzelnen Bewegung beobachtet zu werden. Vor allem, weil ich verdammt noch mal rein gar nichts sehen kann.

„Soll das dein Ernst sein, dass ich diesen Sack für immer tragen werde?"

„Nicht für immer. Nur bis wir am Ziel sind."

„Und was dann?"

„Dann wirst du auch ohne das Ding nichts sehen können."

Mein Magen krampft sich unangenehm zusammen. In Gedanken stelle ich mir vor, wie ich irgendwo in einem Keller eingesperrt bin, ohne Fenster und ohne eine Chance, entkommen zu können. Mir ist von der Autofahrt bereits ein wenig übel, und die Angst macht es noch schlimmer. Wieder beginne ich tief einzuatmen und versuche, mich nicht übergeben zu müssen.

„Alles okay?"

„Es geht mir gut." Ich werde ihm die Genugtuung nicht gönnen, ihn wissen zu lassen, dass mir all das zu schaffen macht.

„Gut, gut", antwortet er offensichtlich amüsiert. „Dann lehne dich zurück und genieße deinen Flug."

„*Fick dich!*", brülle ich ihn in meinem Unterbewusstsein an. Beleidigt wende ich mich von ihm ab und versuche, ihm den Rücken zuzudrehen, um meine Botschaft deutlich zu machen. Doch als ich das tue, spüre ich ein leichtes Ziehen an meinem Hals und dann das leise Knistern von etwas, das über meine Brust und unter mein Kleid gleitet.

„Oh, nein!", keuche ich. Blitzschnell greife ich nach oben – so schnell, dass mich der Mann anbellt.

„Keine ruckartigen Bewegungen!"

Augenblicklich erstarre ich und fahre dann langsamer fort. Ich beginne, mit einer Hand in mein Dekolleté zu greifen, doch plötzlich packt er grob mein Handgelenk. Ich keuche auf, als sich seine Finger um meine zarte Haut legen.

„Was zur Hölle soll das werden?", knurrt er misstrauisch.

„Nichts!", stottere ich. „Ich schwöre! Ich habe nur ... meine Halskette! Ich glaube, der Verschluss ist kaputtgegangen. Sie ist in meinen BH gerutscht." Meine Wangen beginnen zu glühen.

„Bist du sicher, dass du da drin kein Messer versteckst und nur auf eine Chance wartest, um es herauszuziehen?", fragt er mit harter, wissender Stimme. „Es wird nicht gut für dich ausgehen, wenn du dich mit mir anlegst, Mädchen."

„Ich habe eine Halskette getragen!", starte ich einen weiteren verzweifelten Versuch. „Hast du sie nicht gesehen? Siehst du nicht, dass sie weg ist?" Meine Stimme bricht. „Bitte! Sie bedeutet mir sehr viel! Ich darf sie nicht verlieren!" Unter dem Sack füllen sich meine Augen mit Tränen, und ich bin beinahe schon dankbar, dass mein Gesicht bedeckt ist, damit er nicht sieht, wie ich anfange zu weinen. „Bitte, lass sie mich einfach herausholen!"

„Tut mir leid, dieses Risiko kann ich nicht eingehen." Ich höre, wie sich sein Körper bewegt.

„Aber ..."

„Lass deine Hände, wo sie sind."

Ich öffne den Mund, um es noch einmal zu versuchen, doch genau in diesem Moment lässt mich eine Berührung an meinem Hals zusammenzucken und vor Verwirrung erstarren. Warme, kräftige Finger gleiten über meine Haut und schieben den Stoff meines Kleides beiseite. Ich möchte protestieren – zurückweichen –, aber die Berührung dieses Mannes, grob und sanft zugleich, lässt mich erschaudern. Er lässt seine Hand weiter hinuntergleiten und hält inne. Es schnürt mir die Kehle zu, als er meine Brust umfasst und meine Brustwarze streift.

Ich verkneife mir ein Stöhnen.

Ich weiß nicht, ob die Angst, die ich in den letzten Stunden verspürt habe, meine Nervenenden empfindlicher gemacht hat, aber die Berührung durch die Hand dieses Fremden schickt eine Woge der Lust durch meinen Körper, die mich völlig überrumpelt. Irgendwie werde ich augenblicklich feucht. Es ist beschämend, aber ich bin tatsächlich erregt.

Das Summen in meinen Ohren wird beinahe ohrenbetäubend, als der Mann seine Hand langsam zurückzieht. Das Knistern von warmem Metall auf meiner Haut klingt wie das Echo seiner Anwesenheit.

„Hier", murmelt er, nimmt meine Hand und lässt die Kette in meine Handfläche fallen.

Ich umklammere sie für den Rest der Fahrt. Die kleinen Arme des Seesterns bohren sich in meine Haut und verursachen gerade genug Schmerz, um mich zu beruhigen. Genug Schmerz, um mich auf dieses Gefühl konzentrieren zu können und zu versuchen, zu vergessen, was gerade passiert ist, als mein Entführer mich berührt hat.

6

THORN

Das sichere Versteck liegt am Ufer des Connegut River. Es ist das einzige Gebäude im Umkreis mehrerer Kilometer. Am Beginn der Einfahrt, die von der Schotterstraße hinaufführt, befindet sich nicht einmal ein Briefkasten. Eigentlich gibt es gar keine richtige Einfahrt. Die meisten Leute würden direkt daran vorbeifahren und nicht einmal bemerken, dass es eine Einfahrt ist. Das ist auch die Idee dahinter.

Das Haus ähnelt eher einem Landhaus. Es ist rustikal, klein und einfach, mit dunkler Holzvertäfelung und einer kleinen Veranda an der Vorderseite, von der aus man auf den Fluss blicken kann. Es erinnert mich an Szenen in amerikanischen Filmen, die ich gesehen habe, als ich noch ein kleiner Knirps war. Vermutlich wäre es eine nette Fischerhütte ..., wenn ich ein verdammter Angler wäre.

Ich habe keine Ahnung, wie lange den Lords dieses Fleckchen schon gehört. Verdammt, ich weiß eigentlich nicht einmal, ob er tatsächlich uns gehört. Ich weiß nur, dass die Mitglieder des Clubs schon seit Jahren herkommen. Um dem Alltag zu entfliehen oder um sich eine Weile zu verstecken. Das Haus bietet gerade so viel Platz, dass es verdammt eng wird, wenn mehr als ein paar wenige Leute hier sind, aber es ist dennoch ein perfekter Ort, wenn man für eine Weile untertauchen und nicht gefunden werden will.

Abgesehen davon ist es hier draußen verdammt langweilig.

Als wir in Connegut ankommen, ist es noch stockdunkel. Die Uhr auf meinem Handy zeigt kurz nach halb vier Uhr morgens an. In ein paar Stunden wird die Sonne aufgehen. Ich stoße ein angewidertes Seufzen aus, als Gunner am Ende der mit Unkraut zugewucherten Einfahrt ankommt und den Van neben dem Haus abstellt. Ich weiß nicht, was zum Teufel ich getan habe, um diese Art von Bestrafung zu verdienen.

„Da wären wir, alle gesund und munter", verkündet Gunner. Er sieht mich grinsend an, woraufhin ich ihm den Finger zeige.

Beast reißt die Seitentür auf und springt hinaus. Ohne darauf zu warten, dass Isabel sich fügt, greife ich nach ihrem Arm und ziehe sie an mich heran. Wie absehbar war, wehrt sie sich.

„Was zum Teufel tust du da?", frage ich entnervt. „Du kannst nirgendwo hin, also hast du keine Wahl."

„Ich habe immer eine Wahl", zischt sie, wobei ihre Stimme durch den Sack gedämpft wird.

Kopfschüttelnd seufze ich erneut, bevor ich sie mir schnappe und sie aus dem Van hebe. Sie fängt an, sich zu wehren, doch ich tue so, als würde ich sie fallen lassen, woraufhin sie loskreischt und reflexartig ihre Arme um meinen Hals legt. Kichernd werfe ich sie mir über die Schulter und trage sie den Rest des Weges ins Haus. Den ganzen Weg zum Haus gibt sie leise empörte Geräusche von sich, als wäre sie ein verärgertes Kätzchen.

Das Haus ist schon lange nicht mehr genutzt worden, und der muffige Geruch steigt mir in die Nase, sobald ich drin bin. Ich greife zum Lichtschalter neben der Eingangstür und schalte das Licht ein. Eine einsame, schwache Glühbirne spendet gerade genug Licht, um den Zustand des Hausinneren erkennen zu können. Es ist staubig, spärlich eingerichtet und sieht ziemlich genau so aus, wie ich es in Erinnerung habe, seit ich das letzte Mal hier war.

Hinter mir kommt Beast mit einer großen Kiste mit Vorräten herein. „Gun bringt dein Zeug mit herein", erklärt er.

„Danke." Ich setze Isabels Körper ein wenig unsanft auf der Couch ab. Sofort krabbelt sie an das entlegenste Ende der Couch und zieht abwehrend die Knie an ihre Brust.

Beast nickt in Richtung des Mädchens. „Kommst du hier allein klar?"

„Sicher." Auch wenn Isabel versuchen sollte, zu fliehen, wird sie hier draußen nicht weit kommen. Sie hat keine brauchbaren Schuhe, und im Moment ist ihre einzige Kleidung ein enges Minikleid, das kaum ihre Titten und ihren Arsch bedeckt. Sie hat außerdem keine verdammte Ahnung, wo sie sich befindet. Selbst wenn es ihr gelänge, sich zu befreien, würde sie bei diesem kalten Novemberwetter an Unterkühlung sterben, von einem Wolf gefressen oder von einem notgeilen, verrückten Prepper, der hier draußen vielleicht in einem Schuppen haust, verschleppt werden, bevor sie jemals den Weg zurück in die Zivilisation findet. Ich muss sie nur davon überzeugen, dass es sich einfach nicht auszahlt. In der Zwischenzeit werde ich sie einfach immer fesseln, wenn ich sie nicht im Auge behalten kann, bis sie erkannt hat, dass es das Beste für sie ist.

Gunner kommt nach paar Sekunden herein, wobei er meinen Seesack und ein paar Papiertüten dabei hat. „Stell alles dort drüben in die Ecke", sage ich ihm. Beast ist gerade dabei, verderbliche Lebensmittel in den Kühlschrank zu räumen, den er gerade angeschlossen hat. Ich bin zwar froh, dass sie uns helfen, uns ein wenig einzurichten, allerdings werde ich bald nichts anderes mehr zu tun haben, als auf meine Füße zu starren, weswegen ich ihnen sage, dass sie es ruhig lassen können. „Ich kümmere mich später um den Rest."

„Soll ich dir mit ihr helfen?", fragt Beast.

„Ja, ich denke, das wäre ganz gut." Ich gehe zur Couch hinüber und greife nach unten, um ihr den Sack abzunehmen, den wir jetzt nicht mehr brauchen. Also packe ich den Stoff und hebe ihn an.

Ihr Anblick wirft mich fast aus den Socken.

Vor mir sitzt das vielleicht schönste Mädchen, das ich je gesehen habe. Sie blinzelt und wendet für einen Moment ihr Gesicht ab, weil selbst dieses schwache Licht für ihre Augen ungewohnt sein muss. Als sie sich allerdings wieder zu mir dreht, sieht sie mir mit ihren funkelnden, dunklen Augen und ihren wohlgeformten Brauen direkt in die Augen, wobei ihr Blick gleichzeitig eine Herausforderung und ein Versprechen birgt. Dichtes, langes dunkles Haar fällt ihr etwas chaotisch über die Schultern und umgibt die herrliche olivfarbene Haut ihres Gesichts. Zarte Sommersprossen zieren ihre gleichmäßige kecke, kleine Nase. Ihre Lippen … oh, *Gott,* diese Lippen. Sie sind prall und sinnlich, ohne jeglichen Lippenstift, ein wenig trocken und betteln geradezu darum, geküsst zu werden. Mir läuft schon das Wasser im Mund zusammen, wenn ich sie nur ansehe.

Mein Blick wandert wieder hinunter zu ihren prallen Brüsten – den Brüsten, die ich erst vor einer Stunde durch den Stoff ihres BHs hindurch gespürt habe. Mein Schwanz erwacht und nur einen Augenblick später bin ich so hart, dass es fast schmerzhaft ist. Ich räuspere mich und hebe meinen Blick wieder zu ihrem Gesicht, das sich mittlerweile in einem hübschen Rosaton gefärbt hat. Sie hat dieselben Gedanken wie ich, soviel ist sicher.

Das ist das Mädchen, mit dem ich jede Minute der nächsten Tage und Wochen verbringen werde. Ich habe keine andere Aufgabe, als auf sie aufzupassen ... und mich verdammt noch mal von ihr fernzuhalten.

Meine Güte, ich brauche eine Zigarette. Oder einen Drink. Oder eine ganze Flasche.

„Was?", zischt sie mich an und neigt trotzig den Kopf zur Seite.

„Nichts", murmle ich. Ich werfe einen Blick auf einen Stuhl mit gerader Lehne, der neben der Couch steht, und wende mich Beast zu. „Setzen wir sie erst mal dorthin."

„Was?", fragt sie fordernd. „Habt ihr zu viel Angst vor mir, um mich frei herumlaufen zu lassen? Habt ihr Angst, ich könnte euch überwältigen und entkommen?"

„Nein", knurre ich und bewege mich ganz nah an ihr Gesicht, bis sie zusammenzuckt. „Ich fürchte nur, dass du zu dumm bist, um zu begreifen, dass du bei einem Fluchtversuch da draußen sterben wirst, bevor du jemals einen anderen Menschen antreffen wirst."

Wut ist die einzige Möglichkeit, diese Situation zu meistern. Was sich gut trifft, denn plötzlich bin ich verdammt wütend. „Beast!", befehle ich. „Setz sie auf den Stuhl. Ich gehe raus zum Van und hole ein Seil."

Ich stapfe nach draußen, wo ich, sobald ich die Veranda erreicht habe, ein paar Mal tief durchatme, um mich zu beruhigen. Gunner bringt gerade die letzten Vorräte hinein und läuft auf der Treppe an mir vorbei.

„Kommst du hier draußen zurecht?", fragt er.

„Warum um *Himmels willen* fragen mich das alle?", frage ich explosionsartig und kann dabei nur schwer dem Drang widerstehen, auf etwas einzuschlagen.

„Weil du aussiehst, als hätte jemand gerade deinen geliebten Hamster getötet", lacht Gun.

„Fick dich", antworte ich mit finsterer Miene. Dann stapfe ich zum Van, schnappe mir die große Rolle mit dem Nylonseil und marschiere wieder hinein, wo Isabel nun barfuß und mit nackten Beinen auf dem Stuhl mit der geraden Lehne sitzt. Sie wirft mir einen hasserfüllten Blick zu, der mir ein breites Grinsen entlockt. Die Tatsache, dass sich ihr Kopf auf Höhe meiner Hüfte befindet, veranlasst mich dennoch dazu, mir vorzustellen, wie ich meine Hand in ihrem Haar vergraben, und ihren hübschen Mund ficken möchte.

Beast geht raus, um sich eine Kippe von Gunner zu schnorren, und lässt mich mit dem Mädchen allein.

„Her mit deinem Handgelenk", sage ich.

Das Mädchen legt die Hände in ihren Schoß, sieht zu mir hoch und kneift die Augen zusammen.

Wortlos greife ich nach unten und schnappe mir eine ihrer Hände. Sie versucht, sich loszureißen, woraufhin ich gerade so fest zudrücke, dass ich sichergehen kann, dass es ihr ein wenig wehtut.

„Autsch", jammert sie.

„Halt den Mund und tu, was man dir sagt." Ich binde das Seil an ihrem Handgelenk fest.

„Und wenn nicht?" Isabel streckt trotzig ihr Kinn vor. „Mein Vater ..."

„Dein Vater ist nicht mein Präsident. Und er ist auch

nicht hier."

„Warum bist du ...?"

„Das geht dich einen Dreck an", unterbreche ich sie. „Es ist mir egal, was mit dir passiert. Es ist mir egal, ob du dich wohlfühlst oder glücklich bist. Ich bin hier, um einen Job zu erledigen. Und mein Job ist es, dafür zu sorgen, dass du nicht umgebracht wirst. Das ist alles."

„Wer sollte versuchen, mich umzubringen?", kontert sie mit funkelnden Augen.

„Auch das geht dich nichts an."

„Es geht mich nichts an, warum ich gegen meinen Willen festgehalten werde?"

„Nein."

„Gott, du machst mich wirklich wütend."

„Gut. Vielleicht hast du es dann bald satt, mit mir zu sprechen."

Ohne zu fragen, greife ich nach unten und packe ihr anderes Handgelenk. Die Halskette, die sie noch immer in der Hand hält, fällt zu Boden. Reflexartig beugt sie sich nach unten, doch ich ziehe sie wieder hoch.

„Halt still", belle ich. Plötzlich fällt mir auf, dass ich dabei bin, ihre Hände vor ihrem Körper zu fesseln, und dass da nichts ist, woran ich sie festbinden könnte. Scheiße, in der Nähe dieses Mädchens kann ich nicht klar denken. Fluchend trete ich hinter den Stuhl und knie mich hin. Ich fessle ihre Handgelenke gerade so fest hinter ihrem Körper, dass sie sich nicht befreien kann, und locker genug, um ihre keine Schmerzen zu bereiten. Nachdem das erledigt ist, trete ich wieder nach vorn und packe sie am Knöchel. Ihr Fuß ist eiskalt.

„Verdammt", zische ich wütend, „Warum hast du mir nicht gesagt, dass dir kalt ist?"

Sie *lacht* tatsächlich. „Ich habe nicht angenommen, dass

dich das interessiert."

Verdammt noch mal. Ich marschiere quer durch den Raum zu meinem Seesack, hole ein sauberes Paar meiner Socken heraus und ziehe sie ihr einen nach dem anderen an, bevor ich ihre Knöchel an den Stuhlbeinen festbinde. Als ich fertig bin, stehe ich auf, ohne sie anzusehen, und gehe auf die Veranda hinaus.

„Alles klar. Sie ist gesichert."

„Wirst du ...", setzt Beast an.

„Verschwindet", unterbreche ich ihn wütend. „Und Gunner, um Himmels willen, bring ihr so schnell wie möglich ein paar Klamotten vorbei."

„Wird gemacht."

Ich bleibe auf der Veranda stehen und sehe zu, wie sie davonfahren, bis das Rot ihrer Rücklichter in der Dunkelheit verschwindet. Langsam schüttle ich den Kopf über mein Schicksal und drehe mich dann um, um wieder hineinzugehen.

Isabel sitzt da, verpackt wie ein verdammtes Geschenk. Mit ihren großen Augen sieht mich an.

„Und jetzt?", grinst sie. Ich muss zugeben, ich bewundere ihre Courage.

„Jetzt gehe ich erst mal schlafen", antworte ich ihr, gehe hinüber und schalte das Licht aus. Der Raum hüllt sich in Dunkelheit. „Dank dir habe ich heute Nacht keinen Schlaf bekommen."

„Und was soll *ich* machen?" Ich kann zwar nur ihre Silhouette erkennen, ihre Stimme klingt jedoch entrüstet.

„Nicht mein Problem", zucke ich mit den Schultern. Dann lege ich mich auf die Couch, strecke mich aus und schließe die Augen. Plötzlich bin ich verdammt erschöpft. „Zeig dich von deiner besten Seite und versuch einfach nicht zu fliehen. Wir sehen uns in ein paar Stunden."

7

ISABEL

Innerhalb von Minuten ist der Mann eingeschlafen und schnarcht leise vor sich hin. Als ob ich gar nicht da wäre.

Aus irgendeinem Grund ist der ärgerlichste Teil von all dem, hier im Dunkeln sitzen gelassen zu werden. Als wäre ich eine Art lebloses Objekt. Ich sitze also da, koche vor Wut und stelle mir alle möglichen Racheaktionen vor, die ich an ihm ausüben werde, sobald ich mich irgendwie befreit habe. Versuchsweise bewege ich meine Hände und Füße, um zu sehen, ob sich die Seile lockern, was jedoch völlig sinnlos ist. Offensichtlich weiß er, wie man einen Knoten knüpft, der nicht aufgeht.

Minuten vergehen. Dann weitere Minuten. Ich weiß nicht, wie lange ich warte, während ich seinem Schnarchen und dem Geräusch meines eigenen Atems lausche. Mein Hintern schläft ein, woraufhin ich mich unbehaglich hin und her bewege und versuche, ihn wieder aufzuwecken.

So wütend ich auch bin, ohne meine Wut jemandem zeigen zu können, beginnt sie sich nach einer Weile irgendwie in Luft aufzulösen. Dies ist das erste Mal, seit ich von Dads

Männern entführt wurde, dass ich nicht überwiegend damit beschäftigt bin, Angst und Schrecken zu unterdrücken. Ich atme tief ein und sehe mich in meiner Umgebung um. Der Raum ist größtenteils in Dunkelheit gehüllt und wird nur von dem schwachen Mondlicht erhellt, das durch die Fenster hereinfällt. Ich werfe blinzelnd einen Blick in die kleine Küche und sehe mich dann im Wohnzimmer mit seinen abgenutzten Möbeln um. Mit der richtigen Gesellschaft – und würde man mich nicht gegen meinen Willen hier festhalten – wäre es hier beinahe schon urig und gemütlich.

Ich lasse meinen Blick zurück zu dem Mann schweifen, der auf der Couch schläft. Selbst im Schlaf scheint sein Körper irgendwie vorbereitet zu sein. Wachsam. Als wäre er beim geringsten Geräusch in Sekundenbruchteilen auf den Beinen und zum Kampf bereit. Im fahlen Mondlicht betrachte ich seine Gesichtszüge. Die dunklen, dicken Augenbrauen. Die lange, gerade Nase. Der Schatten eines Bartes, der seine sinnlichen Lippen umrahmt. Er sieht extrem gut aus, auf eine derbe, ungeschliffene Art.

Wenn er wach ist, sind die Augen des Mannes dunkel, grüblerisch. Beinahe rastlos. Er ist eindeutig wütend, dass er auf mich aufpassen muss. Er will nicht hier sein.

Damit sind wir schon zu zweit.

Außer dem, was mir die Aufnäher auf seiner Weste verraten, weiß ich nichts über diesen Mann. Wie die beiden anderen Männer, die mich hergebracht haben, trägt auch er die Farben des Lords of Carnage MC. Ich weiß nichts über sie, außer dass sie ein rivalisierender Club der Death Devils sind und verdammt sicher wusste ich nicht, dass mein Vater ein freundschaftliches Verhältnis zu ihnen pflegt. Ich wünschte, ich wüsste, warum er sie und nicht seinen eigenen Club ausgewählt hat, um mich zu beschützen.

Wahrscheinlich nur, um mich aus Oz' Blickfeld zu entfernen, denke ich verbittert. Aus den Augen, aus dem Sinn. Es hat ihn nie interessiert, ein Vater zu sein. Er hat sich noch nie wirklich für mein Leben interessiert. Ich könnte mir vorstellen, dass er sich vielleicht mehr für mich interessiert hätte, wäre ich ein Junge gewesen. Einen Jungen hätte er dazu erziehen können, Teil des MC zu werden. Er hätte ihn darauf vorbereiten können, eines Tages Präsident des Clubs zu werden. Aber ein Mädchen? Ein Mädchen bereitet nichts als Umstände. Ein Mädchen muss man wegsperren und beschützen, damit ihre kostbare Ehre und Reinheit unversehrt bleiben.

Ich schnaube angewidert, erschaudere und spanne meine Muskeln an, um den Blutfluss zu erhöhen. So gut es geht, ziehe ich meine Arme näher an meinen Körper. Es ist kalt hier drin. Ich habe allerdings gehört, dass die Heizung vor einer Weile angegangen ist, also hoffe ich, dass es irgendwann wärmer wird. Mit einem Blick auf den leeren Kamin sehne ich mich nach einem Feuer, an dem ich es mir gemütlich machen kann.

Ich wackle mit den Zehen und denke an die Socken an meinen Füßen. An das Gefühl der Hände des Mannes auf meiner Haut, als er sie mir angezogen hat.

Seine raue Hand an meiner Brust, als er nach meiner Halskette gesucht hat ...

Ich erschaudere wieder, doch diesmal hat es nichts mit der Kälte zu tun.

IRGENDWIE SCHAFFE ich es dann doch, auf dem Sessel einzuschlafen. Als ich aufwache, ist es schon hell. Ich verspüre ein grauenvolles Stechen in meinem Nacken, das so schmerzhaft ist, dass ich zusammenzucke, als ich versuche, mich zu bewegen.

Im Raum ist es etwas wärmer geworden. Und es riecht gut. Nach Speck. Nach Kaffee.

Nach Frühstück.

Langsam öffne ich die Augen. Der Mann ist in der Küche. Er steht vor dem Herd, trägt dieselben Jeans wie zuvor und ein enges schwarzes T-Shirt, das seine muskulösen, tätowierten Arme enthüllt.

Irgendwie muss er meine Blicke auf sich spüren, denn er lässt seine Augen zu mir schweifen und sieht mich an. Ohne ein Wort zu sagen, nickt er nur und fährt mit seiner Arbeit fort. Mein Magen knurrt laut. Seit über zwölf Stunden habe ich außer dem Apfel nichts mehr gegessen.

Schließlich öffnet er einen Schrank und holt ein paar Teller heraus. Er hebt eine Pfanne hoch, in dem sich eindeutig Rührei befindet, teilt es, nimmt den Speck aus einer anderen Pfanne und legt die Streifen auf einen kleineren Extrateller. Dann trägt er alles zum Tisch, stellt die Teller ab und sieht mich an.

„Trinkst du Kaffee?", fragt er ohne lange Vorrede. Ich nicke. Er geht zurück in die Küche und schenkt zwei Tassen ein. Er fragt nicht, ob ich Milch und Zucker möchte.

Nachdem er den Kaffee auf dem Tisch abgestellt hat, kommt er zu mir herüber. Ich erwarte, dass er mich losbindet, aber stattdessen hebt er mich einfach mitsamt dem Stuhl hoch und trägt mich zum Tisch hinüber. Er setzt den Stuhl so grob ab, dass meine Zähne ein wenig klappern.

Ich gebe ein ungläubiges Schnauben von mir. „Du willst mich also tatsächlich füttern?", frage ich sarkastisch.

„Nein." Er greift hinter mich und bindet meine Hände los. Als sie frei sind, geht er zu seinem Stuhl, setzt sich und beginnt ohne ein weiteres Wort zu essen.

Wieder schnaube ich und verdrehe die Augen, obwohl er mich nicht einmal ansieht. Allerdings bin ich viel zu hungrig, um zu protestieren oder noch länger zu warten. Stattdessen greife ich nach der Gabel, die neben meinem Teller liegt, und haue rein.

Ehe ich mich versehe, habe ich drei Stücke Speck und den größten Teil meiner Eier aufgegessen. Als ich schließlich von meinem Teller hochblicke, sehe ich, wie er mich anstarrt und eine Seite seines Mundes ein wenig nach oben zuckt.

„Du hattest Hunger, nicht wahr?"

Ich nehme die Kaffeetasse in die Hand und genieße die Wärme des Kaffees in meinen Händen. Dann nehme ich einen Schluck. Er ist stark, und ich verziehe etwas das Gesicht.

„Trinkst du deinen Kaffee normalerweise nicht schwarz?"

„Normalerweise nehme ich etwas Milch", gebe ich zu.

„Wir haben keine", erklärt er mir. Dann fügt er zähneknirschend hinzu: „Ich kann Gunner bitten, welche mitzubringen, wenn er mit ein paar Klamotten für dich herkommt."

„Danke." Ich nehme noch einen Schluck. Diesmal bin ich auf den bitteren Geschmack vorbereitet. „Und? Werde ich jemals deinen Namen erfahren?"

Er zuckt mit den Schultern. „Es gibt keinen Grund, warum ich ihn dir nicht verraten sollte. Thorn."

Es fühlt sich wie ein kleiner Sieg an, dass er ihn mir kampflos gesagt hat.

„Warum zum Teufel tust du das, Thorn? Du gehörst nicht zum Club meines Vaters."

„Weil es mein Job ist", grunzt er.

„Warum ist das dein Job?"

„Weil mein Präsident mir gesagt hat, dass es eben mein Job ist."

„Was kümmert das deinen Präsidenten?"

„Das geht dich nichts an."

„Verdammt, das geht mich *sehr wohl* etwas an. Ich bin diejenige, die hier gefangen gehalten wird!"

„Mach das mit deinem Vater aus." Mit wildem Gesichtsausdruck nimmt er ein Stück Speck in die Hand. Es ist eindeutig, dass er mir nicht mehr dazu sagen wird.

Den Rest des Frühstücks verbringen wir schweigend. Nachdem ich meinen Kaffee ausgetrunken habe, möchte ich ihn eigentlich um eine weitere Tasse bitten, will ihm jedoch nicht die Genugtuung geben, zuerst wieder etwas zu sagen, also lasse ich es. Stattdessen werfe ich ihm abwechselnd schmollende und wütende Blicke zu. Er sieht mich nicht einmal an.

Nachdem wir mit dem Frühstück fertig sind, sammelt Thorn die Teller und das Besteck ein und bringt alles in die Spüle. Er stellt die Sachen hinein, dreht den Wasserhahn auf und greift nach einem Schwamm, der auf der Anrichte liegt. Das Geräusch des rinnenden Wassers und der Kaffee, den ich getrunken habe, erwecken meine Blase zum Leben. Vergeblich versuche ich, es zu ignorieren. Frustriert seufzend gebe ich mich geschlagen und muss mir eingestehen, dass ich als Erste zu sprechen beginnen muss.

„Ich muss pinkeln", verkünde ich.

Thorn stellt das Wasser ab und kommt herüber. Er kniet sich hin, bindet meine Füße los und deutet auf einen kurzen Gang. „Da hinten."

Ich warte nicht, sondern stehe auf und versuche, den Schmerz in meinen Beinen zu ignorieren, als das Blut in sie zurückfließt. Ein wenig humpelnd gehe ich den Flur entlang und finde ein kleines Bad mit Waschbecken,

Toilette und einer winzigen Duschkabine. Ich greife nach oben, um die Tür zu schließen, aber eine große, starke Hand hält mich davon ab.

„Ist das dein Ernst?", frage ich ungläubig.

„Die Tür wird nicht abgeschlossen." Seine tiefbraunen Augen bohrten sich in mich. „Wenn du versuchst, das Fenster zu öffnen, werde ich dich hören. Solltest du irgendetwas Dummes versuchen, lasse ich Gunner eine Bettpfanne bringen und du erledigst dein Geschäft draußen im Wohnzimmer, wo ich dich beobachten kann."

Ich werde bleich. Sein Gesichtsausdruck verrät mir, dass er es todernst meint. Ich nicke und warte, bis er seine Hand von der Tür nimmt und mir erlaubt, sie zu schließen. Während ich überlege, ob ich sie trotzdem abschließen soll, verweilt meine Hand noch für einen Moment auf dem Türknauf, schließlich beschließe ich jedoch, dass es keinen Sinn hat. Diese Tür ist leicht und dünn. Wenn er sie aufbrechen wollte, könnte er das mit einem einzigen Faustschlag tun.

Drinnen ziehe ich mein Höschen hinunter, hocke mich auf die Toilette und seufze erleichtert, als ich meine Blase entleeren kann. Während ich pinkle, begutachte ich das Fenster. Es ist klein, aber ich könnte auf jeden Fall hindurchpassen. Vielleicht kann ich warten, bis Thorns Abwehr etwas nachlässt, und dann …

„Beeil dich da drin!"

„Reg dich ab!", rufe ich verärgert zurück. „*Arschloch*", murmle ich vor mich hin. Ich beende das Pinkeln und benutze etwas Toilettenpapier, dann wasche ich meine Hände und trockne sie mit einem abgenutzten, groben Handtuch, das an einem Ständer neben dem Waschbecken hängt, ab. Als ich die Tür öffne, steht Thorn direkt davor und lehnt am Türrahmen.

„Soll das dein Ernst sein? Macht es dich an, Frauen beim Pinkeln zuzuhören?", frage ich sarkastisch.

Seine Augen funkeln und sein Gesichtsausdruck wechselt innerhalb eines Herzschlags von irritiert zu wölfisch.

„Willst du, dass ich komme?", fragt er, während sich seine Lippen zu einem sexy Grinsen verziehen. „Denn ich kann dir sagen, wie du das schaffst, Isabel."

Ich weiß, dass er das nur sagt, um mich zum Schweigen zu bringen, aber es funktioniert. Plötzlich wird mir bewusst, dass ich mit einem *Mann* allein im Wald bin – einem sexy, harten, dominanten Mann – und dass ich im Grunde keine Chance gegen ihn habe. Er könnte mit mir machen, was er will. *Wenn* er es will. Mein Puls beginnt zu rasen – teils aus Angst, teils aber auch aus einem ganz anderen Grund. Denn der Gedanke, dass Thorn *Dinge* mit mir macht ... *schmutzige* Dinge ... erregt mich mehr, als ich mir eingestehen will.

„Ich glaube nicht, dass das meinem *Vater* gefallen würde", krächze ich.

„Deinem Vater vielleicht nicht. Aber dir, nicht wahr, kleines Mädchen?"

Mein Mund öffnet und schließt sich dann wieder. Mein Gesicht beginnt zu brennen. Ich husche an ihm vorbei, doch sein Arm schießt hervor, packt mich am Bizeps und zieht mich zu sich zurück.

„Das würde es dir doch, oder etwa nicht?", wiederholt er, und führt dabei seinen Mund so nah an meinem Ohr, dass ich die Wärme seines Atems spüren kann.

„Du bist ein Schwein", flüstere ich.

Er lacht und lässt mich los.

8

THORN

Isabel bittet mich, duschen zu dürfen. Mir fällt kein Grund ein, sie nicht duschen zu lassen, also erlaube ich es ihr, wobei ich sie zwinge, die Badezimmertür offenzulassen. Ich zeige ihr den kleinen Wäscheschrank links neben dem Bad, und sie sucht sich ein Handtuch aus, das sie benutzen möchte. Kurz bevor sie hineingeht, sieht sie mich zögernd an, als wolle sie mir eine Frage stellen.

„Was ist?", frage ich.

„Ich habe keine anderen Klamotten", sagt sie mit leiser Stimme. „Könnte ich mich vielleicht umsehen, ob ich irgendwo in einer Schublade etwas finde, das ich anziehen könnte?"

„Großer Gott", murmle ich und gehe zu meinem Seesack, der immer noch in der Ecke steht. Ich ziehe ein T-Shirt und eine Jogginghose heraus, gehe zurück und gebe sie ihr. „Hier."

Sie blinzelt. „Danke", murmelt sie. Dann gehe ich zur Couch, mache es mir gemütlich und zünde mir eine Zigarette an. Ich beobachte, wie sie hinter der Badezimmertür die Kleidung und das Handtuch vorsichtig über die Tür der

Duschkabine hängt und mit ihrem Kleid hineinsteigt. Ein paar Sekunden später wird das Kleid ebenfalls über die Tür gehängt, bevor sich eine kleine Hand heraus schlängelt und einen BH und einen dunklen Slip in einen Ärmel des T-Shirts schiebt.

Mein Schwanz wird hart wie ein Stahlrohr. Mein Gott, es ist noch nicht einmal zehn Uhr morgens und schon brauche ich einen Drink. Wenn ich nicht aufpasse, wird mich dieses Mädchen noch in den Wahnsinn treiben.

Während Isabel duscht, ziehe ich mein Handy heraus und rufe Gunner an. „Wo zum Teufel steckst du?", frage ich fordernd.

„Mein Gott, was hast du heute Morgen für miese Laune?", fragt er fröhlich.

„Du hast keine Ahnung", wettere ich. „Also, wo zum Teufel steckst du?"

„Alix packt eine Tasche für das Mädchen. Ich schicke Beast etwas später damit hoch. Rock möchte, dass Ghost, Angel und ich mit ihm auf eine Tour gehen."

„Welche Tour?"

„Wir bringen die Lieferung über die Grenze zum Reich der Hölle."

Ich grunze. „Viel Glück."

„Danke. Beast sollte bis zum Nachmittag bei dir sein", fährt Gunner fort. „Ich bin eben noch zu Hause, fahre aber in etwa einer Stunde zum Clubhaus. Wenn dir etwas Bestimmtes einfällt, das Alix einpacken soll, schick mir einfach eine SMS."

„Mache ich." Ich will gerade auflegen, als mir etwas einfällt. „Gib ihnen einen Liter Milch mit, wenn das geht."

„Alles klar."

Ein paar Minuten später wird das Wasser abgestellt. Ich beobachte, wie das Handtuch über der Tür der Duschkabine verschwindet. Zu wissen, dass Isabel da drin ist, nass und nackt, macht mich wahnsinnig. Mein Schwanz ist so hart, dass er schmerzt. Ich denke an ihre Reaktion, als ich ihr gesagt habe, dass sie mich zum Orgasmus bringen kann, wenn sie es will. Ich habe es gesagt, um sie zu schockieren, aber ihr Gesichtsausdruck – die Art und Weise, wie sich ihr Atem beschleunigt hat, als würde es sie gleichermaßen erregen und ihr auch Angst machen – hat mich fast umgehauen. Im Clubhaus habe ich mich sicherheitshalber noch ein paar Mal mit Melanie und Tammy vergnügt, bevor wir Isabel abgeholt haben, weil mir klar war, dass ich eine längere Durststrecke durchmachen würde. Allerdings habe ich nicht mit der ständigen Versuchung gerechnet, als die sich dieses Mädchen entpuppt hat. Wer hätte gedacht, dass ein hässliches Arschloch wie Oz etwas hervorbringen könnte, das *so* aussieht?

Das Handtuch landet wieder über der Tür der Duschkabine, und mein Shirt verschwindet. Ein paar Sekunden später verschwindet auch meine Jogginghose. Ich kann nicht umhin zu bemerken, dass sie ihre Unterwäsche nicht wieder angezogen hat, auch nicht ihren BH.

Ich könnte meine Hand so leicht unter den Bund dieser Jogginghose schieben. Meine Finger über ihre heiße, feuchte Muschi gleiten lassen ... Sie für mich stöhnen lassen ... Sie auf mich ziehen und meinen Schwanz in ihr versenken ...

Ein stechender Schmerz schießt durch meinen Mittelfinger. Ich jaule auf, blicke nach unten und sehe, dass meine brennende Zigarette vollständig heruntergebrannt ist.

EIN PAAR MINUTEN SPÄTER kommt Isabel mit meinen Sachen aus der Dusche. Ich zappe durch die Fernsehkanäle und suche nach einem Spiel, das ich mir ansehen kann, um meine Gedanken und meine Augen auf etwas anderes richten zu müssen.

Isabels Nase rümpft sich. „Musst du hier drin rauchen?"

„Ich tue, was ich will", murmle ich düster.

Offensichtlich verärgert, seufzt sie. „Wann bringt mir dein Freund etwas anderes zum Anziehen?"

Stirnrunzelnd blicke ich zu ihr hinüber. Isabels nasse Haare umspielen ihr Gesicht. So sehen ihre Gesichtszüge noch markanter aus. Hohe, hübsche Wangenknochen, dunkle Augen, die auch ohne das Make-up, das sie abgewaschen hat, immer noch unglaublich intensiv aussehen. Meine Kleidung ist zu groß und hängt unförmig an ihr. Das macht sie jedoch nicht weniger sexy. Im Gegenteil, es juckt mich in den Fingern, unter den Stoff zu greifen, weil ich weiß, dass sie darunter nackt ist.

Wütend wende ich mich wieder dem Fernseher zu. „Bald. Heute noch."

Sie nickt. „Danke."

Ohne auf eine Antwort zu warten, geht sie zurück ins Bad. Ich kann nicht umhin zu beobachten, wie sie in den Spiegelschrank greift, hineinschaut und eine alte Tube Zahnpasta herauszieht. Sie drückt etwas davon auf ihren Finger und beginnt, die Paste kräftig über ihre Zähne zu reiben.

Seufzend zücke ich mein Handy und schreibe Gunner eine SMS, damit Alix eine neue Zahnbürste einpacken kann.

Als Isabel im Bad fertig ist, kommt sie ins Wohnzimmer und stellt sich neben den Stuhl.

„Willst du mich wieder fesseln?", fragt sie.

Ich werfe ihr einen Blick zu. „Das hängt ganz von dir ab."

„Ach ja?"

„Hör zu, Isabel." Ich beuge mich vor. „Wir sind gut dreißig Kilometer von der Zivilisation entfernt. Draußen hat es vier Grad. Du bist barfuß und hast keinen Mantel an. Wenn du versuchst, davonzulaufen, wirst du nicht überleben. Vorausgesetzt, ich erwische dich nicht. Wenn du dich nicht wie eine Idiotin benimmst, kann ich also darauf verzichten, dich wieder zu fesseln. Bist du eine Idiotin?"

Wut blitzt in ihrem Gesicht auf. „Nein", zischt sie und streckt ihr Kinn vor.

„Dann sehen wir mal." Ich lehne mich zurück und verschränke die Arme. Ich habe ein American-Football-Spiel gefunden. Beide Teams spielen beschissen, ich sehe mir jedoch lieber das Spiel an als sie.

Ein paar Sekunden vergehen in Stille. Aus dem Augenwinkel bemerke ich, wie sie sich nach unten beugt. Ich schaue hinüber und sehe, wie sie ihre Halskette aufhebt, die seit gestern Abend neben ihrem Stuhl auf dem Boden liegt.

Isabel kommt zu der langen Couch herüber und setzt sich an das andere Ende, so weit weg von mir, wie es nur irgendwie möglich ist.

Einige weitere Minuten vergehen schweigend.

„Magst du Football?", fragt sie und starrt dabei auf den Bildschirm.

„Ich finde es ganz okay."

„Du bist kein Amerikaner", bemerkt sie.

„Ire."

„Oh."

Isabel zieht ihre Knie an die Brust. Mit konzentriertem Blick senkt sie ihren Kopf. Sie beginnt, an ihrer Halskette herumzufummeln.

„Ist sie kaputt?", frage ich sie.

„Ich glaube, ich kann sie reparieren", murmelt sie. „Es ist nur der Verschluss."

„Warum liegt dir so viel an einer verdammten Halskette?"

„Meine Mom hat sie mir geschenkt", sagt sie mit leiser Stimme.

Ihre Mutter. Komisch, ich habe noch nie darüber nachgedacht, dass sie eine Mutter hat.

„Wo ist sie? Deine Ma."

„Venezuela." Sie stößt einen leisen Seufzer aus.

„Wie lange ist sie schon dort?"

„Drei Jahre." Isabel hält die Halskette mit prüfendem Blick hoch. „Sie ist dort geboren. Sobald ich die Highschool abgeschlossen hatte, ist sie zurückgegangen, um sich um ihre Eltern zu kümmern. Die wirtschaftliche Lage dort ist schrecklich. Die Leute müssen stundenlang, manchmal auch tagelang anstehen, um etwas zu essen zu bekommen. Und meine Großeltern sind alt und können sich nicht mehr selbst versorgen. Also muss meine Mutter es für sie tun."

Ich sage nichts dazu, weiß jedoch genau, wie es ist, wenn man seine Familie eine Zeit lang nicht sieht. Wie lange habe ich meine eigene Ma nicht mehr gesehen? Es sind wohl schon 12 Jahre.

Jimmy wäre mittlerweile ein erwachsener Mann. Ihr beide würdet zusammen in der Kneipe den Wirt unter den Tisch trinken.

Die Trauer trifft mich wie eine Pistolenkugel, wie immer. Ich zucke hörbar zusammen, und Isabel wirft mir einen neugierigen Blick zu, dem ich ausweiche, indem ich abrupt aufstehe.

„Willst du ein Bier?", murmle ich.

„Dafür ist es etwas zu früh für mich", antwortet sie amüsiert.

„Es ist nie zu früh dafür." Ich greife in den Kühlschrank und hole ein kaltes Bier heraus, öffne die Flasche und nehme einen großen Schluck. Als ich die Flasche wieder von meinem Gesicht entferne, zittert meine Hand.

Mit zusammengebissenen Zähnen schiebe ich meine Gedanken weg. So, wie ich es seit jenem Tag getan habe, an dem es passiert ist.

„Es ist schwer, sich Oz mit einer Old Lady vorzustellen", sage ich zu Isabel.

„Oh, sie sind nicht zusammen. Schon seit Jahren nicht mehr." Sie zuckt mit den Schultern. „Ehrlich gesagt kann ich mich kaum an die Zeit erinnern, als sie noch zusammen waren. Mom hat sich die meiste Zeit meiner Kindheit um mich gekümmert. Dad kam fast nie vorbei. Er hat ihr Geld gegeben, aber das war's auch schon. Er wollte kein Vater sein. Schon gar nicht für ein Mädchen."

Der Abscheu in ihrer Stimme ist unüberhörbar. Aber da ist auch Schmerz.

„Bist du dir da sicher?", frage ich, ohne zu wissen, warum ich Oz verteidigen sollte. „Er scheint mir nicht gerade der Typ zu sein, der seine Gefühle besonders gut ausdrücken kann."

„Dad interessiert sich für nichts anderes als für seinen Club", spottet sie. „Und dafür, Geld zu verdienen, oder was auch immer sie dort so tun, und dafür hart zu sein. Dafür, jener Typ zu sein, vor dem alle Angst haben, mit dem sich keiner anlegen will. Ein Elternteil zu sein? Das hatte er noch nie auf dem Radar."

„Wenn du ihm egal wärst, würde er sich nicht so viel Mühe geben, dich zu beschützen, oder?"

„Ach bitte", schnaubt Isabel. „Seit Mom weg ist, benimmt sich Dad mir gegenüber wie ein Höhlenmensch. Als sie noch da war, musste er sich keine Gedanken über mich machen. Und jetzt? Das ist alles nur eine Sache seines Egos. Er will nicht, dass seine wertvolle Tochter beschmutzt wird. Das ist alles, worum es ihm geht. Wenn er könnte, würde er mich in einen Turm sperren, aber das kann er nicht, also ist das hier die zweitbeste Lösung. Die ganze Sache hat nichts mit mir zu tun."

Ich bin kurz davor, ihr zu sagen, dass sie sich irrt, weiß jedoch nicht, wie viel dieser Situation Oz mit mir teilen möchte. Plötzlich stößt Isabel einen Freudenschrei aus.

„Sieh nur!", kreischt Isabel und hält die Halskette hoch. „Ich habe sie repariert!"

Ihr Grinsen ist so breit und glücklich, dass ich für eine Sekunde alles vergesse, was ich eigentlich tun sollte, und beinahe zurückgrinse. Meine Brust zieht sich zusammen, denn trotz all dieser Scheiße kann ich nicht anders, als mich für sie zu freuen, dass sie ihre dämliche, beschissene Halskette repariert hat und dass diese eine winzige Sache sie so verdammt glücklich macht. Auch wenn sie hier im Grunde eine Gefangene ist und ich dafür sorgen muss, dass das auch so bleibt.

Das ist schlecht. Das ist sogar sehr schlecht.

Mit ihr Sex haben zu wollen, ist eine Sache. Natürlich will ich das, denn immerhin ist sie verdammt heiß. Allerdings kann ich diesen Dämon auch einfach zähmen, indem ich mir einen runterhole. Seit ich heute Morgen aufgewacht bin, kämpfe ich, meinen Schwanz auf halbmast zu halten, und größtenteils ist es mir auch gut gelungen.

Aber *diese* Sache – das ist verdammt neu, und trifft mich wie ein Schlag auf den Hinterkopf. Wenn ich sehe, wie sie sich über diese winzige, jämmerliche Sache freut, fühle ich mich für jede Sekunde, in der ich sie in den letzten zwölf Stunden wie Dreck behandelt habe, richtig beschissen. Das habe ich nicht kommen sehen, ganz und gar nicht. Es wirft mich komplett aus der Bahn.

Und das ist verdammt noch mal völlig *inakzeptabel*.

Was ich nicht tun kann – was ich verdammt noch mal *nicht* tun kann –, ist, irgendeine Art von persönlicher emotionaler Reaktion oder Bindung zu ihr zu entwickeln. In keiner Weise. Meine Aufgabe ist es, sie hier festzuhalten. Und dafür zu sorgen, dass sie in Sicherheit ist. Und der einzige Weg, wie ich das tun kann, ist, sie nicht auf persönlicher Ebene an mich heranzulassen.

Es zieht Konsequenzen nach sich, wenn man Gefühle für jemanden zulässt, den man eigentlich schützen will. Das weiß ich aus eigener Erfahrung. Aus bitterer, verdammter, eigener Erfahrung.

Ich will gerade eine ungehobelte, unhöfliche Bemerkung über die Kette machen, als mich ein lauter Knall auf der Veranda aus meinen Gedanken reißt. Sofort springe ich von der Couch auf und greife nach meiner Waffe an meinem Hosenbund. Doch dann sehe ich plötzlich Beasts hässliche Visage durch das Fenster, der mich angrinst.

„Gottverdammte Scheiße, ich bringe diesen Hurensohn um", wettere ich los. Während ich zur Tür gehe, wende ich mich an Isabel. „Beast ist hier mit deinen Sachen", sage ich, wobei meine Frustration als Wut zum Ausdruck kommt. „Solltest du irgendetwas Dummes versuchen, wirst du wieder an den Stuhl gefesselt sein."

9

ISABEL

Der Mann, den Thorn Beast nennt, kommt mit einer großen rosa Reisetasche herein, die über seine Schulter hängt und ziemlich vollgestopft aussieht. Es ist ein seltsames Bild: Er ist einer der größten Männer, die ich je gesehen habe, unglaublich breit gebaut, mit Muskeln, die aussehen, als wären sie nicht aus menschlichem Fleisch, sondern aus einem anderen harten, unnachgiebigen Material. Ich erinnere mich wieder an sein Gesicht und seine tiefe Baritonstimme. Aber als die Death Devils mich den Lords of Carnage übergeben haben, war ich zu verängstigt und verwirrt, um ihm bis jetzt viel Aufmerksamkeit zu schenken.

Beast stellt die rosa Tasche neben mir auf der Couch ab. Dann bindet er meine Füße vom Stuhl los und richtet sich zu seiner vollen Größe auf. „Gunners Old Lady hat gesagt, sie hofft, dass sie an alles gedacht hat, was du so brauchen könntest", grummelt er. „Sie hat auch gemeint, Thorn solle ihr Bescheid geben, wenn sie dir noch etwas mitschicken soll, wenn das nächste Mal jemand herkommt."

Beast sieht beinahe wie ein Monster aus – wie eine nicht

grüne Version des Unglaublichen Hulk. Aber trotzdem ist er im Moment immer noch freundlicher zu mir als Thorn. Ich ertappe mich dabei, dass ich mir wünsche, er wäre derjenige, der für mich zuständig ist, und nicht Thorn. Ich dachte, wir kämen endlich ganz gut miteinander aus, aber als ich es geschafft habe, meine Halskette zu reparieren, ist er wieder zu einem mürrischen Arschloch geworden. Enttäuschung durchflutete mich für ein paar Sekunden, doch dann erinnerte ich mich daran, dass Thorn mein Entführer ist, und nicht mein Freund. Ich schätze also, dass es vermutlich eigentlich ein Segen ist, dass er es mir leichter macht, ihn zu hassen.

„Danke!", sage ich und schenke Beast ein schüchternes Lächeln. Ich gehe zur Couch, öffne den Reißverschluss des Seesacks und werfe einen Blick hinein. Obenauf liegt ein ganzer Stapel Kleidung. Ich nehme ein T-Shirt heraus und halte es hoch; es sieht aus, als könnte es mir mehr oder weniger gut passen. Ich finde Gott sei Dank auch eine neue Packung Unterwäsche und einige Jeans und warm aussehende Socken. Außerdem ist da eine Zahnbürste und sogar etwas Zahnseide – als wäre meine Zahnhygiene meine größte Sorge als Gefangene hier draußen im Nirgendwo. Sie hat sogar etwas Seife fürs Gesicht, Shampoo und Spülung eingepackt. Das ist so aufmerksam von ihr, dass ich beinahe lachen muss, denn ich bin mir sicher, dass keiner dieser Männer auch nur annähernd daran gedacht hätte, das zu tun. Auf seltsame Weise bin ich gerührt und dankbar, dass ich diese kleinen Annehmlichkeiten bekommen habe. Wer auch immer die Frau ist, die diese Tasche gepackt hat, ich kann nicht anders, als zu denken, dass sie nett sein muss.

Als ich weiter nach unten grabe, streift meine Hand einen kleinen harten Gegenstand, den ich nicht identifizieren kann. Ich greife danach und ziehe ihn heraus. Ein

Kindle! Sie hat sogar ein Ladekabel darum gewickelt. Als ich ihn einschalte, sehe ich, dass er voll aufgeladen und mit Büchern gefüllt ist. So wie die Bibliothek aussieht, hat mir Gunners Old Lady ihren ganz persönlichen Kindle geschickt. Mit einem glücklichen Seufzer sende ich ein stilles Dankeschön an diese Fremde, die mich vielleicht gerade davor bewahrt hat, vor Langeweile durchzudrehen.

Als ich den Boden der Tasche erreiche und mir die anderen Sachen ansehe, die meine freundliche Fremde für mich eingepackt hat, fällt mir auf, dass etwas fehlt.

„Oh, nein!", murmle ich enttäuscht.

„Was?", bellt Thorn ungeduldig.

„Da sind keine Schuhe."

„Wozu brauchst du Schuhe? Du gehst nirgendwo hin." Seine Stimme klingt bedrohlich.

„Warum bist du ein solches Arschloch?", schieße ich zurück.

„Ach, jetzt bin ich also ein Arschloch, ja?"

„Ja, das bist du ganz sicher!", erwidere ich scharf. „Was habe ich dir eigentlich getan, dass du mich so behandelst? Neben dir wirkt mein Vater wie Mary Poppins!"

„Ja, wenn dein verdammter Vater nicht wäre, säße ich jetzt nicht hier und müsste mich um deinen undankbaren Arsch kümmern", zischt Thorn und zieht dabei eine genervte Grimasse.

„Könnt ihr nicht einfach aufhören, euch zu zanken?", unterbricht Beast uns. Eindeutig amüsiert sieht er mich an. „Möchtest du, dass ich Alix bitte, dir beim nächsten Mal ein Paar Schuhe mitzuschicken?"

„Ja!", sage ich.

„Nein!", schimpft Thorn gleichzeitig.

„Fick dich!", schreie ich und stampfe mit dem Fuß auf

den Boden. „Warum kann ich nicht einfach ein verdammtes Paar Schuhe haben?"

„Ich möchte nicht, dass du auf die dumme Idee kommst, um zu fliehen."

Ich werde so sauer, dass mich meine Wut fast erstickt. „Ich würde barfuß über glühende Kohlen laufen, um von dir wegzukommen!", kreische ich. „Mit oder ohne Schuhe!"

Ich kann es nicht mehr ertragen. Ich hasse es, mit ihm hier zu sein. Ich schnappe mir die Reisetasche, werfe mir den Gurt über die Schulter, werfe Beast einen stummen entschuldigenden Blick zu und stapfe in das Einzelzimmer, bevor ich die Tür hinter mir zuschlage.

Ich werfe mich auf das Bett und fange an zu schluchzen, hämmere mit wütenden, geballten Fäusten auf die Matratze. Ich hasse es, hier zu sein, hasse es, so hilflos und isoliert zu sein und mit diesem eingebildeten Arschloch zusammen sein zu müssen, das so tut, als wäre *ich* die Unannehmlichkeit, obwohl ich nicht darum gebeten habe, entführt und gegen meinen Willen gefangen gehalten zu werden. Selbst Beast, der riesig und verdammt furchterregend aussieht, tut nicht so, als gäbe er mir die Schuld an all dem, wie Thorn es zu tun scheint.

Ich liege da und schreie meinen Frust und meine Wut heraus. Schließlich höre ich die Haustür zuschlagen und das Dröhnen eines anspringenden Motors. Wieder einmal bin ich mit Thorn allein. Kurzzeitig überlege ich, das Fenster aufzureißen und Beast hinterherzulaufen, um ihn anzuflehen, mich mitzunehmen. Aber ich weiß, dass es keinen Sinn hat. Müde richte ich mich auf und greife nach der Tasche. Nach und nach nehme ich alle Gegenstände heraus und lege sie auf das Bett. Ich staple die Shirts aufeinander und öffne die Päckchen mit der Unterwäsche und den Socken. Dann halte ich die beiden Jeans hoch, die sie mitgeschickt hat. Sie sind etwas zu kurz, aber es sieht so aus, als würden sie mehr oder weniger passen. Ich ziehe Thorns Shirt und die Jogginghose aus und ziehe ein Tanktop, eine der Jeans und ein paar dicke, flauschige Socken an. Der einzige BH, den ich habe, ist der trägerlose, den ich unter meinem Kleid getragen habe, und der liegt noch im Bad. *Verdammt*. Ich hätte Beast für die nächste Lieferung nach einem BH fragen sollen, hätte mich jedoch vermutlich ohnehin nicht dazu durchringen können, das Wort *BH* in seiner Gegenwart auszusprechen. Mein Gesicht errötet bei diesem Gedanken und ich ziehe mir einen warm aussehenden Kapuzenpulli über das Tanktop an, um mich zu wärmen und meine Brüste besser zu bedecken.

Wenn ich mich fertig angezogen habe, möchte ich einfach hier in diesem Schlafzimmer bleiben, weit weg von Thorn. Aber nachdem ich den gesamten Inhalt des Seesacks in die oberste Schublade der kleinen Kommode unter dem Fenster gepackt habe, gibt es hier nichts mehr für mich zu tun. Dummerweise habe ich den Kindle draußen im Wohnzimmer auf dem Couchtisch liegen gelassen.

Wut beginnt in mir zu brodeln, ich reiße Thorns Shirt und seine Jogginghose hoch und öffne die Schlafzimmertür, um ihm seine Kleidung ins Gesicht zu schleudern. Als ich in den Hauptraum komme, steht er in der Küche und telefoniert mit dem Rücken zu mir. Niedergeschlagen halte ich mitten im Wurf inne. Meine dramatische Geste wird nicht so viel Wirkung haben, wenn er sie nicht einmal sieht, also gehe ich hinüber zur Couch und schnappe mir den Kindle. Doch statt gleich wieder ins Schlafzimmer zu flüchten, beschließe ich zu bleiben und zu versuchen, so viel wie möglich von dem Gespräch mitzuhören. Ich setze mich auf die Armlehne der Couch und tue so, als würde ich anfangen, die Bibliothek auf dem Gerät zu durchsuchen.

„Nein, ich glaube nicht, dass es dafür einen Grund gibt. Was hat Oz gesagt? Ja, ich werde mit ihm darüber sprechen. Verstanden. In Ordnung.“

Als er zu Ende gesprochen hat, dreht sich Thorn um und sieht mich an. Seine Augen registrieren für einen kurzen Moment, dass ich mich umgezogen habe, dann wendet er seinen Blick wieder ab.

„Was ist los?“, frage ich.

„Was meinst du?“

„Du hast nach meinem Vater gefragt. Was hat er gesagt?“

„Clubangelegenheit“, murmelt er.

Ich rolle mit den Augen. „Oh, Bruder. Ja, das kenne ich. Frauen sind zu dumm oder zerbrechlich, um etwas wissen zu dürfen.“

„Nicht, dass du darauf eine verdammte Antwort verdienst“, schießt er zurück, „Aber es geht nicht einmal um den Club deines Vaters. Warum zum Teufel sollte ich dir also etwas darüber erzählen?“

„Na schön“, fauche ich, schnappe mir sein Shirt und seine Jogginghose von der Couch, wo ich sie fallen gelassen habe, und werfe sie nach ihm. Nachdem ich allerdings sitze, kann ich nicht gut genug werfen, und die Sachen treffen ihn auf Höhe der Oberschenkel, bevor sie schlaff auf seinen Füßen landen. Thorn wirft mir einen genervten Blick zu und hebt sie auf.

„Mein Gott“, murmelt er. „Ich gehe nach draußen, um Holz zu hacken. Wir haben fast kein Heizöl mehr. Komm nicht …“

„Uff, ich *weiß*. Komm nicht auf die Idee, zu fliehen.“ Ich unterdrücke den Drang, vor Verärgerung zu schreien. „*Im Ernst*, Thorn, lass es gut sein! Wohin zum Teufel sollte ich denn fliehen? Du hast selbst gesagt, dass ich einen Versuch nicht überleben würde."

Er wirft mir einen eindeutigen Blick zu und stapft durch die Haustür, die er hinter sich zuschlägt. Ich atme tief ein und aus und genieße die Tatsache, dass ich für ein paar glückliche Minuten allein bin.

So kann ich mir in Ruhe Gedanken machen, wie ich am besten entkommen könnte.

Okay, ich habe also keine Ahnung, wo ich mich befinde. Und ja, ich habe immer noch keine Schuhe.

Aber zumindest habe ich jetzt mehrere Paare dicker, warmer Socken. Und ein Sweatshirt. Und noch mehr Kleidung. Wenn ich sie übereinander anziehe, sollte ich es schaffen, mich warm genug zu halten, um die Kälte zu überstehen. Ich muss nur herausfinden, in welche Richtung es am logischsten wäre, loszugehen, und den Zeitpunkt so wählen, dass ich so viel Zeit wie möglich habe, bevor Thorn merkt, dass ich weg bin.

Ich kann das schaffen. Ich schaffe das.

Alles, was ich brauche, ist ein Plan.

10

THORN

Es stimmt, wir haben fast kein Heizöl mehr, also muss ich ein Feuer machen, um uns die Nacht über warmzuhalten.

Was nicht ganz so stimmt ist, dass ich Holz hacken muss. An der Hinterseite des Hauses ist viel davon gestapelt. Aber ich muss für ein paar Minuten weg von Isabel. Und eine körperliche Anstrengung ist das Beste, was mir im Moment einfällt, um mich von ihr abzulenken und zu verhindern, dass ich durchdrehe.

Sie in meinen Klamotten zu sehen, war die eine Sache. Zumindest war sie darin um einiges besser bedeckt als in dem engen Kleid, in dem wir sie hergebracht haben. Aber jetzt riechen mein T-Shirt und meine Jogginghose nach ihr, was bedeutet, dass ich sie selbst nicht mehr anziehen kann, wenn ich nicht ständig an ihren nackten Körper erinnert werden will, der sie gewärmt hat.

Momentan trägt sie ein Sweatshirt und eine Jeans, die Alix ihr geschickt hat. Das sollte eigentlich eine Erleichterung sein, ist es aber nicht. Irgendwie schafft sie es, selbst darin gut auszusehen. Ich wünschte, sie wäre einfach im

Schlafzimmer geblieben, damit ich so tun könnte, als wäre sie nicht hier. Um ehrlich zu sein, ist die beste Chance, die ich habe, sie weiterhin zu verärgern. Je weniger sie mit mir in einem Raum sein will, desto besser ist es für mich.

Das laute Geräusch der Axt, die das Holz spaltet, ist ebenso beruhigend wie die rhythmische Bewegung meiner Arme, wenn ich die Axt damit durch die Luft schwinge. Nach ein paar Minuten fange ich an zu schwitzen. Ich ziehe meine Lederweste aus und lege sie über einen Stamm, dann hacke ich weiter. Der Schweiß durchtränkt mein Shirt und rinnt mir in die Augen, doch ich höre nicht auf. Stattdessen hole ich noch fester aus und stöhne jedes Mal, wenn die Axt auf das Holz trifft.

Als ich zwei Klafter Holz gehackt habe, bin ich zwar erschöpft, fühle mich jedoch besser als von jener Minute an, seit Rock mir von diesem Scheiß-Job erzählt hat. Ich richte mich auf, atme ein paar Mal tief durch und genieße die kühle Luft, die sich mit der Wärme meines Körpers vermischt. Dann schnappe ich mir genug Holz, um ein ordentliches Feuer zu machen und mache mich widerwillig auf den Weg zurück ins Haus.

Drinnen treffe ich auf Isabel, die in der Küche die Schränke durchwühlt.

„Was zur Hölle machst du da?", belle ich sie an.

Sie rollt mit den Augen. „Ich suche einen Dosenöffner, um dich damit zu töten", antwortet sie sarkastisch. „Mein Gott, Thorn, was glaubst du wohl, was ich hier mache? Ich versuche herauszufinden, was wir zu essen haben. Wir haben nicht zu Mittag gegessen, und jetzt ist es schon fast Zeit fürs Abendessen. Ich verhungere gleich."

Ich will etwas erwidern, mir fällt jedoch nichts ein. Stattdessen nehme ich mir ein Bier aus dem Kühlschrank und beobachte, wie sie durch den Raum marschiert und eine

Bestandsaufnahme der Lebensmittel macht, die Beast mitgebracht hat. „Wir haben eine ganze Menge Fleisch", murmelt sie, als sie den Kühlschrank öffnet und hineinschaut. „Habt ihr noch nie etwas von Gemüse gehört?"

Ich zucke mit den Schultern. „Nächstes Mal kannst du ihm eine Einkaufsliste geben." Isabel beugt sich vor, um die unteren Fächer des Kühlschranks zu betrachten. Ich nutze die Gelegenheit, um genau zu begutachten, wie sich die Jeans, die sie trägt, an ihren Hintern schmiegt. Als ich mir vorstelle, wie ich meinen Schwanz zwischen diese Arschbacken schiebe und sie von hinten gegen die Anrichte in der Küche ficke, wird mein Schwanz augenblicklich hart und beginnt zu pochen.

„Ich muss duschen", krächze ich. Der Schweiß, der mein Shirt durchtränkt, beginnt langsam kalt zu werden. Ich räuspere mich. „Dafür muss ich dich fesseln."

Isabel zieht eine Augenbraue hoch und legt den Kopf schief. „Dein Ernst?"

„Ja. Keine Widerrede. Komm her."

Kopfschüttelnd schließt sie die Tür des Kühlschranks. Schnell schnappt sie sich eine Tüte Chips von der Anrichte und reißt sie auf. „Lass mich wenigstens ein paar davon essen, um meinen ärgsten Hunger zu vertreiben."

„Beeil dich", knurre ich, woraufhin sie sich ein paar davon in den Mund schiebt und mich ansieht, als wolle sie mir die Zunge herausstrecken. Dann geht sie lässig zu dem Stuhl hinüber, an dem sie auch vorhin gefesselt war. Dramatisch hebt sie die Arme und sieht mich mit zusammengekniffenen Augen an.

„Hier", spottet sie. „Du scheinst ja zu viel Angst zu haben, um ein schuhloses, unbewaffnetes Mädchen auch nur für ein paar Sekunden allein zu lassen."

Ich ignoriere ihr freches Mundwerk und antworte nicht.

Mir fallen ungefähr ein Dutzend Möglichkeiten ein, sie zum Schweigen zu bringen, wobei mindestens eine davon beinhaltet, dass ihre Lippen meinen Schwanz umschließen, aber leider kann ich das nicht riskieren. Ich schnappe mir das Seil vom Boden, knie mich vor sie und fessle ihre Beine eilig an den Stuhl. So nah an ihr dran zu sein, tut mir nicht gut. Ich frage mich, ob sie bemerkt, wie sehr ich mich beherrschen muss, oder dass ich versuche, meine Atmung zu kontrollieren.

Etwas unsanft ziehe ich das Seil zur Lehne des Stuhls hoch und sage ihr, sie solle die Arme hinter sich legen, was sie ohne Widerworte tut. Als ich aufstehe, nehme ich mir einen Moment Zeit, um sie zu betrachten. Mein Gott, sieht sie so gut aus. Sie ist völlig hilflos, und wenn sie nicht gerade den Mund aufreißt, ist es schwer, ihr böse zu sein. Ihre Augen treffen auf meine, und für eine Sekunde sehe ich die Spiegelung von etwas, das ich gleichzeitig will und auch nicht will.

Unter ihrer Angst blitzt Verlangen auf.

Sie will, was ich will. Zumindest will es ein Teil von ihr.

Es macht sie an, so hilflos vor mir zu sitzen. Genauso wie es mich erregt, dass sie hier hilflos vor mir sitzt.

Als sie zu mir aufschaut, öffnet sich Isabels Mund leicht, und ihre Zähne beißen auf ihre pralle Unterlippe. Es ist eine unbewusste Geste, die meinen Blick unweigerlich hinunter zu ihrem Mund zieht. Ich zwinge mich, meinen Blick davon zu lösen, doch meine Augen bleiben an ihrem Mund hängen. Augenblicklich wendet sie den Blick ab, ihre Wangen beginnen sich hübsch rot zu färben.

„Ich werde dich losbinden, wenn ich aus der Dusche komme", sage ich ihr und drehe mich abrupt um, bevor sie antworten kann. Sekunden später stehe ich im Badezimmer, und habe Gott sei Dank die Tür geschlossen. Ich stelle das

Wasser an, ziehe mein schweißnasses Shirt aus und knöpfe meine Jeans auf. Dann öffne ich den Reißverschluss, und mein Schwanz springt aus seinem schmerzhaften Gefängnis. Obwohl Isabel draußen gefesselt ist, habe ich beinahe das Verlangen, die Tür zu verriegeln.

Nicht, um sie draußen zu halten. Um mich drinnen zu halten.

Noch nie in meinem Leben habe ich eine willige Muschi abgelehnt. Vor allem keine, die ausgesehen hat wie sie.

Ich kann nicht glauben, dass ich mich von ihr abgewendet habe, statt sie mit ins Bett zu nehmen und ihr das Hirn heraus zu ficken.

Es hat nichts mit Oz zu tun. Er ist mir scheißegal. Wenn er herausfinden würde, dass ich seine Tochter gevögelt habe, würde er möglicherweise seine Männer auf mich hetzen und meinen Arsch in den Boden stampfen lassen. Aber Isabel zu ficken – sie meinen Namen schreien zu hören, wenn sie auf meinem Schwanz kommt – ich habe das Gefühl, das wäre es wert.

Nein, es ist nicht er, um den ich mir Sorgen mache. Es ist mein Club. Ich kann meinen Präsidenten nicht verraten. Ich kann kein Bündnis riskieren, das die Lords of Carnage gerade jetzt so dringend brauchen.

Warum zur Hölle kann Isabel nicht ein Gesicht wie eine Hyäne haben und einen Körper, der dazu passt? Statt dieser gefährlich heißen Scheißkurven. Diesem Arsch, der aussieht wie ein praller Pfirsich. Titten, die geradezu darum betteln, dass ich sie anfasse. Und einem Mund, der wie geschaffen dafür ist, um meinen harten Schwanz in sich aufzunehmen.

Ich unterdrücke ein Stöhnen, steige in die Dusche und lehne mich an die Wand. Dann greife ich nach oben, packe meinen pulsierenden, harten Schwanz und beginne ihn zu streicheln. Oh, *verdammt*, das fühlt sich so gut an. Ich bin schon unbeschreiblich erregt und fühle mich, als würde ich gleich abspritzen wie ein zwölfjähriger Junge, der seinen ersten Porno sieht. Mein Kopf ist voll von Isabel, so voll, dass ich Schwierigkeiten habe, mich für eine Idee in meinem Kopf zu entscheiden, was ich mit ihr machen will. Schließlich entscheide ich mich dafür, sie über die Anrichte in der Küche zu beugen und sie von hinten zu nehmen, wie ich es mir vorhin schon vorgestellt habe. In meiner Vorstellung ist sie nackt, ihr praller, williger Hintern ist leicht errötet und bereit, von mir ausgefüllt zu werden. Ich streiche etwas fester, während ich mir vorstelle, wie ich sie an den Hüften packe und mich in ihr versenke. Meine Eier ziehen sich zusammen und ich weiß, dass ich nicht mehr lange durchhalten werde. Isabel keucht und nimmt mich ganz in sich auf, warm und willig. Während ich immer schneller zustoße, stemmt sie sich gegen die Arbeitsplatte. Als sie über ihre Schulter zu mir zurückschaut, wirft sie mir durch ihr Haar, das ihr Gesicht umspielt, einen lüsternen, wissenden Blick zu, der mich beinahe um den Verstand bringt.

Ruckartig komme ich, und es fühlt sich an wie eine gewaltige Explosion, die so stark ist, als würde dadurch mein ganzer Körper explodieren. Meine Ladung prallt mit solcher Wucht gegen die Duschwand, dass ich es sogar durch das Rauschen des Wassers hören kann. Ich stütze mich ab, während mein Orgasmus meinen Körper erschaudern lässt, und schaffe es gerade noch irgendwie, bei dieser Intensität nicht laut zu schreien. Ein paar Sekunden lang stehe ich einfach nur da und atme schwer, bis das Hämmern in meiner Brust nachlässt. Als ich schließlich davon überzeugt bin, wieder aufrecht stehen zu können, greife ich nach der Seife und beginne mich zu waschen, doch mein Verstand ist wie betäubt. Dann stelle ich die Wassertemperatur so kalt ein, wie ich es nur irgendwie ertragen kann, und lasse es eine ganze Minute lang über mich laufen.

Doch selbst dabei weiß ich, dass dies nur eine vorüber-gehende Lösung für das Problem war, mit dem ich konfron-tiert bin. Ich sitze allein mit einer Frau in einem Haus fest, von der ich mich weiß Gott wie lange fernhalten muss. Und kein noch so kaltes Wasser der Welt wird mich davon ablenken können, wie sehr ich Isabel ficken will.

11

ISABEL

Bis Thorn aus der Dusche kommt, wird es im Haus bereits ein wenig kalt. Als er das Bad verlässt, trägt er Jeans, jedoch kein Shirt, und sein Haar ist noch nass und glänzt im Licht.

Ich versuche, nicht auf seine Brust zu starren, als er den Raum betritt. Nachdem er mich jedoch kaum eines Blickes würdigt, während er zu seinem Seesack hinübergeht, kann ich nicht anders, als einen Blick zu riskieren. Er sieht absolut umwerfend aus und ist mit Abstand der bestaussehende Mann, den ich je aus der Nähe gesehen habe. Seine muskulöse Brust und seine Arme sind mit Tätowierungen übersät, die sich bewegen, sobald er sich bewegt, sodass es mir schwerfällt, ihn nicht völlig fasziniert anzustarren. Er sieht geradezu *perfekt* aus, fast so, als wäre er aus Stein gemeißelt, der darum bettelt, berührt, erforscht ... festgehalten zu werden ...

Die Jeans hängt weit unten auf seinen Hüften und enthüllt den oberen Teil eines spektakulären V und eine nur ansatzweise sichtbare Haarlinie unter seinem Bauch. Wie ich sehen kann, ist Thorn so muskulös und massiv gebaut, dass ich mir augenblicklich vorstelle, was sich wohl unter seiner Jeans befinden muss. Als ich mir seinen heißen, harten Schwanz vorstelle, und darüber nachdenke, wie majestätisch er vor mir emporragen würde, ohne dass auch nur irgendetwas seinen nackten Körper verdeckt, breitet sich Nässe zwischen meinen Beinen aus.

„... Feuer, während du anfängst, das Abendessen zu machen."

Ich blinzle ihn verwirrt an. In meinem Gesicht breitet sich Hitze aus. „Entschuldige, was?", stottere ich.

Thorn sieht mich einen Moment lang mit zusammenge-kniffenen Augen an und legt dann den Kopf schief. „Ich habe gesagt, wenn du Hunger hast, mache ich ein Feuer, während du anfängst, das Abendessen zu machen."

Thorn hält ein dunkelgraues Shirt in der Hand, das er über seinen Kopf zieht, während ich versuche, meine Gedanken zu kontrollieren. „Ähm, ja klar, klingt gut, danke", stottere ich. Er nickt mir kurz zu und kommt dann zu mir rüber, um mich loszubinden. Dabei erwischt worden zu sein, wie ich über ihn nachgedacht habe, ist mir so pein-lich, dass ich es nicht einmal schaffe, etwas Sarkastisches zu erwidern. Stattdessen warte ich nur darauf, dass er mich losbindet und gehe dann wortlos in die Küche.

Als er beginnt, Holzscheite in den Kamin zu stapeln, riskiere ich ein paar weitere verstohlene Blicke. Nachdem ich jedoch befürchte, erneut dabei erwischt zu werden, wie ich ihn anstarre, zwinge ich mich, mich abzuwenden und mich damit zu beschäftigen, unser Essen zuzubereiten. Ich nehme etwas Hackfleisch und Brötchen heraus und beschließe, einfach Hamburger zu machen. Im Gefrierfach finde ich sogar eine Tüte Pommes, die ich im Ofen aufba-cken kann.

Während ich so vor mich hinarbeite, bemerke ich, wie

es meine Laune verbessert, dass ich mich bewegen und etwas *tun* kann. Ich ertappe mich sogar dabei, wie ich leise vor mich hin summe, während ich den Ofen anstelle, um ihn vorzuheizen, und nach einem Blech für die Pommes suche. *Soll das dein Ernst sein, Izzy?* Ich schimpfe mit mir selbst. *Hast du vergessen, dass du gegen deinen Willen von einem Mann festgehalten wirst, der dich eindeutig hasst?*

Das holt mich ein wenig auf den Boden der Tatsachen zurück, wobei es dennoch eine Erleichterung ist, dass ich mich nicht mehr so elend und verängstigt fühlen muss – wenn auch nur für einen kurzen Moment. Und was das betrifft, würde ich dafür so ziemlich alles in Kauf nehmen. Eifrig forme ich die Burgerpattys und vergesse kurzzeitig alles außer der Zubereitung unseres Essens.

Als der Ofen schließlich ausreichend vorgeheizt ist, verteile ich die Pommes auf dem Blech und schiebe sie hinein, bevor ich damit beginne, die Pattys anzubraten. „Willst du Röstzwiebeln?", rufe ich Thorn über meine Schulter zu. „Ich kann uns welche machen, wenn du willst."

Als Antwort erhalte ich nur ein Grunzen, was ich als ein Ja auffasse. Ich nehme eine Zwiebel von der Anrichte und schneide ein paar Ringe ab, um sie in etwas Butter anzubraten. Irgendwie bin ich doch ein wenig überrascht, dass Thorn mir erlaubt, mit einem Küchenmesser zu hantieren. Aber so wütend ich auch darüber bin, hier gefangen gehalten zu werden, weiß ich doch, dass ich niemals in der Lage wäre, jemanden zu erstechen, es sei denn, er hätte ernsthaft vor, mich umzubringen. Und abgesehen davon, ist Thorn so viel stärker als ich, dass ich es vermutlich niemals schaffen würde, mich ihm mit einer Klinge zu nähern, was er ziemlich sicher auch weiß.

Ich decke für uns beide den kleinen runden Tisch und stelle Ketchup und ein Glas Wasser für mich bereit. Ich will

Thorn fragen, was er trinken möchte, beschließe dann aber, dass ich nicht seine Dienerin bin, und er sich selbst darum kümmern kann.

Als das Essen fertig ist, hat Thorn schon ein schönes Feuer im Kamin entfacht. Ich sehe es mir mit anerkennendem Blick an, will ihm jedoch nicht die Genugtuung gönnen, ihm dafür ein Kompliment zu machen. „Das Essen ist fertig", rufe ich ihm zu und setze mich an den Tisch, ohne auf ihn zu warten. Er richtet sich vor dem Kamin auf und geht dann zum Kühlschrank hinüber. Nachdem er ihn geöffnet hat, wirft er mir einen Blick zu.

„Bier?"

„Klar, warum nicht?"

Es beschert mir ein kleines bisschen Genugtuung, dass *er mich* fragt, ob ich etwas trinken möchte. Wieder ein kleiner Sieg.

Er kommt an den Tisch und setzt sich mir gegenüber hin, bevor er eine Flasche vor meinem Teller abstellt.

„Riecht gut", grunzt er.

„Danke."

Thorn nimmt einen großen Bissen von seinem Burger. „Schmeckt gut."

„Wenn du willst, kann ich das Kochen übernehmen, solange wir hier sind", höre ich mich selbst sagen. „So habe ich etwas zu tun."

Er nickt mir zu. „Okay. So haben wir immer etwas Gutes zu essen. Ich bin kein guter Koch."

Ich versuche, mich nicht zu sehr über das kleine Kompliment zu freuen.

„Na ja, so viel besser kann ich es wohl auch nicht", gebe ich zu. „Aber meine Mutter hat mir ein paar Dinge beigebracht. Die meisten davon beinhalten allerdings Zutaten, die wir nicht haben."

„Venezolanisches Essen?"

Ich nicke. „Arepas. Empanadas ..." Als er die Stirn runzelt, beginne ich zu erklären. „Arepas sind so etwas wie Tacos, aber mit frittiertem Maismehl. Empanadas sind kleine, frittierte, gefüllte Teigtaschen. Scharf." Obwohl der Burger gut schmeckt, verspüre ich plötzlich großen Appetit auf genau diese Speisen, die nicht mehr gegessen habe, seit meine Mutter weg ist. „Jede Menge Mais, Reis, Bohnen, Kochbananen und Süßkartoffeln." Ich zucke mit den Schultern. „Du musst es probieren, um dir diesen Geschmack vorstellen zu können."

Schweigend essen wir weiter. Ich nehme ein paar Schlucke von meinem Bier und genieße ein kurzes Gefühl von etwas, das sich fast wie Normalität anfühlt.

„Du bist nicht ganz das, was ich erwartet habe", sagt Thorn schließlich aus heiterem Himmel.

„Ach?" Ich ziehe neugierig eine Braue hoch. „Was genau hast du denn erwartet?"

„Bei einem Vater wie Oz? Eine Nervensäge."

Zu meiner eigenen Überraschung lache ich laut los. „Und was bin ich dann?", frage ich.

„Na ja, du *bist* eine Nervensäge." Er sieht mich eindringlich an. „Aber du bist nicht ganz so schlimm, wie ich es erwartet hatte." Er hält einen Moment inne. „Außerdem hast du bessere Titten, als ich es mir vorgestellt habe."

Seine Worte kommen so unerwartet, dass ich mich fast an meinem Burger verschlucke. Ich huste ein wenig, bevor ich hinunterschlucke, und starre ihn dann an. „Ich weiß nicht, ob ich mich geschmeichelt fühlen oder sauer über diese Bemerkung sein soll."

„Warum solltest du sauer sein?" Er sieht mich unschuldig an, wobei ich glaube, ein schelmisches Funkeln in seinen Augen erkennen zu können.

„Ähm, zum einen, weil es total sexistisch und unangebracht ist, so etwas zu sagen."

Thorn zuckt mit den Schultern, sagt nichts und nimmt einen weiteren Bissen von seinem Burger.

Ich öffne den Mund, um ihn weiter zurechtzuweisen, doch dann wird mir klar, dass ich damit nur das Gespräch über meine Brüste verlängern würde. Und trotz der Tatsache, dass seine Worte wirklich sexistisch und unangemessen waren, haben sie tief in meinem Inneren ein unangenehmes Gefühl von Wärme hinterlassen.

Ich beschließe, dass es an der Zeit ist, das Thema zu wechseln.

„Wie gut kennst du meinen Vater eigentlich?"

„Gar nicht", sagt er achselzuckend. „Oder zumindest kaum. Ich habe ihn ein paar Mal getroffen und habe ihn mit seinen Männern gesehen. Er scheint ein guter Anführer zu sein. Sie respektieren ihn."

Ich grinse. „Ja, wenn du Angst als Respekt bezeichnen willst."

„Angst *ist* Respekt. Jedenfalls auf gewisse Art und Weise."

„Da müssen wir uns wohl darauf einigen, dass wir uns nicht einig sind."

Er sieht mich an. „Hast du Angst vor ihm?"

„Ich? Nein." Ich schüttle den Kopf. „Nicht wirklich. Um ehrlich zu sein, kenne ich ihn auch nicht so gut. Vielleicht nicht viel besser als du."

„Wie kann das sein? Er ist dein Vater." Thorns Gesichtsausdruck ist skeptisch.

„Ich habe ihn kaum gesehen, als ich aufgewachsen bin." Ich nehme einen Schluck von meinem Bier und überlege, wie viel ich ihm erzählen soll. „Als ich klein war und meine Eltern noch zusammen waren, war er selten zu Hause. Er ist schon sehr lange der Präsident der Death Devils. Als ich noch ein Kind war, hat er den Club aufgebaut, und das hat den größten Teil seiner Zeit in Anspruch genommen. Meine Eltern haben sich getrennt, als ich etwa zehn Jahre alt war. Danach habe ich bei meiner Mutter gelebt. In den darauffolgenden Jahren habe ich ihn nur alle paar Monate mal gesehen, wenn überhaupt."

Ich halte inne, um einen weiteren Schluck zu nehmen und werfe Thorn einen Blick zu. Sein Gesichtsausdruck ist undeutbar. Seufzend schlucke ich und fahre fort. „Als ich fünfzehn geworden bin, hat sich mein Vater von heute auf morgen von einem meist abwesenden Vater zu einem strengen Autoritätsmenschen verwandelt. Er ist nur noch zu uns nach Hause gekommen, um meine Mutter darüber auszufragen, was ich gemacht habe und wer meine Freunde waren. Er wollte nicht, dass ich irgendetwas unternehme. Er war sogar der Meinung, Mom sollte mich – außer für die Schule – nicht aus dem Haus lassen. Ich habe meinen Vater immer den großen und mächtigen Oz genannt", sage ich und lache leise. „Natürlich habe ich ihn das nie wissen lassen. Aber meine Mutter hat mich trotzdem immer zurechtgewiesen und mir gesagt, ich solle nicht so respektlos über ihn sprechen.

Wie ich dir schon erzählt habe, ist meine Mom vor drei Jahren nach Venezuela zurückgegangen, um sich um ihre Eltern zu kümmern. Natürlich hat sie mich nicht mitgenommen. Amerika ist das einzige Land, das ich je kennengelernt habe." Ich schüttle den Kopf. „Seit sie weg ist, hat sich Dad von einem ständig abwesenden Vater in einen völlig erdrückenden Vater verwandelt. Abwesend in dem Sinn, dass er mir absolut keine Richtung im Leben vorgegeben hat, und erdrückend in dem Sinn, dass er immer noch denkt, ich wäre fünfzehn und müsse überwacht werden, damit mir niemand meine *Tugend* oder was auch immer nehmen kann." Ich rolle mit den Augen.

„Wohnst du bei deinem Vater?"

„Nicht mehr. Also auch schon nicht mehr, bevor all *das* hier passiert ist", antworte ich und fuchtle mit der Hand in der Luft herum. „Bevor Mom weggegangen ist, hat sie mich angefleht, mich am College einzuschreiben. Zuerst habe ich mich geweigert. Aber im Herbst dieses Jahres habe ich dann beschlossen, dass sie recht gehabt hat, und habe schließlich begonnen, Kurse an einem frei zugänglichen College zu besuchen, das etwa eine Stunde entfernt liegt. Ich habe also nur halbtags Kurse belegt, und nebenbei gekellnert, um Miete und Essen zu bezahlen."

„College-Girl, was?", sagt Thorn und hebt eine Augenbraue.

„Hauptsächlich, um von meinem Vater wegzukommen", gebe ich zu.

„Was studierst du?"

„Ich weiß es noch nicht genau", seufze ich. „Und was das angeht, werde ich vermutlich nie die Chance haben, es herauszufinden. Vor einem Monat hat Oz mich gezwungen, nach Hause zu kommen und hat mich dann unter Hausarrest gestellt, also musste ich all meine Kurse umstellen, und konnte nur noch online teilnehmen." Ich sehe mich verbittert in unserer Behausung um. „Und jetzt … na ja, ich schätze, hier gibt es kein Internet, und abgesehen davon habe ich meinen Computer ohnehin nicht dabei. Mein Semester ist also scheinbar gelaufen."

„Ach, sag doch nicht so etwas. Das hier ist nur eine vorübergehende Situation. Du wirst hier schon bald wieder raus sein."

„Ach ja?", spotte ich. „Und wie soll das gehen? Ich habe noch immer keine Ahnung, warum ich überhaupt hier bin.

Und mein Dad ist immer völlig neben der Spur und über-fürsorglich. Das könnte noch Monate so weitergehen."

„In dieser Situation glaube ich nicht, dass er überfür-sorglich ist", murmelt Thorn.

„Ach nein?", frage ich ihn fordernd und starre ihn dabei mit entschlossenem Blick an. „Warum sagst *du* mir dann nicht, was zum Teufel hier los ist und warum ich hier bin? Sonst will es schließlich auch niemand tun, richtig?"

Er schüttelt allerdings nur den Kopf. „Meine Aufgabe ist es, für deine Sicherheit zu sorgen. Oz wird dir sagen, was er dir sagen will und *wann* er es dir sagen will."

„Schon klar", antworte ich düster. „Du hast also auch Angst vor ihm."

„Nein", knurrt er. „Ich habe eine Verpflichtung meinem Club gegenüber. Und das hier ist Teil dieser Verpflichtung."

„Okay, dann erzähl mir davon", fordere ich. „Was hast *du* angestellt, dass du zur Strafe auf mich aufpassen musst?"

Thorn stößt ein bellendes Lachen aus. „Oh, Darling, was ich getan habe, würde ich für den Rest meines Lebens büßen müssen. Das hier ist keine Buße. Es ist nur ein Job."

„Also ...?"

Er atmet tief ein und wieder aus. „Ich weiß es nicht genau. Dein Vater hat mich ausgewählt."

„Was?"

„Rock, mein Präsident, hat mir gesagt, dass Oz speziell nach mir gefragt hat."

„Das bedeutet, dass er dir entweder vertraut oder etwas gegen dich in der Hand hat."

„Letzteres."

„Was?"

„Nichts." Thorn steht abrupt vom Tisch auf und sieht plötzlich wütend aus. Er geht zum Kühlschrank, um ein weiteres Bier zu holen. Als er sich wieder hinsetzt, hat sich die Stimmung zwischen uns deutlich abgekühlt. Schweigend beenden wir das Essen und Thorn macht deutlich, dass er es dabei belassen will.

Ich versuche so zu tun, als wäre es mir egal, aber in Wahrheit bin ich enttäuscht. Enttäuschter, als ich zugeben möchte.

12

THORN

Ich weiß nicht, wie mir dieses Mädchen so schnell unter die Haut gehen konnte. Ehe ich mich versehe, plaudere ich mit ihr, als wären wir zwei alte Damen, die einen Junggesellinnenabschied feiern.

Als sie mich fragt, warum Oz mich für den Job ausgewählt hat, bin ich allerdings etwas überrascht. Vielleicht liegt es daran, dass sie mir so viel über ihre Kindheit erzählt hat. Als ich gehört habe, wie sie über ihre Ma gesprochen hat, musste ich an meine eigene Ma in Irland denken. Und an das, was ich zurückgelassen habe. Dinge, an die ich nie mehr denke. Oder es zumindest versuche. Plötzlich sehe ich all das wieder vor meinem inneren Auge. Gepaart mit dem Wissen, dass, wenn ich diese Sache hier versaue, und das Gesetz eingeschaltet wird, ich wieder zurück nach Irland muss.

Ich öffne mein Bier und nehme einen großen Schluck. Ich bemerke, dass Isabel mich anschaut, ignoriere sie jedoch. Stattdessen esse ich meinen Burger auf und greife nach einem Zweiten. Indem ich schweigend kaue, will ich das Mädchen dazu bringen, für den Rest des Essens verdammt noch mal die Klappe zu halten. Aber es klappt nicht.

„Glaubst du wirklich, dass mein Vater etwas gegen dich in der Hand hat?", fragt sie nach ein paar Minuten vorsichtig.

„Kümmere dich um deinen eigenen Scheiß", schnauze ich sie an. Ich erwarte, dass es sie abschreckt, aber zu meiner Überraschung bleibt sie standhaft.

„Thorn", seufzt sie. „Warum benimmst du dich wie ein Idiot? Eine halbe Minute vorher warst du doch ganz nett. Ich meine, so nett, wie ein griesgrämiges Arschloch eben sein kann, aber immerhin."

„Es ist nicht mein Job, nett zu dir zu sein", erwidere ich.

„Dein *Job!*", schimpft sie. „Um Himmels willen. Hör zu. Wir beide sitzen hier in dieser verdammten Hütte für weiß Gott wie lange fest. Du willst eindeutig genauso wenig hier sein, wie ich. Das Mindeste, was wir tun können, ist zu versuchen, zivilisiert miteinander umzugehen. Aber anscheinend ist das zu schwer für dich."

„Nein. Das *Mindeste,* was wir tun können, ist, aufzuhören, uns kennenlernen zu wollen, als würden wir uns die Zeit an einer verdammten Bushaltestelle vertreiben." Meine Worte kommen härter rüber, als ich es beabsichtige, aber was soll's. Ich habe zugelassen, dass das Verhältnis zwischen uns zu freundschaftlich wird. Sie wütend zu machen, ist vermutlich das Beste.

Es funktioniert. „Weißt du was?", zischt Isabel, während ihre Augen wütend funkeln. „Du kannst mich mal! Und scheiß auf das hier. Du willst offensichtlich lieber ohne mich essen, also tu dir keinen Zwang an. Ich bin fertig!"

Sie knallt ihre Bierflasche auf den Tisch und schiebt ihren Stuhl so ruckartig zurück, dass er umkippt. Bei dem Geräusch zuckt sie ein wenig zusammen, lässt sich jedoch nicht abschrecken. Zum zweiten Mal an diesem Tag stürmt sie in ihren Socken ins Schlafzimmer und knallt die Tür laut hinter sich zu.

Ich stehe auf und folge ihr. Vor der Tür angekommen, drehe ich den Türknauf und schiebe die Tür auf. Sie dreht sich nach mir um wie eine kleine Furie.

„Die Tür bleibt offen", befehle ich.

„Fick dich!", zischt sie zurück.

Auch wenn ein Teil von mir ihr am liebsten den Hals umdrehen würde, lache ich nur.

Dann gehe ich nach draußen, um zu rauchen und zu fluchen. Über eine Stunde lang sitze ich auf der Veranda und starre Löcher in die Dunkelheit. Ein paar Mal glaube ich zu hören, dass sich drinnen etwas bewegt, doch als ich nach ihr sehe, sitzt sie immer noch auf dem Bett und liest auf ihrem Kindle. Jedes Mal starrt sie mich an, als würde sie mich am liebsten mit ihrem Blick töten.

Verdammt noch mal, sie ist eine Nervensäge.

Verdammt noch mal, ich will sie ficken.

Dieses Mädchen treibt mich noch in den Wahnsinn. Sie hat ein unheimliches Talent, mir unter die Haut zu gehen. Teilweise gebe ich mir selbst die Schuld, denn immerhin habe ich ihr zugehört, als sie über ihre Kindheit gesprochen hat. Ich brauche nichts über sie zu wissen. Je menschlicher sie für mich ist – je mehr ich über die Person weiß, die ich zu beschützen versuche –, desto weniger effektiv kann ich arbeiten.

Wäre Jimmy ein Fremder für mich gewesen, wäre ich in der Lage gewesen, ihn zu beschützen. Ich hätte getan, was getan werden musste, statt wie ein Trottel herumzustehen.

Niemals hätte ich gedacht, dass ich ihn einmal beschützen müsste – nicht auf diese Weise. Als ich schließlich bemerkt habe, was vor sich ging, habe ich nur eine Sekunde zu lang gezögert. Doch da war es schon zu spät.

Trauer beginnt, sich wie eiskaltes Wasser in meinen Adern auszubreiten. Wütend schüttle ich die Erinnerungen ab. Ich stehe auf der Veranda auf und werfe meine leere Flasche so weit und so fest wie möglich. Ich höre, wie sie mit einem leisen Aufprall in der Ferne landet.

Dann ... nichts als Stille. Genau wie zuvor. Und das leiseste Rauschen des Connegut River in der Ferne. Die Stille erinnert mich daran, dass es hier draußen niemanden gibt, außer mir und Isabel.

Und mein verdammter Schwanz brüllt mir zu, was er tun will.

NACH EINER WEILE muss ich wieder hineingehen, um das Feuer nachzuschüren. Der Küchentisch ist noch vom Abendessen gedeckt. Ich ignoriere ihn und werfe ein weiteres Holzscheit in die Flammen. Da ich sonst nichts zu tun habe, schalte ich den Fernseher ein und starre bei ausgeschaltetem Ton vor mich hin, bis ich müde werde.

Es gibt nur ein Schlafzimmer, also werde ich in nächster Zeit auf der Couch schlafen. Resigniert seufzend schnappe ich mir ein Kissen und eine Decke aus der niedrigen Truhe, die als Couchtisch dient. Ich gehe ins Bad, um zu pissen. Dann gehe ich ins Schlafzimmer, um nach Isabel zu sehen.

Sie ist eingeschlafen und liegt oben auf der Bettdecke. Ihr Haar umspielt sanft ihr Gesicht und ihre Schultern.

Ich trete einen Schritt näher. Dann noch einen. Meine Stiefel machen ein Geräusch auf dem Holzboden, doch sie schläft zu tief, um sie zu hören. Sie liegt auf einer Seite, und ihre Brüste heben und senken sich gleichmäßig, während sie atmet.

Dann bleibe ich einfach stehen, völlig überwältigt davon, wie umwerfend sie aussieht. Und davon, wie sehr ich ihr die Klamotten vom Leib reißen und neben ihr auf die Matratze sinken möchte, um sie wild zu ficken, bis wir beide völlig erschöpft keuchen.

Noch nie zuvor habe ich eine Frau wie diese gewollt. Ich habe noch nie eine Frau gewollt, die nicht einfach durch eine andere ersetzt werden kann. Isabel reißt mein Inneres in Stücke. Mein Schwanz schmerzt. Meine Brust schmerzt. Alles tut verdammt weh.

Fuck! Fuck, fuck, fuck!

Ich spreche es nicht laut aus, aber in meinem Kopf schreie ich es heraus. Warum zum Teufel hat Oz ausgerechnet mich für diesen Job ausgewählt? Warum zum Teufel kann Isabel nicht seine verdammte neunzigjährige Oma sein, statt seiner Tochter?

Warum zum Teufel?

Das ist der schlimmste Job, den ich in meinem ganzen Leben je hatte. Stöhnend beuge ich mich vor und spreche ihren Namen aus, um sie zu wecken. Sie rührt sich nicht. Ich sage ihn noch einmal, dieses Mal lauter. Immer noch nichts. Schließlich strecke ich die Hand aus, berühre ihre Schulter und schüttele sie ein wenig.

„Mmh ... was?", murmelt sie.

„Aufwachen", murmle ich.

„Warum?"

Ihr Tonfall hat sich bereits verändert. Sie ist aufgewacht und hat bemerkt, wo sie ist und dass ich es bin, der mit ihr spricht. Plötzlich klingt sie abweisend. Wachsam.

„Ich muss dich fesseln."

„Was? Im Ernst?"

Isabel stützt sich auf ihre Ellbogen und sieht mich fassungslos an. „Du willst mich ans Bett fesseln?"

„Das will ich."

„Ich glaube, du treibst es mit deiner Paranoia etwas zu weit."

„Es interessiert mich nicht, was du glaubst."

„Und wenn ich mich weigere?", fordert sie mich heraus.

„Wenn du dich weigerst, muss ich dich mit Gewalt fesseln." Bei diesem Gedanken meldet sich mein Schwanz in meiner Hose, und eine ganze Menge neuer Bilder taucht in meinem Kopf auf, die mich heute Nacht quälen werden, während ich versuche zu schlafen.

„Ich habe keine Angst vor dir!", sagt Isabel trotzig.

„Das solltest du aber, verdammt noch mal!" Ich meine es auch so. Im Moment bin ich so wütend, dass ich ihr wehtun werde, sollte ich sie mit Gewalt fesseln müssen. Irgendwie möchte ich schon fast, dass sie mich noch wütender macht. *Dränge mich über meine Grenzen hinaus, kleines Mädchen. Dränge mich über den Punkt hinaus, an dem ich mich beherrschen kann. Tu es.*

Sie wirft mir einen eindeutigen Blick zu, ihr Gesicht errötet vor Wut und ihre Brust hebt sich. Eine Sekunde lang bin ich fast davon überzeugt, dass sie dasselbe denkt wie ich.

Während sie mich immer noch anstarrt, lässt sie sich dramatisch auf das Bett zurückfallen und streckt ihre Arme und Beine aus, wie der Seestern, den sie um ihren Hals trägt. Ich grunze und gehe hinaus, um das Seil zu holen. Nachdem ich zurück bin, beginne ich mit ihrem linken Bein, binde das Seil um ihren Knöchel und befestige es mit einem Knoten am Bettpfosten. Danach ist das andere Bein an der Reihe. Als ich das Seil um ihren rechten Knöchel binde, zuckt Isabel leicht zusammen und gibt ein Wimmern von sich. Ich werfe einen Blick in ihr Gesicht.

„Mein Knie tut noch immer weh", sagt sie leise.

Ich weiß noch, wie geschwollen und lila es gestern Abend gewesen ist, als wir hier angekommen sind. „Tut mir leid", murmle ich unwillkürlich und versuche, etwas vorsichtiger vorzugehen. Nachdem ich mit diesem Bein fertig bin, gehe ich zu ihren Armen über. Ich setze mich neben sie auf die Matratze und blicke sie erwartungsvoll an. Isabel wirft mir einen säuerlichen Blick zu und reicht mir ihr rechtes Handgelenk. Ich wickle das Seil darum und stelle fest, dass die Rötung und die Einschnitte der Kabelbinder mittlerweile weitgehend verschwunden sind.

Isabels Haut ist weich und warm. Ihre Handgelenke sind schmal, so schmal, dass ich sie mit meinem Daumen und meinem kleinen Finger leicht umfassen kann. Während ich den Knoten fertig mache, und das Seil so weit ausbreite, dass sie sich ein wenig bewegen kann, starrt sie mich weiterhin mit herausforderndem Blick an.

„Ich schlafe nicht auf dem Rücken", sagt sie.

„Dann wirst du es lernen."

Über ihren Körper hinweg greife ich nach ihrem anderen Arm. Diese Bewegung bringt mich näher an Isabels Gesicht – nahe genug, dass ich nicht umhin kann, ihr kurz in die Augen zu sehen. Sie bohren sich in meine.

Isabel leckt nervös über ihre Lippen.

„Mir ist kalt", flüstert sie. „Es wird mir hier zu kalt sein, um schlafen zu können."

Ich widerstehe dem Drang zu fluchen, stehe auf und greife unter sie. Dann hebe ich sie an der Taille hoch und ziehe die Bettdecke unter ihrem Körper weg. Durch die Berührung fühlt sich mein ohnehin schon harter Schwanz an, als würde er demnächst meine Jeans zerreißen. Sie zappelt ein wenig und versucht, mir zu helfen, die Decke wegzuziehen, doch das macht es nur noch schlimmer, da sie so auch noch gegen mich stößt. Als ich sie wieder auf das

Bett fallen lasse und die Steppdecke über ihren Körper lege, kann ich mir ein Stöhnen gerade noch verkneifen. Abrupt stehe ich auf und gehe an die andere Seite des Bettes, um ihre zweite Hand zu fesseln.

„So", stoße ich mit angespanntem Kiefer hervor. „Du musst dich eben daran gewöhnen. Ich bin dann draußen auf der Couch." Ich werfe ihr einen bösen Blick zu. „Schlaf jetzt."

Ich warte nicht auf eine Antwort. Ich kann es nicht. Stattdessen gehe ich zurück ins Wohnzimmer, schalte alle Lichter aus und starre ins Feuer, von dem ich mir irgendwie wünsche, es würde mich verzehren, während ich darauf warte, dass diese Qualen endlich nachlassen.

13

ISABEL

Thorn lässt mich gefesselt und hilflos auf dem Bett zurück. Ein paar Sekunden später gehen im Rest des Hauses alle Lichter aus, und ich bleibe im Dunkeln liegen, während mein Geist und mein Körper nach den letzten Minuten völlig verwirrt sind.

Der Sturm in seinen Augen, als er mich gefesselt hat, ist ein Bild, das mir nicht mehr aus dem Kopf geht. Außerdem bin ich unglaublich wütend auf ihn. Es ist nicht meine Schuld, dass er in diese Sache hineingezogen wurde, und ich weiß nicht, warum er deswegen ein so launisches Arschloch sein muss. Aber neben der Wut auf ihn verspüre ich noch etwas anderes, etwas, das ich mir nur schwer eingestehen kann.

Ich fühle mich ... zu ihm hingezogen. So *richtig* hingezogen. Das Gefühl ist so stark, dass ich mir eben wirklich gewünscht habe, er würde etwas mit mir anstellen. Je mehr er mich gefesselt hat, desto mehr hat er mich auch erregt. So sehr, dass mein Körper jetzt, wo ich hier im Dunkeln liege, einfach nur in Flammen steht, weil ich will, dass er mich *berührt*. Und ich kann nichts dagegen tun.

Ich winde mich und zappele, während Schmerz zwischen meinen Beinen zu pochen beginnt. Selbst im Dunkeln spüre ich, wie mir die Hitze in die Wangen steigt. Ich kann nicht glauben, dass ich mir selbst erlaube, solche Dinge zu denken. Aber die Wahrheit ist, dass ich nicht anders kann. Ich stelle mir vor, was ich jetzt tun würde, wenn ich nicht gefesselt wäre. Würde ich meinen Mut zusammennehmen und ins Wohnzimmer gehen? Würde ich mich neben ihm auf die Couch setzen und darauf warten, dass er mich berührt? Würde ich mehr tun?

Verwirrt stelle ich fest, dass ich zwischen meinen Beinen feucht bin. Praktisch durchnässt. Ich bin bereit, *sowas von* bereit. Für *ihn*.

Und auch wenn ich lieber sterben würde, als es mir einzugestehen, muss ich zugeben, dass es sich sicher wahnsinnig gut anfühlen würde, wenn er mich berühren würde ... und ich ließe ihn gewähren.

Die Wahrheit ist, dass kein Mann mir bisher jemals die Befriedigung gegeben hat, die ich brauche. Die wenigen Jungs, mit denen ich ausgegangen bin, haben nicht gewusst, was sie zu tun hatten, und es war mir zu peinlich, es ihnen zu sagen. Die einzigen Orgasmen, die ich je hatte, waren die, die ich mir selbst beschert habe. Und in genau diesem Moment *brenne* ich darauf, meine zitternde Hand zwischen meine Beine zu schieben. Meine glitschige Hitze zu spüren, meine Finger durch meine Nässe gleiten zu lassen und mich dort zu berühren, wo ich mich nach Thorns Berührung sehne.

Frustriert und in meinen Fantasien gefangen, winde ich mich vergeblich vor Verlangen. Ich muss aufhören, daran zu denken. Ich muss an etwas anderes denken.

Aber ich kann nicht.

Ich weiß nicht, wie ich es schaffe, einzuschlafen, aber

irgendwann gelingt es mir doch. Meine Träume sind ein Wirrwarr aus Bildern und Empfindungen. Thorns Gesicht, sein wütendes Gesicht, taucht über mir auf. Dann küsst er mich, seine Bartstoppeln kratzen an der Haut in meinem Gesicht, und es fühlt sich rau, hart und perfekt an. Ich liege in seinen Armen, habe mich ihm völlig hingegeben, und bin so glücklich, weil ich endlich aufhören kann, mich zu wehren, und weil ich weiß, dass er mir gleich geben wird, was ich will, was ich *brauche* ...

AM NÄCHSTEN MORGEN WACHE ich auf und stelle fest, dass ich bereits losgebunden bin. In Fötusstellung liege ich unter der Decke, während das Sonnenlicht durch das Fenster hereinfällt. Gerade hatte ich einen weiteren erotischen Traum von Thorn, und mein Körper ist erfüllt von der Sehnsucht, die seit letzter Nacht nicht mehr verschwunden ist.

Meine Hände wandern langsam unter der Decke meinen Körper entlang nach unten und lassen mich bei der Berührung ein wenig erschaudern. Ich will den Schmerz stillen, aber als ich ein Auge öffne, sehe ich, dass die Tür zum Schlafzimmer weit offensteht, und mache einen Rückzieher.

Wieder schließe ich die Augen, kuschle mich in die warme Decke und wünsche mir, ich könnte den ganzen Tag hier bleiben. Und eigentlich könnte ich das vielleicht auch. Aber leider muss ich irgendwie pinkeln.

Als ich aus dem Bett schlüpfe und den Flur entlang ins Bad gehe, habe ich immer noch die gleichen Klamotten an wie gestern Abend. Ich höre Thorn in der Küche herumhämmern. Trotzig schließe ich die Badezimmertür, bevor er mich eines Besseren belehren kann, und genieße einen seltenen Moment der Privatsphäre, während ich mich erleichtere. Ich schließe meine Augen, atme ein paar Mal tief durch und gebe mich der Realität eines weiteren Tages hin, an dem ich mit einem Mann eingesperrt bin, der mich hasst und gleichzeitig erregt.

Eilig mache ich mich fertig und wasche mir die Hände, damit ich das Bad verlassen kann, bevor er nach mir sieht.

Wie ich an dem benutzten Teller auf dem Küchentisch erkennen kann, hat Thorn bereits gefrühstückt, bevor ich aufgestanden bin. Als ich das Badezimmer verlasse, ist er allerdings nirgendwo zu sehen, weswegen ich annehme, dass er nach draußen gegangen sein muss. Im Schrank finde ich Müsli, das ich in eine Schüssel gebe und mit etwas Milch aufgieße. Dann setze ich mich allein an den Tisch und fange an zu essen.

Als ich gerade fertig bin, kommt er herein. Statt guten Morgen zu sagen, nickt er nur. „Es hat Kaffee gegeben", sagt er ohne Vorrede. „Aber du hast so lange geschlafen, dass ich ihn ausgetrunken habe."

Ich runzle die Stirn. „Ich muss wohl müde gewesen sein. Wie spät ist es?"

„Es ist nach elf."

„Elf Uhr morgens?", quietsche ich und komme mir wie eine Idiotin vor, denn *natürlich* meint er elf Uhr morgens. Einer seiner Mundwinkel verzieht sich jedoch zu einem zögerlichen Grinsen. Jetzt fühle ich mich zwar immer noch wie eine Idiotin, aber auch etwas besser, denn vielleicht ist es ein Zeichen dafür, dass er heute Morgen nicht mehr so wütend auf mich ist, wie gestern Abend.

„Ja, genau", antwortet er. „Es ist übrigens ein herrlicher Tag draußen."

„Das nützt mir nicht sehr viel", stelle ich fest. „Du lässt mich ja nicht hinausgehen."

„Natürlich lasse ich dich hinausgehen", antwortet er gleichmütig. „Ich weiß schließlich, dass du in Socken nicht weit kommst."

„Wirklich?", frage ich und hasse mich dafür, wie aufgeregt ich dabei klinge. Es ist vermutlich ziemlich erbärmlich, aber ich bin *tatsächlich* aufgeregt. Verdammt, alles, was im Moment nicht bedeutet, dass ich auf meinem Hintern sitzen oder an ein Bett gefesselt sein muss, erscheint mir wirklich aufregend.

„Es ist ziemlich kalt, du solltest dich also ein wenig einpacken", sagt er, während ich bereits aufgesprungen bin. Ich gehe ins Schlafzimmer und ziehe drei Paar Socken an, dann komme ich zurück ins Wohnzimmer und Thorn beobachtet mit einem leichten Grinsen auf den Lippen, wie ich die Tür aufreiße und auf die Veranda trete.

Es ist zwar erst einen Tag her, aber es fühlt sich an, als wäre ich wochenlang drinnen eingesperrt gewesen. Ich bin nicht gerade der naturverbundenste Mensch, aber Gott, es ist so schön, die kalte Luft auf meinen Wangen zu spüren. Nachdem ich keine Handschuhe habe, ziehe ich einfach die Ärmel meines Kapuzenpullis über meine Hände. Dann nehme ich einen tiefen, reinigenden Atemzug und gehe die Treppe hinunter und in den Garten hinaus.

Um ehrlich zu sein, ist der nicht allzu beeindruckend: Genaugenommen gibt es nur einen kleinen Fleck, auf dem das Gras etwas niedriger ist. Das Haus ist auf allen Seiten von höherem Gras und Unkraut umgeben. Ich gehe noch ein paar Schritte, dann drehe ich mich um und blicke zum ersten Mal zurück auf das Haus, das mein Gefängnis war. Als wir hier angekommen sind, hatte ich diesen verdammten Sack über dem Kopf, sodass ich nichts von alldem gesehen habe. Zu meiner Überraschung ist es tatsächlich irgendwie ... *malerisch*. Ich kann mir sogar

vorstellen, dass die Leute es für ein romantisches Wochenende mieten würden. Die dunkle Holzvertäfelung lässt das
kleine Häuschen warm und einladend wirken. Mein Gott, es
gibt sogar einen kleinen Tisch und zwei Stühle auf der
vorderen Veranda. Es wäre der perfekte romantische Ort,
um an einem kühlen Morgen draußen eine schöne Tasse
Kaffee zu trinken.

Ich trete an die Seite des Hauses. Zu meiner Überraschung fließt etwa fünfzig Meter entfernt ein kleiner Fluss
vorbei. Er sieht wunderschön aus, das kalte Wasser glitzert
frisch und sauber in der Mittagssonne. Ich gehe ein paar
Schritte weiter und wünsche mir, das Wasser wäre warm
genug, um hineinzuspringen – wobei ich bisher noch nie in
einem Fluss geschwommen bin. Ich lache laut über das Bild
in meinem Kopf und darüber, wie eigenartig glücklich es
mich macht, darüber nachzudenken. Und dann erinnere ich
mich daran, dass ich hier immer noch eine Gefangene bin.
Und dass dieser Fluss, so schön er auch ist, nicht für mich
bestimmt ist.

Thorn befindet sich immer noch im Haus. Ich bin überrascht, dass er nicht wie ein Falke über mir kreist und jede
meiner Bewegungen beobachtet. Ich gehe ein paar Schritte
weiter in Richtung des Flusses. Zum Glück hat es schon
eine Weile nicht mehr geregnet, und es hat auch noch nicht
geschneit. Der Boden ist also hart und ziemlich trocken. Die
Sonne wärmt mein Gesicht und die Rückseite meines Kapuzenpullis. Es ist zwar kühl hier draußen, aber eigentlich
trotzdem ganz angenehm, weil es fast windstill ist. Es ist so
schön, dass ich ziemlich lange hier draußen bleiben und auf
den Fluss blicken oder einen Spaziergang am Ufer entlang
machen könnte.

Es ist noch nicht einmal Mittag. Ich blicke in den
Himmel hoch und stelle fest, dass keine einzige Wolke zu

sehen ist. Vermutlich wird das noch stundenlang so bleiben.

Thorn beobachtet mich auch überhaupt nicht.

Ich beschleunige meine Schritte etwas und marschiere jetzt in Richtung einer Baumreihe. Meine Füße protestieren ein wenig gegen die Äste und die kleinen Steine, auf die ich immer wieder trete, doch es ist nicht allzu schlimm. Schon beinahe ohne es bewusst zu wollen, beginne ich im Schutz der Bäume erst langsam zu joggen, dann zu laufen. Mein Gefühl sagt mir, dass ich dem Flusslauf folgen soll – irgendwann muss ein weiteres Haus am Ufer auftauchen. Und Thorn würde nicht erwarten, dass ich diese Richtung einschlage, oder doch? Er würde vermutlich erwarten, dass ich in Richtung einer Straße gehe. Wenn er nicht gesehen hat, in welche Richtung ich gegangen bin, wird er es nicht herausfinden.

Er wird es nicht herausfinden.

Er wird es nicht herausfinden.

Der Satz wird fast zu einem Mantra, zu einem stillen Gebet, das ich immer und immer wieder im Rhythmus meiner Schritte wiederhole, während meine Füße über die getrockneten Blätter und durch das Gestrüpp laufen. Ich versuche, zumindest so lange so leise wie möglich zu laufen, bis ich glaube, dass man mich beim Haus nicht mehr hören kann. Dann erst starte ich durch und sprinte los, renne mit gesenktem Kopf zwischen den Bäumen hindurch, um keinen der Äste ins Gesicht zu bekommen.

In meinem gesamten Leben bin ich noch nie so schnell gerannt. Mein immer noch geschwollenes Knie jammert vor Anstrengung und bei jedem Schritt fühlt es sich an, als würden tausende Nadeln schmerzhaft in meinen Körper stechen, was ich jedoch ignoriere. Nach ein paar Minuten beginne ich immer schwerer und schneller zu atmen. Ich fuchtle mit den Armen und laufe noch schneller. Als sich meine Kondition dem Ende neigt, werden meine Beine plötzlich fürchterlich müde, meine Lungen ziehen sich zusammen und flehen mich an anzuhalten.

Mit dem rechten Fuß stoße ich gegen einen großen Stein, der Aufprall reißt mir das verletzte Knie zur Seite und ich kann einen erschrockenen Aufschrei nicht mehr unterdrücken, als ich hart zu Boden falle. Keuchend greife ich nach meinem Knie und versuche, es mit meinen Händen zu massieren. Es tut weh, aber zum Glück fühlt es sich nicht so an, als wäre es ernsthaft verletzt. Wenn ich nicht auf der Flucht wäre, würde ich hier ein paar Minuten sitzen bleiben, bis der Schmerz nachlässt, doch diesen Luxus kann ich mir nicht leisten. Mit rasend schnellem Herzschlag und stechenden Schmerzen stehe ich auf, wobei ich versuche, das Bein zu entlasten, während ich so schnell ich kann weiter humple. Der Wald wird immer dichter, und es wird immer schwieriger für mich, mir einen Weg hindurch zu bahnen. Ich ducke mich und weiche Ästen aus, wobei sich mein Kapuzenpulli immer wieder daran verfängt. Mittlerweile schwitze ich und mein Haar klebt mir an der Stirn. Ich möchte den Kapuzenpulli ausziehen, trage jedoch nur das Tank-Top darunter und will mich nicht erkälten.

Ich spähe durch die Bäume entlang des Ufers, um zu sehen, ob ein Haus oder zumindest eine Straße zu sehen ist. Thorn hat mir gesagt, es gäbe im Umkreis von dreißig Kilometern absolut nichts. Ich glaube allerdings, dass er das nur gesagt hat, um mich zu entmutigen, allerdings muss ich trotzdem darauf gefasst sein. Um diese Jahreszeit geht die Sonne kurz nach fünf unter. Ich habe also noch etwas mehr als fünf Stunden Zeit, bis die Nacht kommt, und mit ihr die Kälte.

Ich versuche, nicht darüber nachzudenken, was es

bedeuten würde, wenn ich bis dahin keinerlei Zivilisation gefunden hätte.

Dennoch, der Gedanke spornt mich an. Ich stapfe durch die Bäume, während mein anfängliches Adrenalin langsam verpufft. Mein Knie schmerzt langsam etwas weniger, doch meine mit Socken bekleideten Füße beginnen die Kälte zu spüren. Es muss noch etwas Tau auf dem Boden gewesen sein, denn zu meinem Entsetzen sickert Nässe durch die vielen Schichten. Ich verfluche Thorn, weil er mir keine Schuhe erlaubt hat, doch dann wird mir klar, dass genau das der Grund dafür war. Für eine Sekunde fühle ich mich *schuldig*, weil ich ihn angelogen habe.

Thorns Gesicht erscheint in meinem Kopf, eisern und angespannt. Sollte er bereits bemerkt haben, dass ich weg bin, ist er vermutlich gerade ziemlich wütend. Mir wird ein wenig flau im Magen, obwohl es lächerlich ist, dass es mich überhaupt interessiert, was er für mich empfindet. *Er hasst mich trotzdem*, sage ich mir. *Und warum sollte mich das überhaupt interessieren? Er ist nur ein Schläger, den mein Vater angeheuert hat. Wenn es nach Thorn ginge, wäre das alles vorbei und er müsste mich nie wieder sehen.* Ich begrüße die Wut, die bei diesem Gedanken in mir aufsteigt. Ich weiß, dass ich sie schüren muss, damit sie mir Kraft geben kann. *Thorn ist nur wütend, weil ich ihm seinen Job schwer mache. Also, scheiß auf ihn. Er kümmert sich überhaupt nicht um mich. Hier steht Feind gegen Feind. Möge der Bessere ...*

Starke, brutale Hände packen mich an der linken Seite und reißen mich fast zu Boden. Ich schreie erst vor Schreck, dann vor Wut, als ich erkenne, wer es ist. „Nein!", kreische ich, als sich seine Arme in einem eisernen Griff um mich legen, der so fest ist, dass er mir die Luft aus den Lungen drückt. Blind versuche ich, nach seinen Beinen zu treten, aber noch bevor ich weiß, wie mir geschieht, liegt er bereits auf mir und macht mich bewegungsunfähig.

„Du dumme Schlampe", zischt Thorn mit wutverzerrtem Gesichtsausdruck auf mich herab. „Du verdammt dumme Göre."

14

THORN

N och nie zuvor in meinem Leben war ich so wütend wie in diesem Moment. Kaum in der Lage, mich selbst davon abzuhalten, sie zu verletzen, schnappe ich mir Isabel an den Schultern und lasse mich auf sie fallen. „Du verdammt dumme Göre! Du könntest hier draußen ums Leben kommen, weißt du das?", schreie ich.

„Wie? Wie könnte ich ums Leben kommen?", kreischt sie zurück.

„Willst du mich verdammt noch mal verarschen? Du bist hier draußen in der Wildnis und hast nichts, um dich zu verteidigen, reicht das nicht?" Ich sehe mich um, bevor ich ihr wieder mit weit aufgerissenen Augen ins Gesicht blicke. Ihr verdammt dummes Verhalten erstaunt mich wirklich. „Was, wenn du es bis zu einer Straße, einem Haus oder einer Stadt geschafft hättest? Ohne Geld, ohne *Schuhe* und ohne jemanden, der dir hilft, wenn du in die falschen Hände gerätst, wärst du nicht besser dran als jetzt!"

Dann *lacht* Isabel tatsächlich – es ist ein verrücktes, halb hysterisches Lachen des Unglaubens. Sie reißt sich von mir los und lehnt sich vor, ihre Augen füllen sich mit Tränen der Wut.

„Das ist *lächerlich!*“, schreit sie. „*Mein Gott*, Thorn, siehst du denn nicht, dass du nur ein Teil der paranoiden Fantasie meines Vaters bist? Er hält mich für eine kleine Porzellanpuppe, die er nicht beschmutzt sehen will, weil er glaubt, das würde seine verdammte Ehre ruinieren! Er schert sich einen Dreck um mich, oder darum, was ich will, oder ob ich überhaupt ein eigenes Leben leben darf!“

„Dein Vater hat dir wirklich gar nichts erzählt, oder?“ Ein kleines Fenster in meiner Wut öffnet sich nur für eine Sekunde.

„Mir was erzählt?“

Wieder packe ich sie an den Schultern und schüttle sie ein wenig. Plötzlich ist es mir scheißegal, was sie weiß. Sie hat mir nicht gehorcht. Und auch nicht ihrem Vater. Das ist alles, was zählt. „Hör zu. Du bist eine verdammte Idiotin“, sage ich, während ich mich mit zusammengebissenen Zähnen zusammenkauere. „Oz hat dir vielleicht nicht gesagt, warum oder wie, aber du bist in Gefahr. Die Bedrohung ist real.“

Ich ziehe sie an mich, sodass sich ihr Gesicht nur noch wenige Zentimeter von meinem befindet. Meine Augen bohren sich in ihre, so intensiv, dass sie zusammenzuckt und sich zurückzieht.

„Isabel“, sage ich heiser. Von der überraschenden Erleichterung darüber, dass es ihr gut geht, wird mir ein wenig übel. „Mach das verdammt noch mal nicht noch einmal. Du weißt gar nicht, wie gefährlich das war.“

„Nein!“, schießt sie trotzig zurück. „Das weiß ich wirklich nicht! Warum sagst du es mir nicht, damit ich Angst bekomme und nicht mehr versuche zu fliehen? Denn wenn es da wirklich etwas gibt – wenn mein Vater nicht nur versucht, mich für eine Weile unter Verschluss zu halten, damit ich Angst bekomme und ihm besser gehorche – warum zum Teufel sagt er mir dann nicht, worum es geht? Warum willst *du* es mir nicht sagen?"

Ich öffne den Mund, um zu antworten, schließe ihn dann aber wieder. Ich bin nicht befugt, ihr irgendetwas zu sagen. Und obwohl ich, um ehrlich zu sein, mit ihr fühlen kann, ändert das nichts. „Du wirst mir einfach ... vertrauen müssen", grunze ich und schüttele den Kopf.

Sie schnaubt ungläubig und rollt die Augen. „Dir *vertrauen? Dir* vertrauen?"

„Vertraue darauf, dass ich nur dein Bestes im Sinn habe."

Isabel macht ein unhöfliches Geräusch mit ihrer Zunge. „Das ist genau das, was mein Vater auch sagt. Und weißt du was? Du kannst mich mal! Leuten, die Geheimnisse vor mir haben, traue ich nicht."

„Wie du meinst", murmle ich, packe sie an den Schultern, drehe ihren Körper um 180 Grad und schubse sie gegen den Rücken. „Los. Es ist Zeit, zurückzukehren."

Ich folge Isabel auf dem Weg zurück zu unserem Versteck. Zum Glück hält sie die Klappe, sodass ich mich nicht mehr mit ihr streiten muss. So wütend ich auch bin, muss ich ihr zugestehen, dass sie es in der kurzen Zeit, die sie gehabt hat, ziemlich weit geschafft hat. Für den Rückweg brauchen wir fast eine halbe Stunde, die wir damit verbringen, durch das dichte Laub und Gestrüpp auf dem Waldboden zu stapfen.

Etwa nach der Hälfte der Strecke, die wir zum Haus zurücklegen müssen, verlangsamt sich Isabels Tempo. Ein paar Minuten später beginnt sie zu stolpern und sich langsamer zu bewegen, als hätte sie Schwierigkeiten beim

Gehen. Gelegentlich bemerke ich, dass sie immer wieder einen Fuß schont und öfters zusammenzuckt.

Ich trete neben sie und blicke in ihr blasses, angespanntes Gesicht. „Was ist das Problem?"

„Meine Füße sind kalt", gibt sie leise zu.

Ich schaue nach unten. Isabels Socken sind klatschnass und mit Schlamm und Laub bedeckt. Ich weiß nicht, wie lange das schon so ist.

„Mein Gott", seufze ich. „Ich habe dir doch gesagt, dass du so nicht hinausgehen sollst." Wir haben noch mindestens einen Kilometer vor uns, und wenn wir so weitermachen, werden ihre Füße abgefroren sein, bis wir zurückkommen. „Komm schon, ich trage dich."

„Was? Nein!", protestiert sie. Ihr Gesicht verzieht sich zu einer Maske der Entschlossenheit. „Schon okay, ich schaffe das."

„Den Teufel wirst du." Ohne eine Antwort abzuwarten, greife ich nach unten, schlinge meinen Arm hinter ihren Beinen hindurch und ziehe sie hoch. „Leg deine Arme um meinen Hals, oder du beendest diese Reise über meiner Schulter", befehle ich ihr. Ich erwarte, dass sie protestiert, aber nach einer Sekunde gehorcht sie wortlos.

Ich trage sie den letzten Kilometer und versuche, nicht den Duft ihres Haares einzuatmen oder in ihre schokoladenbraunen Augen zu blicken, die mich unentwegt anstarren. Stattdessen beiße ich die Zähne zusammen und richte meinen Blick geradeaus. Als wir zu unserem Versteck zurückkehren, trage ich sie die Veranda hoch, schiebe die Tür mit dem Fuß auf und setze sie grob auf den Stuhl vor dem Kamin. Ohne sie zu fragen, ziehe ich ihr Schicht um Schicht der durchnässten Socken aus, bis ihre winzigen, eiskalten Füße nackt sind.

„Halte sie nicht zu nah ans Feuer", murmle ich. „Wenn du sie nicht richtig spüren kannst, wirst du dir wehtun."

Ich lasse sie vor dem Kamin zurück und suche mein sauberes Paar Socken, das sie gestern getragen hat. Ich reiche sie ihr und beobachte schweigend, wie sie sie anzieht. Isabel starrt in das Feuer, ihr Gesichtsausdruck sieht gedämpft aus. Schließlich, nach ein paar Minuten, sieht sie zu mir auf.

„Danke", sagt sie leise.

Dann, während ich einfach nur dastehe, steht sie auf, geht ins Schlafzimmer und schließt leise die Tür hinter sich.

Etwa eine Stunde später ruft mich Oz an, um mir ein Update zu geben. Ich erzähle ihm nichts von Isabels Fluchtversuch. Zum einen kann ich seinen Kummer nicht gebrauchen, und zum anderen möchte ich seinen Zorn nicht auf Isabel lenken. Je mehr ich darüber nachdenke, wird mir klar, dass es nicht wirklich ihre Schuld ist, dass sie sich eingesperrt und nicht beschützt fühlt. Er hätte ihr sagen sollen, warum er all das tut. An ihrer Stelle würde es mir wahrscheinlich genauso gehen.

„Ist bei dir etwas Ungewöhnliches passiert?", fragt mich Oz. Seine Stimme klingt angespannter als sonst. „Irgendetwas?"

„Nein. Keine Spur von irgendetwas oder irgendjemandem. Generell keinerlei Aktivität." Ich runzle die Stirn. „Was ist los? Ist etwas passiert?"

Er antwortet mit einem leisen, bedrohlichen Knurren. „Letzte Nacht wurde eine Old Lady meiner Männer schwer verletzt. Sie liegt im Krankenhaus und wird nicht überleben. Es war eine Botschaft an mich. Sie wollen meine

Männer gegen mich aufbringen, indem sie es auf deren Frauen abgesehen haben. Unsere Familien haben sich im Clubhaus eingesperrt."

„Fuck", fluche ich. Das ist genau das, worüber Oz sich solche Sorgen gemacht hat. „Willst du, dass ich Isabel hinbringe?"

„Nein. Ich will, dass sie möglichst weit von hier weg ist. Aber das beweist, dass es allen Grund zu der Annahme gibt, dass Fowler und seine Männer nach ihr suchen."

„Oz", sage ich und runzle die Stirn. „Warum hast du Isabel nichts davon erzählt? Sie glaubt, dass sie hier ohne Grund festgehalten wird. Sollte sie nicht wissen, welche Gefahr besteht?"

„Isabel ist zerbrechlich", sagt er abschätzig. „Das zu wissen, würde ihr nur Angst machen."

„Bei allem Respekt, Oz, Isabel ist stärker, als du denkst." Und das ist sie auch. Ich kann nicht anders, als mich in diesem Fall auf ihre Seite zu schlagen. Sie ist nicht das schwache Blümchen, für das Oz sie zu halten scheint. Sie hat ein Rückgrat aus Stahl – selbst wenn sie eine verdammte Idiotin ist, und hat definitiv keine Angst, sich mir gegenüber zu behaupten. Bei diesem Gedanken muss ich beinahe lachen. Keine Frau hat sich mir gegenüber je so behauptet wie Isabel. Und um ehrlich zu sein, finde ich es verdammt sexy, wie ihre Augen aufblitzen, wenn sie mir sagt, dass ich zur Hölle fahren soll.

„Isabel braucht die Details nicht zu kennen, das ist beschlossene Sache", befiehlt Oz. „Aber wenn du *Probleme* damit hast, sie unter Kontrolle zu halten, bist du vielleicht nicht der richtige Mann für diesen Job."

„Ich habe keine Probleme", belle ich zurück. Ich hasse es, hier festzusitzen, aber der Gedanke, dass jemand anderes mit Isabel allein ist, lässt mein Blut in Wallung geraten. „Sie ist in Sicherheit und unter Kontrolle. Es gibt hier kein Problem, Oz."

„Sorg dafür, dass es auch so bleibt." Oz hält inne. „Und bitte. Sei vorsichtig. Wenn du auch nur den geringsten Grund zur Annahme hast, dass ihr in Gefahr sein könntet, ist es deine Aufgabe, für genügend Verstärkung zu sorgen, um die Sicherheit meiner Tochter zu gewährleisten."

„Verstanden", antworte ich knapp.

„Gut. Ich melde mich morgen wieder mit einem Update. Ruf mich unter dieser Nummer an, wenn sich irgendetwas ändert."

15

ISABEL

I ch sitze in der Mitte des Bettes, die Arme fest um meine Knie geschlungen. Meine Füße sind endlich wieder warm, aber ich zittere immer noch.

Ich fühle mich tatsächlich wie eine Idiotin, so wie Thorn es auch gesagt hat. Ich kann nicht glauben, wie dumm und kindisch ich war, einfach so zu fliehen, ohne die Flucht zu planen. Nur zu ungern gebe ich zu, dass Thorn mich da draußen vermutlich gerettet hat. Ohne Schuhe wäre ich nicht viel weitergekommen. Und selbst wenn es mir gelungen wäre, Hilfe zu finden, hätte ich zumindest Erfrierungen erlitten. Ich hätte Zehen verlieren können, oder Schlimmeres.

Der Gedanke, ihm da draußen wieder gegenüberzutreten, ist beschämend. Den Gedanken, wie wütend er wahrscheinlich immer noch auf mich ist, kann ich kaum ertragen. Noch schwieriger fällt es mir, weil seine Wut gerechtfertigt ist. Er wird mich jetzt noch schlechter behandeln als bisher, und ich habe es verdient. So wütend ich auch auf meinen Vater bin, weil er mich auf diese Weise weggesperrt hat, ist es dennoch nicht Thorns Schuld. Er macht nur seinen Job. Und in diesem Fall sollte ich dankbar sein, dass er ihn so gut gemacht hat, andernfalls würde ich vermutlich mit eingefrorenen Zehen allein im Wald sitzen und weinen.

Ich blicke auf Thorns Socken hinunter, die meine mittlerweile wieder warmen Zehen bedecken, und beiße mir auf die Lippe, als ich mich daran erinnere, wie sanft seine Hände waren, als sie mir die durchnässten Paare am Feuer ausgezogen haben. Ein kleiner Schauer überkommt mich, als ich daran denke, wie er mich den ganzen Weg hierher in seinen Armen getragen hat. Er war so stark, und trotz der Schmerzen fühlte ich mich ... sicher. Beschützt. Als könnte mich nichts verletzen, solange er mich festhält. Es war ein so seltsames Gefühl. Außer bei meiner Mutter hatte ich noch nie das Gefühl, dass sich jemand wirklich um mich gekümmert hat. Als ich in seine dunklen, nachdenklichen Augen geblickt habe, habe ich mir schon beinahe gewünscht, unser Heimweg wäre etwas länger, damit ich noch eine Weile in seinen sicheren, wärmenden Armen verbringen könnte.

Ich kneife die Augen zusammen, lasse den Kopf hängen und stütze meine Stirn auf meine Knie. Ich kann es nicht glauben. Fange ich tatsächlich an, Gefühle für den Mann zu entwickeln, der mich gefangen hält? Leise schnaube ich über meine Dummheit. Ich muss wohl noch einsamer und bedürftiger nach menschlichem Kontakt sein, als ich angenommen habe. Und verdammt, vielleicht machen mir ja auch diese ganzen Liebesromane, die ich auf dem Kindle gelesen habe, zu schaffen. Wahrscheinlich schaltet mein Verstand aus Mangel an anderen Stimulationen diesbezüglich auf Hochtouren. Ich muss mich zusammenreißen. Ich hebe meinen Kopf und schüttle ihn ein paar Mal heftig hin und her, um meine Gedanken zu klären, was jedoch nicht viel bringt, außer dass mir ein wenig schwindlig wird.

„Uff", stöhne ich, lasse mich zurück in die Kissen fallen und breite meine Arme an meinen Seiten aus. Ich starre an die Decke und seufze. „Iz, du bist erbärmlich. Reiß dich zusammen. Bis Oz beschließt, dass er genug davon hat, dich wie Rapunzel zu behandeln, wird es eben so sein. Also mach das Beste draus und hör auf, dich mit dummen Ideen zu quälen."

Etwa eine Stunde später beginnt draußen ein langsames, gleichmäßiges Klopfen. Ich trete aus dem Schlafzimmer und schaue aus dem Fenster, um Thorn wieder beim Holzhacken zu sehen. Er hat sein Shirt ausgezogen, und sein starker, muskulöser Rücken glänzt in der späten Nachmittagssonne. Ich sage mir, dass ich mich umdrehen und aufhören soll, ihn zu beobachten, höre jedoch nicht auf mich. Stattdessen kann ich nicht anders, als zu bewundern, wie unfassbar sexy dieser Mann ist. Physisch gesehen ist er wirklich ziemlich perfekt. Die Tätowierungen, die seinen Rücken, seine Arme und seine Brust zieren, unterstreichen diese Perfektion nur noch mehr. Ich beobachte seine Hände, bemerke, auf welche Art und Weise sie die Axt umfassen, stark und sicher, und kann nicht anders, als mir vorzustellen, wie es sich anfühlen würde, wenn er damit meine Haut streicheln oder meine Hüften umfassen würde …

Bei diesem Gedanken bekomme ich augenblicklich eine Gänsehaut, und meine Brustwarzen werden hart, während ich meine Augen halb schließe. Ich kann es nicht leugnen. Ich *will* Thorn. Ich kann mich nicht erinnern, jemals einen Mann so begehrt zu haben. Natürlich waren die wenigen Jungs, mit denen ich in der Highschool und danach ausgegangen bin, eben genau das – *Jungs*. Thorn ist ein ganzer

Mann. Er strahlt Sex und Männlichkeit aus. Es ist unmöglich, das zu leugnen. Selbst wenn er mich mit seinem üblichen angepissten Blick ansieht, macht ihn das nur noch sexyer.

Gott, wie bescheuert ist das eigentlich?

„Gut, dass er mich hasst", murmele ich vor mich hin, bevor ich ein trauriges Kichern darüber ausstoße, wie lächerlich ich mich eigentlich mache. Schließlich wende ich mich von dem Platz in der ersten Reihe ab, von dem aus ich seinen sexy Körper so gut sehen kann.

Thorn bleibt noch eine Weile draußen und hackt Holz. Ich wandere ruhelos im Haus umher und wünsche mir, etwas zu tun zu haben. In dem erregten Zustand, in dem ich mich aktuell befinde, habe ich keine Lust, meinen Kindle einzuschalten, schon gar nicht, weil ich weiß, dass ich ihn mir ohnehin sofort als Hauptdarsteller in dem Liebesroman vorstellen würde, den ich gerade lese. Ich habe mein Handy nicht dabei, also kann ich auch keine Zeit damit verschwenden, mich mit den sozialen Medien zu beschäftigen. *Wo ist mein Handy überhaupt,* frage ich mich. Ich erinnere mich vage, dass ich es fallen gelassen habe, als Dads Männer mich gepackt haben. Wahrscheinlich liegt es immer noch auf dem Parkplatz des Lokals, mittlerweile vermutlich kaputt. Als ich so über diese Nacht nachdenke, muss ich unweigerlich sofort an meine Freundin Deb denken. Gott, sie muss krank vor Sorge sein. Seit diese ganze Sache passiert ist, habe ich kaum an sie gedacht. Ich fühle mich schrecklich, weil ich ihr nicht einmal mitteilen kann, dass es mir gut geht.

Na ja, das kann man jetzt eben nicht ändern. Ich verdränge den Gedanken, wandere weiter durchs Haus und fange an, ein wenig herumzuschnüffeln. Ich öffne einen Küchenschrank nach dem anderen und durchsuche sie gründlicher als gestern. Außer ein paar Dosen Dosenfleisch mit Pizzageschmack entdecke ich nicht viel Neues. Ich schneide eine Grimasse, stelle die Dosen zurück und schließe den Schrank. „Wer sind diese verdammten Wilden?", murmle ich angewidert vor mich hin.

Ich gehe weiter ins Wohnzimmer und öffne die oberste Schublade eines Beistelltisches neben der Couch. Darin befinden sich ein paar Stapel Spielkarten, etwas, das aussieht wie der Überrest eines Joints und eine Plastiktüte mit Pokerchips. Ich zucke mit den Schultern und öffne das Türchen darunter, um einen Stapel Brettspiele vorzufinden, von denen einige aussehen, als wären sie für Kinder gedacht. *Hm.* Es ist schwer vorstellbar, dass einer von Thorns MC-Brüdern Kinder hat, aber was weiß ich schon? Abgesehen davon haben auch einige der Clubmitglieder meines Vaters Familien.

Ich frage mich, ob Thorn eine Old Lady hat. Oder Kinder. Er hat nichts erwähnt. Andererseits, warum sollte er mir etwas darüber erzählen, wenn es so wäre? Der Gedanke fühlt sich nicht gerade angenehm an, und ich schimpfe mich dafür, dass ich mir überhaupt Gedanken mache.

Ich schließe die Tür und gehe ein paar Schritte weiter, als mein Blick auf Thorns offenen Seesack fällt, der in der Ecke steht. Nach kurzem Zögern knie ich mich hin und hebe vorsichtig eine Ecke an, um hineinzuschauen: Shirts, eine Jeans, Socken, die zu denen passen, die ich anhabe. Nichts Besonderes oder Interessantes, und ich bin auch zu feige, um tiefer zu graben und weiter zu stöbern. Ich bin enttäuscht, dass es hier nichts gibt, was mir einen Einblick in sein Leben geben könnte.

Schritte auf der Veranda unterbrechen meine Gedanken. Ich gebe ein leises Quietschen von mir, stehe hastig auf, gehe zum Kamin hinüber und tue so, als würde ich mich am

Feuer wärmen, als Thorn mit einer Ladung Holz in seinen Armen hereinkommt.

„Ist dir noch nicht warm?", grunzt er, als er die Ladung neben dem Kamin ablädt.

„Doch, mir geht es gut", murmle ich und spüre, wie mein Gesicht errötet. „Es ist einfach schön hier, das ist alles."

Er sieht mich kurz an, bevor er sich abwendet. „Damit sollten wir die Nacht überstehen", sagt er und deutet auf das Holz. Er hat sein Shirt wieder angezogen, doch der Schweiß beginnt bereits, es durchzuweichen. „Ich muss duschen", stöhnt er. „Also ..." Er nickt in Richtung des Stuhls, auf dem ich gestern gefesselt war.

„Thorn", beginne ich zögerlich. „Ich verstehe es, wenn du mich fesseln musst. Ich weiß, ich habe es verdient. Allerdings wollte ich dir auch sagen, dass mir die Sache von vorhin leidtut. Ich weiß, dass es dumm war. Und ich weiß, ich hatte Glück, dass du mir hinterhergekommen bist. Ohne dich wäre ich jetzt noch immer da draußen und würde erfrieren. Also ... es tut mir leid. Das habe ich schon gesagt, ich weiß. Aber ..." Meine Augen füllen sich mit Tränen. Ich schlucke schwer und fühle mich wie eine Idiotin, weil ich aus irgendeinem Grund kurz davor bin, zu weinen. „Ich glaube, ich will damit sagen, dass ich verspreche, dass ich das nie wieder tun werde. Du kannst mich also fesseln, und ich werde mich nicht wehren. Aber selbst wenn du es nicht tätest, würde ich nirgendwo hingehen."

Thorn starrt mich mit eisernem Blick an und kneift seine Augen zusammen. „Du weißt, dass ich ein Narr wäre, wenn ich dir glauben würde, nicht wahr?"

„Ich weiß." Ich schlucke erneut und zucke mit den Schultern. „Ich wollte es nur trotzdem gesagt haben." Ich drehe mich um und setze mich auf den Stuhl. „Schon okay", sage ich und strecke meine Arme aus. „Du kannst mich fesseln."

Thorn sieht mich noch einige Augenblicke lang an, ohne sich zu bewegen. Dann greift er ohne ein Wort zum Beistelltisch, um das Seil zu nehmen, und kniet sich hin, um meine Füße zu fesseln. Ich lasse ihn gewähren, helfe ihm, indem ich meine Beine richtig positioniere und schiebe dann meine Hände hinter die Stuhllehne, damit er auch sie fesseln kann. Er arbeitet langsam, schweigend und mit gerunzelter Stirn. Ich weiß nicht, ob er mir glaubt oder nicht, hoffe aber zumindest, dass er meine Entschuldigung akzeptiert. Unsere Blicke treffen sich, ich kann ihn jedoch nicht einschätzen.

„Ich werde dich losbinden, sobald ich fertig bin", murmelt er leise.

Dann ist er weg.

16

THORN

Zum zweiten Mal explodiere ich vor Erleichterung unter der Dusche und schlucke mein Stöhnen hinunter, als ich schnell und hart komme. Dieses Mädchen wird noch mein Tod sein.

Danach stehe ich einfach unter dem Wasserstrahl und versuche, einen klaren Kopf zu bekommen. Ich weiß nicht, wie lange ich es noch aushalten kann, mit ihr im selben Raum zu sein und mich so beherrschen zu müssen. Eigentlich habe ich gedacht, dass das Holzhacken etwas von der Anspannung abbauen könnte, doch mich ihr zu nähern, um sie an den Stuhl zu fesseln, hat die ganze Lust zurück schlagartig zurückgebracht.

Diesmal hätte ich fast darauf verzichtet, sie zu fesseln. Ich habe es ihr tatsächlich geglaubt, als sie gesagt hat, sie würde nicht weglaufen. Offensichtlich werde ich langsam weich in der Birne.

Aber verdammt, es wäre viel einfacher, meine Gedanken von diesem Mädchen fernzuhalten, wenn ich sie nicht ständig anfassen müsste.

Als ich aus der Dusche steige, habe ich schlechte Laune, weil ich weiß, dass das Wichsen nur eine vorübergehende Lösung sein wird. Während ich mich abtrockne, starre ich den Trottel im Spiegel an und frage ihn, warum er sich wie ein verdammter Idiot verhält. Gott, ich kann meinen Anblick schon nicht mehr ertragen. Dieses Mädchen macht mich völlig fertig.

Mir ist klar, dass ich einen verdammt angepissten Gesichtsausdruck aufgesetzt habe, als ich aus dem Bad komme, um sie loszubinden. Isabel sitzt ruhig und fügsam auf ihrem Stuhl. Als ich mich hinunterbeuge, um sie loszubinden, sagt sie kein Wort. Sie *bedankt* sich sogar bei mir, als sie frei ist. Ich werfe ihr einen wütenden Blick zu, woraufhin sie errötet und den Kopf senkt.

„Ich brauche einen verdammten Whisky", murmle ich, als ich mich der Küche zuwende.

Dort angekommen bin ich gerade dabei, mir ein Glas einzuschenken, als Isabel hinter mir die Küche betritt. „Ich könnte schon langsam mit dem Abendessen anfangen", bietet sie an. „Wenn du das möchtest."

„Sicher", antworte ich und verlasse den Raum mit dem Glas und der Flasche. Nachdem es mein Job ist, sie zu beschützen, kann ich mich nicht betrinken, brauche jedoch trotzdem etwas, um mich abzureagieren. Also setze ich mich auf die Couch und stelle die Flasche auf den Couchtisch. Ich kippe mir den Inhalt des Glases in den Mund und genieße die Wärme, die der Whisky in meiner Kehle erzeugt. Tief ausatmend, lasse ich mich in die Kissen sinken und schließe die Augen.

„Hast du Lust, nach dem Essen eine Runde Karten zu spielen oder so?", ruft Isabel. „Ich habe in dem kleinen Tisch dort drüben ein Kartenspiel gefunden."

„Nein. Bin nicht in der Stimmung." Ich greife nach oben

und massiere müde meine Stirn. Ich möchte diesem Mädchen nicht den ganzen Abend gegenübersitzen und sie anstarren. Immerhin hat sie eine gute Idee, wie man sich hier die Zeit vertreiben kann. „Wir könnten uns aber einen Film ansehen, wenn du willst."

„Hier gibt es Filme?", fragt sie überrascht.

„Sicher. Du siehst doch den DVD-Player dort drüben, oder?", frage ich und nicke in dessen Richtung. „In dem Schrank unter dem Fernseher gibt es einen ganzen Stapel davon."

„Oh Mann!" Isabel tanzt förmlich ins Wohnzimmer. „Das ist so aufregend!"

Ihr Gesicht strahlt wie das eines Kindes an Weihnachten. Ich kann nicht anders, als zu lachen. Sie findet es hier genauso langweilig wie ich. Natürlich. Sie hat sich die Situation auch nicht unbedingt ausgesucht.

Isabel setzt sich im Schneidersitz vor den Schrank und öffnet ihn. Dann zieht sie eine DVD nach der anderen heraus und sieht sie sich an. „Hier sind eine Menge Testosteron-Filme drin", sagt sie und rümpft die Nase.

Ich schnaube und grinse, ohne es wirklich zu wollen. „Testosteron-Filme?"

„Ja", antwortet sie und schenkt mir ein breites, herzliches Lächeln, das beinahe ein Loch in mich reißt. „Du weißt schon. Filme, in denen Kerle irgendwelche Dinge zerstören, dabei möglichst viel Krach machen und möglichst viel Schaden hinterlassen."

„Hm. Ja. Eine gute Beschreibung." Ich ziehe zustimmend eine Augenbraue hoch. Sie nickt und setzt ein noch breiteres Lächeln auf.

Einen Moment lang sehen wir uns einfach nur an. Zwei Menschen, die zusammen lachen. Das fühlt sich gut an.

Das fühlt sich verdammt grauenvoll an.

Ich beuge mich vor und greife nach der Flasche. „Na ja, das hier ist ein Versteck eines MCs", erkläre ich mit säuerlichem Gesichtsausdruck, während ich mein Glas zum zweiten Mal befülle. „Du wirst hier wahrscheinlich keine Jennifer-Aniston-Filme finden. Also komm damit klar, verdammt."

Isabels Grinsen verschwindet. Ich fühle mich schrecklich dabei, aber was soll's? Sie wendet sich wieder den Filmen zu und sieht sie schweigend weiter durch. Ich kippe mir das zweite Glas in den Rachen. Langsam fange ich an, mich etwas besser zu fühlen. Wieder schließe ich meine Augen und lehne meinen Kopf zurück. Ein paar Sekunden später gibt sie ein aufgeregtes Quieken von sich.

„Wie wäre es mit dem hier?"

Ich öffne meine Augen und sehe mir die Hülle der DVD an. *Stirb langsam.*

„Ja, in Ordnung", stimme ich griesgrämig zu.

„Der Film ist perfekt! Ich sehe ihn mir jedes Jahr zu Weihnachten an."

„Zu Weihnachten? Warum?"

„Weil es ein Weihnachtsfilm ist."

Ich neige den Kopf zur Seite und sehe sie stirnrunzelnd an. „Nein, ist es nicht, verdammt!"

„Doch, ist es!", erwidert sie.

„Nur weil der Film in der Weihnachtszeit spielt, ist er noch lange kein Weihnachtsfilm, Isabel", erkläre ich ungeduldig.

„Es geht nicht nur darum!" Sie verschränkt die Arme. „Es geht um Familie und um Liebe. Am Anfang des Films haben sich John McClane und seine Frau völlig entfremdet. Doch am Ende stellen sie fest, dass sie sich immer noch lieben, und das ist es, was wirklich zählt. Außerdem gibt es überall Weihnachtssachen. Es fühlt sich einfach wie Weihnachten an."

„Ja. Dass Waffen und Gewalt so festlich sein können ..." Ich rolle mit den Augen.

„Johns Frau heißt *Holly*", erklärt sie und zieht dabei die Augenbrauen hoch. „Noch Fragen."

„Ob ich noch Fragen habe?" Ich grinse.

„Ja, ob du noch Fragen hast." Isabel steht auf. „Dann sehen wir uns den Film einfach an. Wenn er zu Ende ist, wirst du nicht mehr leugnen können, dass ich recht habe." Sie legt den Film auf den Couchtisch. „Ich kümmere mich jetzt um das Abendessen, während du gern mit deinem Irrglauben in deiner eigenen Welt weiterleben kannst."

Als sie davon marschiert, werfe ich einen Blick auf ihren Hintern. Mein Schwanz meldet sich. Es handelt sich um eine Warnung, dass ich mich selbst besser unter Kontrolle halten muss, wobei es mir eigentlich im Moment dank des Whiskys ganz gut geht. Alles, was ich tun muss, ist Abstand zu halten, zu Abend zu essen und mir den verdammten Film anzusehen. Das wird klappen.

„ALLES KLAR, es ist also eine Art Weihnachtsfilm", gebe ich zu.

Wir sitzen beide am jeweils entgegengesetzten Ende der Couch. Zwischen uns steht eine halb leer gegessene Schüssel mit Popcorn, weil Isabel in einem der Schränke welches gefunden und darauf bestanden hat, es poppen zu lassen. Wir haben zu Abend gegessen, ich habe einen dritten Whisky getrunken, und jetzt trinke ich ein Bier und beglückwünsche mich selbst dazu, es geschafft zu haben,

mich in Isabels Gegenwart zweieinhalb Stunden lang weitgehend zu beherrschen.

Ich stehe auf und werfe ein weiteres Holzscheit in das
Feuer. Isabel boxt siegessicher mit der Faust in die Luft und
sagt ungefähr eine Million Mal *„Ich hab es dir ja gesagt"*, bis
ich so tue, als wäre ich sauer, und sie angrunze, sie solle sich
zurückhalten. Gnädigerweise reißt sie sich für mich
zusammen.

Als die Flammen beginnen, an dem Holzscheit zu
lecken, breitet Isabel ihre Arme aus und seufzt. „Das fühlt
sich so gut an. Ich liebe Feuer."

„Ja. Offene Feuer sind schön. Ich denke, das ist ein
Vorteil, wenn man hier draußen im Nirgendwo lebt."

Isabel greift nach unten und zieht sich den Kapuzen-
pullover über den Kopf, sodass darunter ein schwarzes
Tanktop zum Vorschein kommt. Es umschmeichelt ihren
Körper und umrahmt ihre prallen Brüste. Mir fällt auf, dass
sie keinen BH trägt. Eilig wende ich meinen Blick ab und
nehme einen Schluck von meinem Bier.

„Thorn", sagt sie und ihr Blick wird ernst. „Hör mal, ich
weiß, dass du mich nicht unbedingt leiden kannst. Und es
tut mir leid, dass du hier sein musst."

„Das stimmt doch nicht", murmle ich. In meinem Kopf
beginnen die Alarmglocken zu läuten.

„Ist schon gut. Ich mache dir keine Vorwürfe. Ich würde
mich an deiner Stelle vermutlich auch nicht leiden
können."

„Ich kann dich nicht nicht leiden, Isabel", sage ich
wieder. Ich sollte jetzt damit aufhören. Aber wie ein Vollidiot tue ich es eben nicht. „Tatsächlich bist du nicht *ganz*
die verwöhnte kleine Göre, für die ich dich gehalten habe."

„Klein?" Sie klingt amüsiert. „Ich bin 1,75 m groß!"

„Du bist noch jung", korrigiere ich.

„Ich bin einundzwanzig!"

Wie beschissen ist es, dass ich erleichtert bin, dass sie kein Teenager mehr ist?

„Das ist jung", antworte ich.

„Es ist alt genug."

Isabel starrt mich für einen langen Moment an.

Langsam, ohne ihren Blick abzuwenden, beißt sie sich auf die Lippe.

„Es ist alt genug", wiederholt sie, diesmal etwas leiser.

Mein Gott.

Mein Schwanz wird augenblicklich hart wie ein Stahlrohr.

„Alt genug, um eine Nervensäge zu sein", krächze ich und tue so, als hätte ich nicht verstanden, worauf sie hinauswill.

Das ist das erste Mal in meinem ganzen Leben, dass ich Sex ablehne.

Und plötzlich schwirren mir so viele Gedanken durch den Kopf, was ich mit Isabel anstellen will, dass ich mich nicht mehr daran erinnern kann, warum es falsch wäre.

Isabel gluckst leise. „Das hat meine Mutter immer zu mir gesagt, wenn sie wütend war."

„Was?", frage ich und versuche, mich durch diesen Nebel meiner verdammten Lust hindurch zu konzentrieren.

„Wenn ich versucht habe, mit ihr über Dinge zu diskutieren, für die ich ihrer Meinung nach zu jung war, ihr jedoch gesagt habe, ich wäre schon alt genug. Dann hat sie immer gesagt: „Ees–a–bel, du bist alt genug, um eine Nervensäge zu sein."

„Ees–a–bel", wiederhole ich und ganz genau die einzelnen Silben auf meiner Zunge. „Spricht man deinen Namen auf Spanisch so aus?"

Sie nickt.

„*Sibéal*", murmle ich.

„Was?", fragt sie und runzelt die Stirn über dieses selt-same Wort.

„*Sibéal*", wiederhole ich. „So spricht man Isabel im Irischen aus. Ähnlich wie Sybil."

„Shi–BAIL", wiederholt sie konzentriert. Ihre Augen fixieren meine und ich nicke.

Irgendetwas liegt da zwischen uns in der Luft.

„Was ist mit deinem Namen? Thorn?", fragt sie leise.

„Thorn ist nur der Name, den der Club mir gegeben hat. Mein richtiger Name ist Sean. O'Malley."

Sie lächelt. „Ein guter irischer Name."

„Absolut", stimme ich zu.

„Also, Sean O'Malley."

Mein Name klingt anders, wenn sie ihn ausspricht. Keiner nennt mich mehr so. Zumindest nicht in den Staaten.

Nur sie.

„Also, Sibéal Mandias."

„Der Name klingt schön ...", haucht sie. „Wenn du ihn sagst."

Ihre Augen sind immer noch auf meine gerichtet. Ihre Lippen öffnen sich. Ich kann sehen, wie sich ihre Brüste heben und senken, während sich ihr Atem beschleunigt.

„Fuck", fluche ich leise. „Isabel."

Mein Schwanz pulsiert, bettelt darum, in sie eindringen zu dürfen. Ich kann nicht mehr klar denken. Meine ganze verdammte Willenskraft ist wie weggeblasen.

„Du treibst mich in den Wahnsinn", hauche ich in ihr Ohr.

„Thorn", flüstert sie mit zittriger Stimme.

Ich packe sie an den Hüften und ziehe sie an mich, um

sie meinen harten, großen Schwanz spüren zu lassen. Sie keucht und presst sich an mich, während ich meinen Mund auf ihren senke.

Es ist vorbei. Jetzt passiert es wirklich. Scheiß auf den Rest.

17

ISABEL

Thorns Kuss ist wild, animalisch, *fordernd*. Ich habe das Gefühl, verschlungen zu werden. Benebelt vor Verlangen stöhne ich in seinen Mund. Ich habe mich so sehr nach ihm gesehnt, mein Körper hat nach ihm gerufen wie ein Leuchtsignal, das ein Schiff warnen soll. Bei seiner Berührung löst sich jeder Gedanke an Widerstand in mir auf. Ich brenne vor Verlangen nach ihm, klammere mich an seine Schultern und halte mich an ihm fest, um mich ihm völlig hinzugeben.

Während seine Zunge eindringlich und fordernd meinen Mund erforscht, bewegen sich Thorns Hände unter mein Shirt. Raue, schwielige Finger gleiten kratzig über meine Haut. Es ist herrlich, das Beste, was ich je gefühlt habe. Ich will seine Hände überall auf mir spüren, will, dass er meinen Körper an allen Stellen berührt. Ich will, dass er mich zu seinem Eigentum macht, dass er mich markiert, dass er mich so fest packt, dass sich jeder Zentimeter meines Körpers noch an ihn erinnert, wenn das hier schon lange vorbei ist. Er zieht mich näher zu sich heran, und meine feuchte, pulsierende Muschi drückt gegen seine harte Länge. Ich keuche auf und frage mich, ob ich allein dadurch auf der Stelle kommen werde.

„*Sibéal*", murmelt er und presst seine Lippen auf meinen Hals. Ich erschaudere, als ich die Wärme seines Atems auf meiner nackten Haut spüre und bemerke erst jetzt, dass ich bereits kein Shirt mehr trage. Seine Lippen wandern weiter nach unten, seine rauen Bartstoppeln kratzen über meine Haut, bis er meine Brust erreicht, und meine immer härter werdende Brustwarze mit seinen Lippen umschließt. Ich schreie auf, denn es fühlt sich *so* gut an, wie ich es noch nie zuvor erlebt habe – nicht einmal, wenn ich allein war und mir einen unbekannten Fantasiemann vorgestellt habe, der weiß, was er zu tun hat, um mir solche Gefühle zu bescheren. Doch Thorn *ist* dieser Mann, und er weiß *genau*, was zu tun ist. Wieder schreie ich auf und schlinge meine Arme um seinen Hals, während er mich neckt und quält. Meine Hüften wölben und stemmen sich gegen seinen harten Schwanz, als er sich zu der anderen Brustwarze bewegt, daran leckt und in meine harte Brustwarze beißt, bevor irgendetwas in meinem Inneren passiert, und ich plötzlich komme. Zitternd und bebend rufe ich hilflos seinen Namen, während ich mich an ihn klammere.

Ich bin noch immer im Nebel meiner Lust versunken, als ich spüre, wie Thorn mich hochhebt und quer durch den Raum trägt. Er schreitet den Flur entlang ins Schlafzimmer und setzt mich auf dem Bett ab. Mühevoll öffne ich meine Augen, um ihn anzusehen, und erkenne, dass er sein Shirt auszieht und aus seiner Jeans schlüpft. Sein harter, dicker Schwanz springt heraus, und ich hole tief Luft und starre ihn eine Sekunde lang an, denn er ist riesig und *wunderschön*. Dass das möglich ist, war mir bisher nicht bewusst, doch es stimmt, und Gott, ich kann es kaum erwarten, ihn in mir zu spüren. Mit halb geöffneten Lippen blicke ich in Thorns Gesicht. Seine Augen sehen dunkel und hungrig aus. Er beugt sich vor und zieht mir die dünne Yogahose aus, die ich trage, dann spreizt er meine Beine, und bevor ich weiß, wie mir geschieht, befindet er sich schon zwischen meinen Beinen und taucht seine Zunge tief in mich ein. Wieder schreie ich auf, als er meine Säfte aufleckt und meinen ohnehin schon empfindlichen Kitzler bis zur Ekstase reizt. Ich keuche und winde mich, meine Knie fallen weiter auseinander, und ich spüre, wie sich eine weitere Welle der Lust in mir aufbaut, diesmal noch stärker, noch kraftvoller und einfach unkontrollierbar. Mein ganzer Körper spannt sich an, und Sekunden später explodiere ich erneut und keuche völlig benebelt auf.

Diesmal, als mein Orgasmus abklingt, öffne ich die Augen und sehe, dass sich Thorn über mich bewegt hat. Niemand von uns spricht ein Wort, während sich unsere Blicke treffen. Bisher haben wir überhaupt nicht gesprochen, es waren nur unsere Körper, unser Fleisch, unser Feuer der Lust und unsere Bedürfnisse, die miteinander kommuniziert haben. Er kniet zwischen meinen Beinen. Ohne darüber nachzudenken, was ich da tue, greife ich nach oben und nehme seinen gewaltigen Schwanz in meine Hand. Als ich ihn fester packe und ihn erst einmal, dann ein zweites Mal pumpe, stöhnt Thorn mit halb geschlossenen Augen auf. Plötzlich, mit einer einzigen schnellen Bewegung, hält er meine beide Arme über meinem Kopf fest. Mit der anderen Hand führt er die Spitze seines Schwanzes an meine feuchte Muschi. Ich atme scharf ein und genieße die Hitze, die er ausstrahlt. Dann schließlich packt er mich an der Hüfte und stößt in mich hinein.

Im ersten Moment erstarre ich, wobei ein leises Wimmern meinen Lippen entweicht. Er ist so groß, dass es für eine Sekunde schmerzhaft ist, ich will ihn jedoch so sehr, dass ich mich zu ihm beuge und ihn mit meinen Augen anflehe, weiterzumachen. Ich brauche ihn einfach. Ich *brauche* ihn.

Thorn beginnt, schnell und hart in mich zu stoßen. Seine Lippen streifen meine empfindlichen Brustwarzen, meinen Hals und meine Lippen. Er ist wie ein Besessener, der sich nimmt, was ihm gehört, und ich wölbe ihm meine Hüften entgegen, um seinen Stößen zu begegnen. Thorn erhöht das Tempo und sein Schwanz reibt bei jedem Stoß herrlich über meine Klitoris. Mit jedem Mal dringt er tiefer und tiefer in mich ein, und ich kann einfach nicht genug davon bekommen – noch nie habe ich etwas mehr gewollt als ihn und das hier. Schon wieder spüre ich, wie er mich höher und immer höher treibt, während sich ein dritter Orgasmus anbahnt. An der Art, wie sich sein Blick in mich bohrt, kann ich erkennen, dass auch Thorn es spürt. Sein Rhythmus wird immer schneller, unregelmäßiger und ruckartiger, und als ich meinen Höhepunkt erreiche und mich um ihn herum zusammenzukrampfen beginne, stößt er ein letztes Mal tief in mich hinein, zieht sich dann zurück und entlädt sich mit einem tiefen Stöhnen auf meinem Bauch.

Ich klammere mich an die Bettlaken, atme schwer und höre, wie das Blut in meinen Ohren rauscht, weil mein Herz so heftig in meiner Brust schlägt. Die Matratze bewegt sich ein wenig, als sich Thorn hinunterbeugt und sich sein Shirt vom Boden schnappt. Behutsam wischt er sein heißes Sperma von der Haut meines Bauches, wirft das Shirt in eine Ecke und lässt sich neben mir aufs Bett sinken. Ich rutsche näher an ihn heran und schmiege mich an seine Brust, um mich zu wärmen. Für eine Sekunde erstarrt er. Dann spüre ich, wie er nach oben greift und beginnt, mein Haar zu streicheln.

„Thorn", flüstere ich leise. Nur um seinen Namen zu sagen.

Mein Entführer.

Darüber möchte ich in diesem Moment nicht nachdenken.

Ich möchte über gar nichts nachdenken. Ich möchte einfach nur bei ihm sein.

Ich möchte nur das.

Wieder und wieder.

THORN BERÜHRT DEN SEESTERN, der um meinen Hals hängt.

„Warum ein Seestern?", fragt er.

Ich schmiege mich enger an ihn und ziehe die Decke um mich herum hoch. Wir liegen jetzt seit etwa zehn Minuten im Bett und haben bisher kein Wort miteinander gesprochen. Eigentlich habe ich gedacht, er wäre eingeschlafen.

„Meine Mutter wusste, dass ich mich als kleines Mädchen häufig fehl am Platz gefühlt habe", antworte ich ihm. „Ich habe nicht viele Freunde gehabt. Meine Familie war nicht gerade das, was man sich unter einer Bilderbuchfamilie so vorstellt. Und einen Vater zu haben, der nicht oft da war, hat es nur noch schlimmer gemacht." Ich greife nach oben, um mit dem kleinen goldenen Anhänger zu spielen. „Sie war der Meinung, er hätte einen symbolischen Wert oder so. Ein Tier, das gleichzeitig ein Stern und ein Fisch ist. Sowohl Himmel als auch Meer. Anpassungsfähig." Ich lache leise. „Komisch, für mich war es eher ein Fisch, der sich außerhalb des Wassers befindet. Er fühlt sich an keinem der beiden Orte richtig wohl. Trotzdem habe ich ihn immer geliebt. Und wenn ich ihn trage, ist immer ein Stück von ihr bei mir. Das ist schön, besonders jetzt, wo sie so weit weg ist."

„Wird sie zurückkommen, oder bleibt sie für immer dort?"

„Ich denke, dass sie zurückkommen wird, wenn meine Großeltern nicht mehr leben." Ich seufze. „Aber das kann noch lange dauern. Und natürlich kann ich nicht so richtig darauf hoffen, dass sie zurückkommt, denn was würde ich mir dann wünschen?"

Ich spüre, wie er nickt. „Ich verstehe, was du meinst."

„Darf ich dir jetzt auch eine Frage stellen?", frage ich. „Immerhin hast du mich auch gerade etwas gefragt?"

Thorns Muskeln spannen sich kurzzeitig an, doch dann spüre ich, wie er sich ein wenig entspannt. „Ich nehme an, das ist nur fair", erwidert er.

„Warum hast du Irland verlassen?"

Er schweigt ein paar Augenblicke lang. „Das ist eine lange Geschichte", antwortet er schließlich mit leiser Stimme. „Aber um es kurz zusammenzufassen, war ich für die Sicherheit eines Familienmitglieds verantwortlich. Ich habe versagt, also bin ich gegangen."

„Bist du jemals zurückgekehrt?"

„Nein."

„*Willst* du denn zurückkehren?"

Er hält einen Moment inne. „Ich kann es nicht wollen", antwortet er langsam. „Wegen dem, was ich mir dann wünschen würde."

Ich schweige und bemerke, dass er seine Erklärung so formuliert hat, dass sie meine widerspiegelt. Nachdem ich spüren kann, dass er nicht mehr dazu sagen will, dränge ich ihn auch nicht. Stattdessen liege ich neben ihm und frage mich, was passiert sein könnte, dass Thorn seine Familie verlassen musste, um hier ein neues Leben anzufangen.

„Ich sollte wohl nach dem Feuer sehen", murmelt er. „Wenn wir –"

Thorn erstarrt, sein ganzer Körper spannt sich an.

„Was?", frage ich, woraufhin er mich noch fester an sich zieht.

„Sshhh", flüstert er und hebt die Hand zu einem stummen Befehl.

Ich runzle die Stirn und richte mich ein wenig auf, um herauszufinden, was er gehört haben könnte. Etwa fünf Sekunden später bemerke ich es auch: von draußen höre ich ein leises Rascheln.

„Da draußen ist jemand", flüstert er.

Ich möchte ihn fragen, ob er sicher ist, dass es kein Tier ist, habe jedoch Angst, auch nur den geringsten Laut von mir zu geben. Abgesehen davon sagt mir irgendetwas, dass Thorn weiß, wovon er spricht. Geräuschlos lässt er mich los und steigt aus dem Bett. In gehockter Position zieht er sich die Hose an, wobei er sich eindeutig vom Fenster fernhält. Ich kann gerade noch den Kolben einer Pistole erkennen, bevor er sie in den hinteren Teil seines Hosenbundes schiebt.

Thorn lehnt sich dicht an mich heran. „Bleib hier", flüstert er. Sein Gesicht sieht todernst aus. „Beweg dich nicht. Mach keinesfalls das Licht an. Wenn jemand kommt, versteck dich unter dem Bett, so schnell du kannst. Ich bin gleich wieder da."

Mit weit aufgerissenen, verängstigten Augen nicke ich. Instinktiv weiß ich, dass Thorn sich nicht so verhalten würde, wäre nicht etwas ganz und gar nicht in Ordnung. Und so viel Angst ich im Moment auch habe, so vertraue ich doch darauf, dass er mich beschützen wird.

Ich hoffe nur, ich kann mich auch darauf verlassen, dass er sich nicht selbst verletzen wird.

18

THORN

Mit meinen Stiefeln in der Hand schleiche ich über den Boden des Wohnzimmers und achte darauf, kein Geräusch zu machen. Als ich an der Haustür ankomme, ziehe ich sie an und bewege mich vorsichtig, um durch das Fenster sehen zu können, ohne selbst gesehen zu werden. Da ist niemand.

Leise gehe ich zum vorderen Fenster im Wohnzimmer, um mich auch dort zu vergewissern. Auch dort ist nichts. Zumindest nichts, was ich sehen könnte.

Langsam und leise öffne ich die Tür und schlüpfe hinaus, bevor ich sie hinter mir wieder schließe. Die Veranda wird vom fast vollen Mond gut ausgeleuchtet. Ich trete zurück in den Schatten und reguliere meine Atmung so gut es geht. Dann beuge ich mich um die Ecke und sehe mich auf dieser Seite des Hauses um, kann jedoch nichts erkennen. Diese Seite liegt ebenfalls im Schatten, also lasse ich mich auf den Boden sinken und gehe in die Hocke. Meine linke Hand greift nach hinten und zieht meine Sig Sauer heraus. Die Nachtluft ist kühl, aber durch das Adrenalin, das durch meine Adern pumpt, kann ich die Kälte kaum spüren. Ich war noch nie jemand, der in solchen Situationen Panik oder Furcht empfunden hat. Ich bin in einer Welt aufgewachsen, in der die Gefahr eine Konstante war, sodass ich früh gelernt habe, damit zu leben. Das Gefühl, das ich empfinde, ist eher eine kranke Art von Aufregung – jene Aufregung, die entsteht, wenn man weiß, dass man im Begriff ist, den grundlegendsten aller menschlichen Instinkte auszuleben, nämlich den Urinstinkt. Den Instinkt, zu überleben.

Doch dieses Mal ist meine Vorfreude von einem dünnen Faden der Sorge durchzogen. Immerhin ist Isabel da drin, und sie ist nackt und allein. Sollte ich denjenigen, der hier draußen ist, nicht erwischen, bevor er sie findet, könnte sie verletzt oder sogar getötet werden.

Das kann ich nicht zulassen.

Ich bewege mich in den Schatten an der rechten Seite des Hauses und schleiche weiter nach hinten, wobei ich mit erhobener Waffe und stets bereit, abzudrücken, des Öfteren einen Blick zurückwerfe. Meine Ohren lauschen nach Geräuschen, sie sind auf das kleinste Geräusch eingestellt, doch alles, was ich höre, ist das leise Knirschen meiner Stiefel in dem trockenen Gras.

Es ist zu dunkel, um Fußspuren oder Vertiefungen in der Erde erkennen zu können. Die Waldgrenze ist etwa fünfzehn Meter vom Haus entfernt. Ich kann mich nur auf meinen Instinkt, meine Ohren und das bisschen, das ich sehen kann, verlassen.

Dann, plötzlich, höre ich es: ein leises Rascheln hinter mir, gefolgt von einem noch leiseren Knarren. Der Bastard geht zur Haustür.

So schnell ich kann, drehe ich mich um, renne um die Ecke und springe auf die Veranda. Noch bevor er Zeit hat, mich zu bemerken, greife ich den Mann bereits an – das

Überraschungsmoment ist alles, was ich in diesem Moment auf meiner Seite habe. In meinem peripheren Blickfeld sehe ich, wie er einen seiner Arme hebt, und wehre ihn gerade ab, als ein stechender Schmerz durch meinen Bizeps schießt. Ich reiße meine bewaffnete Hand hoch und verpasse ihm eins mit der Sig Sauer ins Gesicht, dann schlage ich ihm das Messer aus der Hand, bevor er damit noch mehr Schaden anrichten kann. Betäubt vom Schmerz passt er eine Sekunde lang nicht auf, was gerade ausreicht, um ihm einen weiteren Schlag zu verpassen. Ich gebe ihm einen kräftigen Aufwärtshaken, der seinen Kopf nach hinten schnellen lässt. Er landet auf der Veranda, das Holz ächzt unter seinem Gewicht.

Als ich aufstehe und die Waffe auf ihn richte, erwarte ich eigentlich, dass die Sache damit erledigt ist, doch der Scheißkerl überrascht mich, indem er mit seinen Beinen ausholt und meinen rechten Fuß unter meinem Körper wegtritt. Ich beginne zu fallen, schaffe es jedoch für einen Moment etwas Halt zu finden, um meinen Körper drehen zu können, bevor mein linker Fuß den Boden verlässt. Als ich auf dem Boden aufschlage, ramme ich ihm meinen rechten Ellbogen fest in die Leistengegend.

Das Weichei jault auf, als hätte ich ihm gerade den Schwanz abgeschnitten. Er krümmt sich und klappt dabei beinahe wie ein Messer zusammen. Ich nutze die Gelegenheit, verpasse ihm noch einen Schlag mit der Sig an den Kiefer und höre ein Knacken, als etwas bricht – wahrscheinlich seine Nase und ein paar Zähne. Eilig greife ich nach vorn und reiße einen seiner Arme nach hinten. Wieder heult er auf und brüllt: „Fuck!", woraufhin ich den Arm noch weiter nach oben ziehe und spüre, wie etwas in seiner Schulter nachgibt. Dann drehe ich ihn um, sodass er auf dem Bauch landet, und drücke ihm brutal mein Knie in den Rücken.

„Wenn du noch einmal so schreist, jage ich dir eine Kugel durch den Schädel", zische ich mit meinem Gesicht ganz nah an seinem Ohr. Das Weichei stöhnt und windet sich, scheint mir jedoch zu glauben, denn immerhin tut er, was ich ihm gesagt habe.

„Wird noch jemand aus den Bäumen kommen und sich uns anschließen?", zische ich. Als er nicht sofort antwortet, reiße ich erneut an seinem Arm. Er schluckt einen Schrei hinunter und schüttelt verzweifelt den Kopf. „Du weißt, wenn du da draußen Freunde hast, muss ich dich erledigen, damit ich mich um den Rest kümmern kann. Also, sag es mir lieber jetzt."

„Da ist niemand!", keucht er.

Mein Knie drückt auf seine Lunge, sodass er Schwierig-keiten beim Atmen hat, doch das ist mir scheißegal. Ich entsichere die Pistole und richte sie auf seinen Kopf. „Du lügst besser nicht, du Weichei. Jeder, der jetzt auf mich schießt, schießt gleichzeitig auch auf dich."

Wie wild reißt er seinen Kopf hin und her. Es gibt keine Garantie, dass er mir die Wahrheit sagt, ich denke jedoch, wenn er jemanden da draußen hätte, würde derjenige jetzt herauskommen, um mich anzugreifen. Trotzdem behalte ich die Bäume im Auge, während ich ihn verhöre.

„Wer hat dich geschickt?", knurre ich wütend. „War es Fowler?"

Das Arschloch zögert eine Sekunde, was eine Sekunde zu lang ist. Mit meiner Pistolenhand packe ich ihn an den Haaren und schlage seinen Kopf gegen die Bretter. „*Wer. Zur Hölle. Hat dich geschickt?*", knurre ich ihm ins Ohr, wobei meine Stimme kalt wie Eis klingt.

Das muss man dem Stück Scheiße lassen – er ist seinem

Chef gegenüber loyal. Loyal, und verdammt dumm. Wieder reiße ich seinen Kopf zurück, bis ich kurz davor bin, ihm das Genick zu brechen, und starre in seine aufgebrachten, verzweifelten Augen. „Du weißt, dass ich dich verdammt noch mal umbringen werde", erkläre ich ihm im Plauderton. „Wenn du Angst haben solltest, dass dein Boss dich auch umbringen könnte, wäre es dann nicht besser, das Risiko einzugehen und zu verschwinden?"

„Ich kann nicht vor ihm verschwinden", röchelt er, und seine Stimme ist voller Angst. „Egal was passiert, er wird mich finden. Und es wird kein langsamer Tod sein."

Verdammt. Dieses Weichei hier wird nicht reden. Aber die Tatsache, dass er nicht geleugnet hat, dass es Fowler war, sagt mir alles, was ich wissen muss.

Ich lasse sein Haar los und ziehe mich ein wenig zurück, wobei ich mein Knie nicht von seiner Wirbelsäule nehme.

Dann schieße ich ihm wie bei einer Hinrichtung in den Kopf.

Eilig durchsuche ich seine Taschen. Ich finde eine Beretta M9 und ein dünnes Portemonnaie – wobei ich beides an mich nehme – sowie ein Handy, auf dem nur eine Nummer zu finden ist. Ich stehe auf und starre die Nummer ein paar Sekunden lang an, um sie mir einzuprägen. Dann zertrümmere ich es mit dem Absatz meines Stiefels. Schnell scanne ich die dunkle Umgebung und vergewissere mich, dass ich keine weiteren Bewegungen höre, bevor ich die Sig wieder in meinen Hosenbund stecke. Ich drehe mich um und greife nach dem Türgriff der Haustür, als mich ein Gedanke aufhält. Angewidert blicke ich auf den weitgehend kopflosen Körper hinunter, lege die Waffe und die Brieftasche des toten Arschlochs auf das Geländer der Veranda, packe ihn an den Stiefeln und ziehe ihn hinunter in die Dunkelheit. Isabel braucht das alles nicht zu sehen.

Dann schnappe ich mir das zertrümmerte Handy vom
Boden der Veranda und werfe es neben die Leiche. Die
Dielen sind mit Blut und Hirn bespritzt, aber vielleicht
kann ich irgendwie verhindern, dass sie es sieht.

Ich stecke die Brieftasche ein und werfe die Waffe unter
die Veranda. Dann renne ich zurück ins Haus. Als ich im
Schlafzimmer ankomme, kann ich Isabel nirgendwo
finden.

„Isabel!", schreie ich und höre dabei die Panik in meiner
eigenen Stimme.

„Thorn!", ertönt ein kläglicher, gedämpfter Schrei.

Für eine schreckliche, abscheuliche Sekunde bekomme
ich weiche Knie wie bei einem Déjà-vu. Mein Magen
krampft sich zusammen. Dann, als ich bemerke, dass sie
unter dem Bett liegt, beginnt mein Herz wie wild in meiner
Brust zu hämmern. Erleichterung durchflutet meine Adern
mit einer solchen Geschwindigkeit, dass mir für eine
Sekunde schwindlig wird.

„Isabel", rufe ich eindringlich. „Komm schon. Wir
müssen los. Sofort."

Eine kleine, zitternde Hand erscheint. Dann ihr schoko-
ladenbraunes Haar. Ich widerstehe gerade noch dem Drang,
sie herauszuziehen, weil ich weiß, dass ich sie damit nur
verletzen würde. Stattdessen knie ich mich auf den Boden
und warte, bis ich ihr helfen kann. Sie ist immer noch nackt
und zittert sichtlich.

„Ich habe Schüsse gehört. Ich wusste nicht ...", ihre
Stimme bricht. Tränen füllen ihre Augen.

„Sshhh, ist ja gut."

Mit einem erstickten Schrei wirft sich Isabel in meine
Arme. Ich halte sie einige Sekunden lang fest, streichle ihr
Haar und murmle ihren Namen in ihr Ohr. Sie klammert
sich an mich, atmet dann tief und zittrig ein und zieht sich

zurück. Ihre großen, verängstigten Augen treffen auf meine und gleiten dann zu meinem Arm hinunter.

„Du bist verletzt", haucht sie entsetzt.

„Nicht schlimm", grunze ich. „Komm schon, steh auf. Pack deine Tasche. Wir müssen weg. Und zwar *sofort*. Beeil dich."

Eigentlich würde ich gern mit ihr hier sitzen bleiben und sie so lange festhalten, bis es ihr besser geht, doch dafür ist keine Zeit. Ich stehe auf und ziehe sie mit mir hoch. Sie sieht immer noch benommen aus, fast gelähmt. *„Sibéal"*, sage ich schroff. Erschrocken sieht sie mir wieder in die Augen, dann blinzelt sie und nickt. „Okay", flüstert sie, geht sofort zur Kommode und fängt an, ihre Klamotten herauszuholen.

Isabel stellt weder Fragen noch zögert sie auch nur ein einziges Mal, während sie sich ein T-Shirt und eine Jeans anzieht und dann beginnt, den Rest ihrer Sachen in ihre Tasche zu packen. *Gott sei Dank, verdammt.* Ich stapfe ins Wohnzimmer, nehme mein Handy heraus und tippe eine Nummer ein. Nach dem dritten Klingeln geht mein Präsident ran.

„Rock. Wir haben ein Problem. Ich muss mit dem Mädchen aus Connegut verschwinden. Es gibt hier eine Leiche, um die wir uns kümmern müssen. Wir müssen untertauchen."

„Verstanden", grunzt er. „Alles in Ordnung?"

„Momentan ja." Ich nehme meinen Seesack und fange an, Sachen hineinzustopfen. „Einer von Fowlers Männern hat hier herumgeschnüffelt. Wir gehen irgendwohin, wo wir für heute Nacht außer Sichtweite sind. Ich melde mich morgen wieder, wenn ich entschieden habe, was wir tun werden."

„Hast du Oz angerufen?"

„Noch nicht. Das mache ich später, wenn ich das Mädchen von hier weggebracht habe."

„Pass auf dich auf, Bruder."

„Wird gemacht."

Ich beende den Anruf, halte inne und sehe mich kurz im Zimmer um. Die Wunde an meinem Arm blutet so stark, dass ich sie abdecken sollte, um die Blutung zu stoppen. Ich gehe in die Küche und suche ein Geschirrtuch, dann öffne ich eine Schublade und hole Klebeband heraus. Ich tue mein Bestes, um die Wunde zu verbinden und den Blutfluss zu verlangsamen, dann packe ich meine Tasche zu Ende, doch gerade als ich sie schließen will, fällt mir etwas ein. Ich gehe ins Bad, öffne den kleinen Wäscheschrank und greife auf das oberste Regal. Hinter all den Handtüchern ziehe ich die kleine Handtasche hervor, die Isabel in jener Nacht, als sie mir übergeben wurde, bei sich getragen hat. Ich werfe sie in zusammen mit dem Rest meiner Sachen in meinen Seesack.

Als ich ihn zugemacht, und mich vergewissert habe, dass alles drinnen ist, was ich brauche, rufe ich nach ihr.

„Ich komme!"

Isabel betritt mit ihrer Reisetasche das Wohnzimmer.

„Bist du bereit?", frage ich. Sie nickt. „Gut. Dann los."

„Zu Fuß?", fragt sie unsicher. Ich schaue nach unten und erinnere mich, dass sie keine Schuhe hat.

„Oh. Nein, Schätzchen, nicht zu Fuß." Mir gelingt es, zu grinsen. „Wir haben nicht weit entfernt ein Auto versteckt. Von hier sind es nur etwa hundertfünfzig Meter oder so."

„Wirklich?" Isabels Mund verzieht sich zu einem schiefen Lächeln. „Du meinst, ich hätte von hier wegfahren können, statt zu versuchen, zu Fuß zu gehen?"

„Nur wenn du die Schlüssel gefunden hättest", kichere ich. Seltsam, dass Isabel trotz der gefährlichen Lage noch

Witze macht. Mein tapferes Mädchen. „Was dir nicht gelungen wäre."

„Wo hattest du sie versteckt?" Ihre Augen funkeln.

„Oh nein", grinse ich, nehme sie bei der Hand und führe sie zur Tür. „Auch ein Mann braucht schließlich seine Geheimnisse. Und jetzt komm mit. Genug herumgestanden."

„Thorn", sagt Isabel und ihr Gesichtsausdruck wird ernst. „Was ist hier los? Wer war da draußen?"

„Ich werde dir alles erzählen, wenn wir hier raus sind", verspreche ich ihr. „Aber jetzt wird nicht mehr geredet. Folge mir, so schnell du kannst. Und versuch, keine Geräusche zu machen, nur für den Fall."

19

ISABEL

Auf dem Weg über die Veranda bedeckt Thorn meine Augen mit seiner Hand. Ich denke schon, dass er mir wieder die Augen verbinden will, doch sobald wir die Veranda überquert haben, nimmt er seine Hand weg, ergreift stattdessen meine Hand und zieht mich mit sich in Richtung der Bäume. Ich tue mein Bestes, um mit ihm Schritt zu halten, und hoffe, dass es die Wahrheit war, dass es nicht allzu weit ist.

Ich kann nichts sehen, aber Thorn ist trittsicher und flink. Er hält mich dicht bei sich, sodass ich nur noch in seine Fußspuren treten muss. Schon bald kommen wir zu einer kleinen Lichtung. Genau wie er gesagt hat, steht hier ein Auto – ein mittelgroßer Geländewagen, vermutlich dunkelblau oder schwarz. Er drückt einen Knopf an einem Schlüsselanhänger und das Licht geht an, dann geht er zum hinteren Teil des Wagens und öffnet die Heckklappe, um unsere Taschen hineinzuwerfen. Er knallt die Klappe zu und deutet mir dann mit dem Kopf, dass ich auf der Beifahrerseite einsteigen soll. Ohne nachzufragen, tue ich, was er von mir verlangt.

Ich habe kaum Zeit, mich anzuschnallen, als schon der
Motor aufheult. Thorn legt den Gang ein und drückt kräftig
aufs Gaspedal. Durch das abrupte Losfahren werde ich
nach hinten in den Sitz gedrückt. Ich unterdrücke einen
Schrei und klammere mich an die Armlehnen, während er
durch das Gras rast und Bäumen und Felsen ausweicht, als
würde er den Weg wie seine Westentasche kennen. Ich
versuche, mich zu entspannen, doch die Ereignisse der
letzten fünfzehn Minuten haben meine Nerven aufgerieben
und mich nervös gemacht. Stattdessen konzentriere ich
mich darauf, tief und langsam zu atmen und ruhig zu bleiben. Ich will Thorns Job nicht noch schwieriger machen,
indem ich ausflippe oder hyperventiliere.

Ein paar Minuten später fahren wir in einen Graben
hinunter, dann wieder hinauf, und plötzlich sind wir auf
einer asphaltierten Straße. Thorn biegt rechts ab und gibt
Gas. Der Geländewagen heult auf und beschleunigt innerhalb weniger Sekunden, bis wir so schnell sind, dass ich
Angst habe, wir könnten in der dunklen Nacht ein Tier
überfahren. Ein Blick in sein konzentriertes, entschlossenes
Gesicht beruhigt mich jedoch wieder. Ihn ansehen zu
können, zu wissen, dass er bei mir ist – augenblicklich fühle
ich mich trotz allem unglaublich sicher.

Ich kann mein halb hysterisches Kichern nicht unterdrücken, das bei diesem Gedanken in mir aufsteigt. Thorn
wirft mir einen verwirrten Blick zu, und zieht dabei eine
seiner dicken Augenbrauen hoch. „Das findest du lustig,
was?", knurrt er, wobei einer seiner Mundwinkel amüsiert
zuckt.

„Nicht ganz", murmle ich und grinse ihn an.

„Mein Gott, du hast aber einen seltsamen Sinn für
Humor, Mädchen." Er schüttelt den Kopf, als wäre er beleidigt, und wendet sich dann wieder der Straße zu.

Ich sitze ein paar Minuten lang still da und lasse ihn einfach nur fahren. „Wohin fahren wir?", frage ich schließlich.

„An einen sicheren Ort. Unser letzter Unterschlupf ist nicht mehr sicher. Wir können es nicht riskieren, dortzubleiben."

„Ich habe ... einen Schuss gehört", flüstere ich. Meine Angst droht zurückzukehren, doch ich schiebe sie weg. „Ich dachte, du wärst tot."

„Ich nicht", sagt er und schenkt mir ein breites Grinsen. „Ich bin schwieriger zu töten, als man denkt."

„Thorn. Was ist da draußen passiert? Wer war es?"

Im schwachen Licht des Armaturenbretts sehe ich, wie sich sein Kiefer anspannt. Ich fürchte, ich habe zu viel gefragt. Doch dann seufzt er wütend.

„Scheiß drauf", murmelt er halb zu sich selbst. „Nach all dem hast du es verdient zu wissen, was los ist. Ich werde es dir erzählen, Isabel. Aber jetzt muss ich mich erst einmal aufs Fahren konzentrieren und mir überlegen, wo wir die Nacht verbringen können."

THORN SAGT MIR, ich solle mich ausruhen, also döse ich auf dem Beifahrersitz ein. Ich weiß nicht, wie lange wir fahren, und auch nicht, in welche Richtung unsere Reise geht, denn immerhin habe ich auch nie gewusst, wo wir uns bisher aufgehalten haben. Es ist noch dunkel, als Thorn mich aufweckt und mir sagt, dass wir angekommen sind. Als ich die Augen öffne, sehe ich, dass wir vor einem kleinen, schmuddeligen Motel mitten im Nirgendwo stehen. Thorn sagt mir, ich solle im Geländewagen auf ihn warten. Er schließt ihn mit seiner Fernbedienung ab und marschiert zum Büro des Motels. Ich sehe ihm nach und versuche, nicht die Sekunden zu zählen, bis er wieder da ist.

Als Thorn schließlich zurückkommt, schließt er das Auto wieder auf und klettert auf den Fahrersitz. „Wir wohnen dort hinten", sagt er und hebt sein Kinn, um in die entsprechende Richtung zu deuten. Dann fährt er den Geländewagen ans Ende des Parkplatzes und stellt den Motor wieder ab. Ich öffne meine Tür, rutsch vom Sitz und lande mit beiden Füßen auf dem Kies. Als ich nach hinten gehe, hat er bereits unsere beiden Taschen über seine Schulter gehängt. „Komm schon", brummt er.

Thorn führt mich zur Tür unseres Zimmers und steckt den Schlüssel ins Schloss. Sofort schlägt mir ein abgestandener, muffiger Geruch entgegen. Ich rümpfe die Nase, beschwere mich aber nicht. Wir haben momentan beide größere Probleme, als über einen nicht so guten Schlafplatz für die Nacht nachzudenken.

Nachdem Thorn das Licht eingeschaltet hat, sehe ich mir das kleine, schmuddelige Zimmer an. Neben der Tür steht ein klappriger Tisch mit zwei Stühlen, und an der Wand befindet sich ein Doppelbett mit Steppdecke. Ich riskiere einen kurzen Blick zu Thorn, doch der stellt bereits unsere Taschen auf den Tisch und zieht seine Lederweste aus. Dann streicht er sich mit der Hand über das Gesicht und fährt sich durchs Haar. Ich werfe einen Blick auf den digitalen Wecker neben dem Bett und sehe, dass es schon nach zwei Uhr morgens ist. Zum ersten Mal wird mir klar, wie müde er sein muss.

„Geh schon mal ins Bad", sagt er.

Ich widerspreche nicht, sondern stapfe über den schmutzig aussehenden Teppich durch den Raum und stoße die Tür auf der gegenüberliegenden Seite auf. Dort betätige ich den Schalter neben der Tür, und sofort beleuchtet Neonlicht den winzigen Raum. Ich blinzle dagegen an, wende mein Gesicht von der Lampe ab und schließe die Tür. Ich erledige mein Geschäft, lasse dann warmes Wasser laufen, wasche mir schnell das Gesicht und trockne es mit einem kleinen, aber zum Glück sauber aussehenden Handtuch ab.

Als ich wieder nach draußen komme, sitzt Thorn auf einem der Stühle neben dem Tisch.

„Es ist schon spät", grunzt er mich an. „Schlaf ein wenig. Ich bleibe auf und halte Wache, nur für den Fall."

„Aber Thorn", beginne ich. „Du hast noch weniger geschlafen als ich." Ich blinzle ein paar Mal und runzle die Stirn. „Ich könnte eine Schicht übernehmen und dich wecken, wenn …"

„Nein. Schlaf."

„Aber …"

„Mädchen, tu, was ich dir sage!" Das ist ein Befehl, der keinen Widerspruch duldet.

Wut lodert in mir auf. Ich öffne den Mund, um ihm einen entrüsteten Kommentar entgegenzuschleudern, bemerke dann jedoch wieder, wie müde er aussieht. Plötzlich wird mir klar, dass ich es ihm nur noch schwerer machen würde. Ich kann mich auch später noch, wenn er sich etwas ausgeruht hat, über sein Höhlenmensch-Verhalten beschweren.

„Okay", gebe ich kleinlaut bei. „Aber denk daran, dass du mir immer noch eine Erklärung schuldest, was zur Hölle hier los ist."

„Morgen", bellt er. „Und jetzt geh schlafen."

Ich gehe zum Bett hinüber und ziehe den Bezug zur Seite. Die Laken sehen zumindest sauber aus, wenn man jedoch den Zustand des Zimmers betrachtet, kann man nicht sicher sein, dass sie es auch tatsächlich sind. Ich beschließe, dass ich müde genug bin, um einfach in den Klamotten zu schlafen, die ich im Moment trage. Also lege ich mich ins Bett und schließe die Augen, wobei mich die Müdigkeit bereits eingeholt hat.

„Danke, Thorn", flüstere ich.

Er antwortet nicht.

20

THORN

Die Minuten und Stunden vergehen.

Ich sitze im Dunkeln, die Sig Sauer liegt auf dem Tisch neben mir. Den Vorhang habe ich fast ganz geschlossen, bis auf eine kleine Öffnung, durch die ich hindurchsehen kann.

Ich starre in die Dunkelheit. Und sage mir immer wieder, was für ein verdammter Idiot ich bin.

Ich hätte Isabel nie ficken dürfen. Ich kann nicht glauben, dass ich zugelassen habe, dass mir die Isolation mit ihr in Connegut so zugesetzt hat.

Es ist nur passiert, weil ich rund um die Uhr mit ihr zusammen war und ihren schönen, üppigen Kurven nicht entkommen konnte.

Es ist nur passiert, weil sie jede Sekunde des Tages da war und ihr Körper mich geradezu angefleht hat, ihn zu probieren.

Indem ich sie gefickt habe, habe ich das Bündnis meines Clubs mit den Death Devils riskiert.

Aber mehr als nur das, habe ich auch noch ihre Sicherheit riskiert.

Beinahe hätte ich zugelassen, dass sie von Fowlers Männern entführt wird. Hätte ich nicht meinem Schwanz die Kontrolle überlassen, wäre der jetzt tote Wichser niemals so nah an sie herangekommen.

Bevor ich es schaffe, es zu verhindern, taucht das Gesicht des jungen Jimmy in meinem Kopf auf, und seine Augen sehen mich mit einem stummen Vorwurf an.

Jimmy. Auch ihn hätte ich beschützen müssen. Und weil ich ihn wie einen Bruder geliebt habe, habe ich zugelassen, dass mich meine Gefühle überwältigen. Ich habe nur eine Sekunde zu lang gezögert.

Wenn es um Isabel geht, darf ich mir keine Gefühle erlauben. Mein Job ist es, sie zu beschützen und vor Gefahren zu bewahren. Aber verdammt, mich in ihrer Nähe aufzuhalten, benebelt mein Urteilsvermögen. Es ist eine besondere Art der Folter, mit so einem Mädchen einge-sperrt zu sein und zu versuchen, nicht in ihre großen braunen Augen zu sehen und ihren knackigen Arsch anzu-starren. Kein Gericht der Welt würde mich verurteilen, weil ich sie begehre. Aber auch wenn ich es hasse, es zugeben zu müssen, meine Gefühle für sie gehen weit über den bloßen Wunsch, sie zu ficken, hinaus.

Ich glaube, ich könnte mich auch ein wenig in sie verliebt haben.

Ich muss wirklich der größte verdammte Vollidiot auf dieser Welt sein.

Ich starre in die Nacht hinaus und belege mich selbst mit allen möglichen Schimpfwörtern, die mir nur einfallen. Ich sage mir, dass das, was heute Nacht mit Isabel passiert ist, nicht noch einmal passieren darf. Ich muss meinen Schwanz unter Kontrolle bringen. Ich muss mich daran erinnern, dass ich einen Job zu erledigen habe, und darf nicht zulassen, dass irgendetwas – oder irgendjemand – dieser Sache im Weg steht.

Am nächsten Morgen, sobald es hell ist, schleiche ich zur Tür hinaus und rufe Oz an. Wie immer geht er gleich beim ersten Klingeln ran.

„Schläfst du eigentlich niemals?", frage ich ihn.

„Selten." Nicht ein Funke von Humor liegt in seiner Stimme. Ich habe das Gefühl, Oz ist nicht gerade der Typ, der auf Scherze abfährt. „Was verschafft mir das Vergnügen?"

„Die Tatsache, dass jemand letzte Nacht unser Versteck gefunden hat. Einer von Fowlers Männern. Er war auf dem Weg zu Isabel. Ich habe ihn ausgeschaltet."

Oz lässt eine Vielzahl von Schimpfwörtern los. Ich bin beeindruckt. Noch nie zuvor habe ich gehört, dass er Emotionen gezeigt hätte.

„Wo ist die Leiche?", fragt er schließlich mit zusammengebissenen Zähnen.

„Die Lords kümmern sich darum. Es wird keine Spuren geben."

Ich gebe Oz die Nummer durch, die auf dem Wertkartenhandy gespeichert war, das ich bei der Leiche gefunden habe. Er schreibt sie sich wortlos auf.

„Wo seid ihr im Moment?", fragt er.

„Ich denke, es ist besser, wenn du es nicht weißt." Ich werfe einen Blick auf die Tür unseres Motelzimmers. „Oz. Wie zum Teufel hat Fowlers Mann uns finden können? Du hast nicht gewusst, wo wir uns aufhalten. Die meisten Leute in meinem Club haben nicht gewusst, wo wir uns aufhalten."

„Ich weiß es nicht."

Wut beginnt in mir zu brodeln. „Es fällt mir schwer, das zu glauben, Oz."

Schweigen.

„Du bist nicht ehrlich zu mir", belle ich. „*Verdammt noch mal*, Oz. Wie zum Teufel soll ich deine Tochter beschützen, wenn ich nicht alle Informationen habe?"

Er zögert. „Ich glaube ... es könnte einen Maulwurf in meiner Organisation geben", antwortet er schließlich.

Es kostet mich all meine Kraft, mein Handy nicht gegen die Wand des Gebäudes zu schleudern. „Willst du mich verarschen?", zische ich. „Wie lange weißt du das schon?"

„Ich habe es nicht gewusst. Ich habe es nur vermutet." Er hält kurz inne, und als er fortfährt, ist seine Stimme scharf genug, um Glas zu schneiden. „Und leider weiß ich nicht, wer es ist. Aber wenn ich es herausfinde, wird er dafür bezahlen."

„Fuck", knurre ich, bevor ich kurz über Oz' Worte nachdenke. Wenn Fowler einen der Death Devils zum Reden gebracht hat, liegt es nahe, dass derjenige ihm gesagt hat, dass jemand aus unserem Club Isabel beschützt. Ich kann mir nur vorstellen, dass es ihnen gelungen ist, Beast bis zur Abzweigung zum Versteck zu folgen, und dass Fowler dann einen seiner Männer geschickt hat, um das zu überprüfen.

Ich kann von Glück reden, dass sie nur einen Mann geschickt haben. Wären es mehrere gewesen, hätte ich Isabel vielleicht nicht mehr rechtzeitig herausholen können.

Wenn ich damit recht habe, bedeutet es, dass uns die Lords nicht mehr helfen können. Wir können niemanden mehr um Hilfe bitten. Ich bin auf mich allein gestellt, wenn es darum geht, Isabel zu beschützen, bis das hier vorbei ist.

„Wir werden untertauchen", sage ich zu Oz, während ich meine Zigarette zu Ende rauche und den Stummel unter dem Absatz meines Stiefels ausdrücke. „Der einzige Weg, wie ich deine Tochter in Sicherheit bringen kann, ist, sie an einen Ort zu bringen, von dem keiner von euch weiß. Nicht du, nicht dein Club, nicht die Lords."

Oz wägt meine Worte ab. „Ja."

Die Anspannung in meinem Rücken löst sich. Ein Nein hätte ich als Antwort nicht akzeptiert.

„Ich melde mich morgen wieder. Nicht von dieser Nummer. Sei darauf gefasst, dass ich anrufe."

Noch bevor Oz antworten kann, beende ich das Gespräch und schalte das Handy aus. Ich bin verdammt wütend, dass er mir das alles nicht schon früher gesagt hat, verdränge es jedoch, weil ich mich konzentrieren muss. Ich muss einen kühlen Kopf bewahren.

Als ich die Tür zum Motelzimmer aufstoße, sitzt Isabel sitzt im Bett und ihr Haar sieht etwas chaotisch aus. Mein Schwanz meldet sich sofort zum Dienst, als ich mir vorstelle, wie ich meine Hand darin vergrabe und sie an mich ziehe.

„War das mein Vater, mit dem du gesprochen hast?", fragt sie mit schläfriger Stimme.

„Ja."

„Willst du mir jetzt endlich sagen, was los ist?", gähnt sie.

„Frühstück. Lass uns erst mal frühstücken gehen. Wenn wir erst einmal etwas zu essen haben, werde ich dir alles sagen."

„Ich glaube nicht, dass sie mich so reinlassen werden." Sie zeigt auf ihre Füße.

„Ach ja. Du hast recht. Wir halten vorher noch irgendwo an, um dir Schuhe zu besorgen. Ich brauche auch noch etwas."

Isabel steht aus dem Bett auf. Sie stellt sich neben mich

und beginnt, in ihrer Tasche zu kramen. Sie steht nah genug, dass ich spüren kann, wie warm ihr Körper noch vom Schlafen ist, und drehe mich um, damit sie nicht bemerkt, wie hart ich schon wieder für sie bin.

Ich setze mich und warte, bis sie im Bad fertig ist, bevor ich ebenfalls ins Bad gehe, um zu pinkeln, und mir die Zähne zu putzen. Als ich fertig bin, komme ich wieder heraus und ziehe den Reißverschluss an meinen Seesack zu. „Fertig?", frage ich.

„Fertig", nickt sie.

Ich werfe den Zimmerschlüssel auf den Tisch und wir verlassen das Motel. Wir steigen in den Geländewagen und ich biege nach links in die Straße ein, auf der wir gekommen sind, wobei ich in Richtung der nächsten Stadt fahre. Es handelt sich um eine Ortschaft mittlerer Größe, die jedoch groß genug für einen Walmart ist, und an dessen Highway sich eine Reihe von Restaurants befinden. Ich fahre auf den Parkplatz des Walmart und parke das Auto in der Nähe der Eingangstür an der Seite des Parkplatzes.

„Welche Schuhgröße hast du?", frage ich Isabel, während ich nach der Türklinke greife.

„Warum kann ich nicht mit dir mitkommen?"

„Die Frage hast du selbst beantwortet, du hast keine Schuhe."

Isabel schnaubt. „Wenn ich mir einen Ort auf der Welt vorstellen kann, an dem die Leute nicht mit der Wimper zucken, weil ich in Socken unterwegs bin, dann ist es Walmart."

Wir gehen zusammen hinein, und sie hat recht – niemand sieht sie seltsam an. Also gehen wir in die Schuh- abteilung und ich warte, während sie verschiedene Turn- schuhe heraussucht und sie anprobiert. Schließlich wählt sie ein Paar davon aus und zieht sie an, während ich den

Laden nach auffälligen Aktivitäten absuche. Als sie fertig ist, nimmt sie den Schuhkarton in die Hand, um ihn mitzunehmen. „Okay, ich bin fertig."

Ich gehe mit ihr in die Elektronikabteilung und besorge ein paar dieser Wegwerfhandys. Dann marschieren wir zu den Kassen, um zu bezahlen. Als wir zur Tür hinausgehen, knurrt Isabels Magen schon hörbar.

„Sieht aus, als sollten wir dir besser etwas zu essen besorgen", sage ich trocken.

„Ich bin am Verhungern", gesteht sie.

Ich fahre uns zum ersten Restaurant, das Frühstück anbietet. Isabel bestellt ein Omelette und Kaffee. Ich nehme Eier, Speck und Toast.

„Also", sagt sie, als die Kellnerin mit den Speisekarten davon marschiert. „Wirst du mir jetzt endlich sagen, was los ist?"

„Bist du sicher, dass du nicht warten willst, bis du etwas gegessen hast?"

„Ja", antwortet sie entschieden. „Ich bin es leid, im Dunkeln tappen zu müssen, Thorn. Das macht mir mehr Angst, als wenn ich die Wahrheit wüsste."

Ich lehne mich müde in meinem Stuhl zurück und nehme einen Schluck Kaffee. Die schlaflose Nacht, die ich gerade hinter mich gebracht habe, macht mir langsam zu schaffen. „In Ordnung", nicke ich. „Wo soll ich anfangen?"

„Wie wäre es mit der Frage, wer dieser Mann gestern Abend beim Haus war und was er versucht hat, uns anzutun?" Isabels Kinn zittert für einen Moment, aber sofort beißt sie tapfer die Zähne zusammen.

„Ich bin mir nicht hundertprozentig sicher", seufze ich. „Aber es ist sehr wahrscheinlich, dass er von einem Mann geschickt wurde, der darauf aus ist, deinen Vater zu ruinieren."

„Ihn ruinieren?" Ihr Gesichtsausdruck sieht etwas besorgt aus, jedoch nicht extrem besorgt. Isabel ist eindeutig die Tochter eines MC-Präsidenten. Sie ist es gewohnt, dass Oz in Gefahr ist.

„Ja. Ich kenne den Grund für deren Meinungsverschiedenheit nicht. Oz hat es mir nie gesagt. Er hat mir jedoch erzählt, dass Fowler – so heißt der Mann – es mag, Menschen langsam zu quälen. Indirekt. Indem er sich zuerst an seine Liebsten heranmacht. An die Familie." Ich halte einen Moment inne und sehe Isabel in die Augen. „Insbesondere an die Frauen."

Isabel schluckt. „Oh", sagt sie mit leiser Stimme.

Unser Essen kommt, und ich rede weiter. Ich vermeide einige der Details, von denen Oz mir erzählt hat, dass sie anderen Frauen passiert sind, hinter denen Fowler her war. Sie würden sie wahrscheinlich zu Tode erschrecken. Trotzdem wird ihr Gesicht, während ich spreche, immer blasser, ich zwinge mich allerdings, trotzdem weiterzuerzählen. Immerhin hat Isabel mich gefragt. Und abgesehen davon habe ich die Schnauze voll davon, die Sache vor ihr geheim zu halten.

„Das alles stimmt also?", fragt sie. Ihre Stimme klingt ausdruckslos, aber ich kann trotzdem die Angst hören, die sie zu verbergen versucht. „Es ist nicht nur das Produkt der übertriebenen Fantasie meines Vaters?"

„Wohl kaum. Es ist wirklich sehr real. Und du schwebst in großer Gefahr."

„Und damit auch du."

„Vielleicht." Ich zucke mit den Schultern.

„Und mein Vater hat also deinen MC gebeten, mich zu beschützen, statt seinen eigenen ... weil er mich von allen fernhalten wollte, die eine direkte Verbindung zu ihm haben?", vermutet sie.

„Richtig."

Sie sitzt einen Moment lang da und verdaut die Information. „Also ..." Isabel stochert mit ihrer Gabel in dem halb aufgegessenen Omelette herum. „Wie haben sie uns gefunden?"

„Oz glaubt, dass es einen Maulwurf unter den Death Devils gibt. Jemanden, der herausgefunden hat, dass Oz die Lords of Carnage gebeten hat, für deine Sicherheit zu sorgen. Diese Person muss diese Information an Fowler weitergegeben haben." Ich verdränge meine aggressiven Gedanken daran, was ich diesem verdammten Arschloch gerne antun würde. Oz sollte ihn besser finden und dafür bezahlen lassen, oder ich schwöre bei Gott, dass ich es tun werde. „Fowler könnte Leute beauftragt haben, die Mitglieder unseres MC zu beschatten. Sieht aus, als hätten sie Glück gehabt und wären einem der Richtigen gefolgt."

„Beast?"

Ich nicke.

Wir frühstücken größtenteils schweigend zu Ende. Isabel starrt auf ihren Teller und schafft es nicht, noch viel davon zu essen. Als sie ihren Kaffee ausgetrunken hat, lege ich ein paar Scheine auf den Tisch und wir stehen auf. Isabel muss auf die Toilette, also begleite ich sie und halte vor der Tür Wache – sicher ist sicher.

Als wir wieder im Auto sitzen, verhält sich Isabel so ruhig, wie ich es noch nie gesehen habe. Ich weiß nicht, ob sie nur versucht, alles zu verarbeiten, ob sie Angst hat, oder ob sie wütend ist. Vielleicht auch ein bisschen von allem.

Ich drehe den Schlüssel im Zündschloss und unterdrücke ein langes Gähnen. Isabel blinzelt, reißt sich von ihren Gedanken los und sieht mich an.

„Ich kann fahren, wenn du willst", bietet sie an.

„Nein. Ich fahre."

„Glaubst du etwa, dass nur Männer gut fahren
können?", grinst sie.

„Ich fahre", wiederhole ich diesmal lauter.

Isabel rollt mit den Augen. „Gut, du Höhlenmensch."

Denn so müde ich auch bin, ich könnte jetzt auf keinen
Fall der Beifahrer sein. Dazu bin ich viel zu unruhig. Das
Fahren wird mir etwas geben, worauf ich mich konzen-
trieren kann. Eine Möglichkeit, über unsere nächsten
Schritte nachzudenken.

Ich fahre vom Parkplatz und biege zurück in die Straße
mit all den Fast-Food-Ketten, Läden für Autozubehör und
verdammten Nagelstudios. Als ich auf den Highway biege,
um aus der Stadt zu fahren, meldet sich Isabel wieder zu
Wort.

„Wohin bringst du mich?", fragt sie.

Ich drehe mich um und sehe sie an.

„Ganz ehrlich?", frage ich. „Ich habe keine Ahnung."

21

ISABEL

Wir fahren den ganzen Tag. Thorn spricht nicht viel. Ich lasse ihn grübeln oder nachdenken oder was auch immer er gerade tut, während er das Lenkrad umklammert und auf die Straße starrt. Wir halten an, um zu tanken und Proviant zu besorgen, und decken uns mit belegten Brötchen, Chips und anderem Reiseproviant ein, damit wir nicht zum Mittagessen anhalten müssen.

Thorn fährt eine Zeit lang in Richtung Westen. Irgendwann biegen wir dann nach Norden ab. Ich versuche einen Witz zu machen und ihn zu fragen, warum er nicht eine Richtung gewählt hat, die uns in wärmere Gefilde führt, doch es gelingt mir nicht. Thorn kehrt aus dem Winkel seines Gehirns, in dem er sich die ganze Zeit über befunden hat, zurück, und sieht mich stirnrunzelnd an. Seufzend lehne ich mich in meinem Sitz zurück, schaue aus dem Fenster und überlasse ihn seinen Gedanken.

Am Abend, als die Sonne gerade untergeht, biegen wir auf einen Highway ab, an dessen linker Seite sich ein riesiger See befindet. Thorn scheint mittlerweile ein Ziel vor

Augen zu haben, doch als ich ihn danach frage, macht er nur eine beschwichtigende Handbewegung. Wir fahren an einer Reihe von Lodges vorbei, die aussehen, als seien sie für Sommertouristen am See bestimmt. Schließlich biegen wir an der allerletzten ab und Thorn fährt auf eine kleine Hütte zu, auf der „*Büro*" steht.

„Wolltest du die ganze Zeit über hierher?", frage ich ihn neugierig.

„Nein", antwortet er. „Auf diese Idee bin ich erst vor Kurzem gekommen."

„Warst du schon einmal hier?"

„Noch nie." Er öffnet die Autotür. „Hoffen wir, dass wir hier richtig sind."

Das Büro sieht zunächst so aus, als hätte es geschlossen. Doch als wir näherkommen, kann ich am schwachen Licht im Inneren erkennen, dass jemand da ist. Thorn reißt die klapprige Tür auf und bittet mich hindurch.

Drinnen sitzt eine ältere, dickliche Frau hinter einem alten, grünen Metallschreibtisch. Sie sieht aus, wie ich mir die Frau des Weihnachtsmanns vorstelle – zumindest dann, wenn die Frau des Weihnachtsmanns schlecht gefärbte rote Haare hätte und knallige Pullover aus Polyester tragen würde. Ihr Gesicht ist rund und pausbackig und sie trägt eine runde Brille mit Drahtgestell, die ihren Look vervollständigt. Als sich die Tür öffnet, blickt die Frau auf und schenkt mir wie automatisiert mit ihren hellrosa geschminkten Lippen ein geschäftstüchtiges Lächeln.

„Hallo und willkommen!", sagt sie, während sie erst mir und dann Thorn zunickt. „Wie geht es Ihnen?"

„Wir brauchen ein Ferienhaus", sagt Thorn ohne Vorrede.

„Natürlich!" Das Lächeln der Frau verblasst für eine Sekunde, kehrt dann jedoch mühevoll zurück. „Ich gehe davon aus, dass Sie keine Reservierung haben, denn ich habe keinen Eintrag, dass heute jemand ankommen soll."

Thorn nickt einmal. „Das ist richtig."

„Alles klar, also dann." Die Frau greift nach rechts und öffnet ein großes Kalenderbuch, wie ich es seit Jahren nicht mehr gesehen habe. „Sie können sich ein Häuschen aussuchen", sagt sie und greift nach einem Stift. „Um diese Jahreszeit kommen nicht so viele Leute her, denn aktuell haben wir Nebensaison. Für gewöhnlich haben wir jedes Jahr kurz nach Weihnachten ein paar Gäste, aber das war's dann auch schon bis zum Frühling. Chester – er ist mein Mann – sagt mir immer wieder, dass wir den Laden im September schließen sollten, aber ich bin nicht ganz davon überzeugt. Ich finde, Lake Huron ist zu dieser Jahreszeit etwas ganz Besonderes."

„Es sind unsere Flitterwochen", knurrt Thorn und unterbricht sie. „Wir wollen *in Ruhe* gelassen werden."

Es gelingt mir nur schwer, ein Schnauben zu unterdrücken.

Die Frau ist ein wenig erschrocken und tritt einen kleinen Schritt zurück. „Oh, natürlich", sagt sie hastig und greift hinter sich nach einem Schlüssel, der an der Wand hängt. „Nummer siebenundzwanzig. Es ist das Häuschen, das am weitesten vom Hauptbüro entfernt ist. Es befindet sich drei Kilometer weiter oben an der Zufahrtsstraße", fährt sie fort und zeigt auf die Straße. „Es ist so weit von den anderen Häusern entfernt, dass man die Nachbarn nicht einmal sehen kann. Da es im Moment keine anderen Gäste gibt, haben Sie natürlich ohnehin keine Nachbarn ..."

„Wie viel?", unterbricht Thorn sie.

Aufgeregt sagt sie ihm, was das Häuschen pro Nacht kostet. Thorn greift nach seiner Brieftasche und zieht einen

Stapel Scheine heraus. „Hier. Wir nehmen es für drei Wochen."

„*Drei Wochen?*", wiederholt sie ungläubig. „Um diese Jahreszeit? Werden Sie nicht ..."

Ich trete vor, nehme Thorns Arm und schmiege mich eng an ihn. Ich sehe die Frau an und kichere leise, dann senke ich den Blick auf den Boden, als wäre ich peinlich berührt.

„Okay", räumt sie ein. Ich ertappe sie dabei, wie sie auf meine Hand blickt, an der es keinen Ring gibt.

„Wir haben ziemlich kurzfristig geheiratet", sage ich. „Bisher hatten wir noch keine Zeit, Ringe zu besorgen."

„Okay ...", sagt sie wieder, während sie an den Scheinen in ihrer Hand herumspielt. „Dann also für drei Wochen", verkündet sie fröhlich. Sie reicht Thorn den Schlüssel.

„In jedem der Häuschen gibt es Fußbodenheizungen und einen Kamin." Die Frau beginnt in einem Tonfall zu sprechen, der vermuten lässt, dass sie all das schon hundertmal heruntergerasselt hat. „Eine vollausgestattete Küche, saubere Leintücher zum Wechseln. In der Nebensaison ist das Büro am Samstag und Sonntag geschlossen. Sollte es ein Problem geben, hängt in der Küche ein laminiertes Infoblatt mit der Telefonnummer des Büros und meiner persönlichen Handynummer. Außerdem finden Sie dort auch eine Liste von Geschäften in der Umgebung. Der Reinigungsservice ist –"

„Kein Reinigungsservice", bellt Thorn. „Sollten wir etwas brauchen, werden wir auf Sie zukommen. Danke."

„Sind Sie sicher?", fragt die Frau zögernd. „Wir können uns nach Ihnen –"

Doch Thorn hat bereits meine Hand ergriffen und zieht mich nach draußen. Ich werfe einen Blick zurück und winke der Frau entschuldigend zu, als wir gehen.

„Thorn", zische ich protestierend. „Es gab keinen Grund, so unhöflich zu ihr zu sein."

„Unhöflich ist gut", entgegnet er. „Meine Unhöflichkeit vermittelt ihr, dass wir nicht wollen, dass sie uns belästigt und uns weitere Fragen stellt. Oder dass sie sich in den Kopf setzt, uns verdammte Kekse backen zu müssen oder so was. Sie scheint der Typ dafür zu sein."

Ich möchte eigentlich weiterdiskutieren, muss jedoch zugeben, dass Thorn recht hat. Wie auch immer sind wir mittlerweile wieder beim Geländewagen angekommen, also steige ich schweigend ein und beobachte, wie Thorn den Gang einlegt und in Richtung unserer neuen Behausung für die nächsten Wochen fährt.

Im Häuschen angekommen, machen wir uns beide daran, unsere Taschen und Vorräte auszupacken. Ich räume die Einkäufe weg, während Thorn den Thermostat sucht, prüft, ob die Wasserleitungen funktionieren, und sich daran macht, mit dem Holz, das neben dem Kamin gestapelt ist, ein Feuer zu machen. Nachdem wir beide hungrig und erschöpft von der langen Autofahrt sind, mache ich uns ein schnelles Abendessen.

Thorn ist beim Abendessen ziemlich ruhig, wobei er mir ohne seine übliche Ruppigkeit antwortet, wenn ich ihn etwas frage. Ich weiß, dass er sich für meine Sicherheit verantwortlich fühlt, und ich weiß, dass er besorgt ist, also versuche ich, ihm das nicht übelzunehmen. Unsere Routine ähnelt in mancher Hinsicht der in unserem letzten Versteck, doch jetzt, wo wir auf der Flucht sind, ist sie teilweise auch völlig anders. Jetzt, wo wir in Sicherheit sind, zumindest für den Moment, kann ich meine Gedanken nicht davon abhalten, zu dem zurück zu schweifen, was zwischen Thorn und mir passiert ist, bevor er den Beinahe-Eindringling draußen gehört hat. Es fühlt sich an, als wäre der Zauber zwischen uns gebrochen, und ich kann nicht anders, als dem nachzutrauern, was wir letzte Nacht begonnen haben, und mir zu wünschen, ich könnte es zurückholen.

Ein ungewollter Schauer durchzuckt mich, als ich mich an das Gefühl seiner Lippen auf meiner Haut erinnere und an seine rauen Bartstoppeln, die im Kontrast zu der warmen Sanftheit seines Kusses gestanden haben. Thorn hat mich wie ein Besessener genommen. Sobald er mich berührt hat, war es, als würden all die Signale, die sich unsere Körper seit dem Tag unseres Kennenlernens gesendet haben, endlich und plötzlich explodieren. Wenn ich jetzt daran denke, werde ich augenblicklich feucht vor Verlangen, und eine Woge der Einsamkeit überrollt mich, als ich mich daran erinnere, wie gut es sich angefühlt hat, in seinen Armen zu liegen, nachdem wir beide gleichzeitig gekommen sind.

Ich unterdrücke ein Stöhnen, rutsche auf meinem Stuhl an dem kleinen Tisch, an dem wir zu Abend essen, hin und her und werfe einen verstohlenen Blick auf Thorn. Was würde ich nicht alles dafür geben, dass sein Mund wieder meinen Körper erkunden, seine Zunge zwischen meine Beine stoßen, und mich so köstlich necken und quälen würde …

„Ich muss jemanden anrufen", sagt Thorn plötzlich und erschreckt mich damit. Er schiebt seinen Stuhl unsanft vom Tisch zurück und marschiert nach draußen, bevor ich reagieren kann.

Schwermütig stehe ich auf und bringe unsere Teller zur Spüle, um sie abzuwaschen. Ich weiß nicht, ob ich etwas getan habe, was ihn verärgert hat – obwohl ich nicht einmal mit ihm gesprochen habe. Was auch immer es war, es sieht so aus, als wäre er wieder der grüblerische, stille Thorn. Was auch immer letzte Nacht zwischen uns im Versteck passiert ist, ist nicht mehr als eine verblasste Erinnerung, egal, wie sehr ich mir auch wünsche, dass es wieder passiert.

Seufzend wasche ich das Geschirr ab und räume alles weg. Zehn Minuten später bin ich damit fertig und Thorn ist immer noch draußen und telefoniert. Völlig planlos wandere ich durch das kleine Häuschen. Es ist kleiner als unser letztes Versteck, im Gegensatz dazu gibt es hier jedoch zwei Schlafzimmer, die beide winzig sind. Im kleineren steht ein zweistöckiges Stockbett, sonst nichts. Das etwas größere Schlafzimmer beinhaltet ein einzelnes Doppelbett und bietet kaum genug Platz für die niedrige Kommode, die das einzige andere Möbelstück im Raum ist. Thorn hat unsere beiden Taschen auf das Bett im größeren Zimmer gestellt. Als ich sie dort sehe, macht mein Herz einen kleinen Sprung, doch dann wird mir klar, dass er sie vermutlich nur aus Bequemlichkeit hier abgestellt hat, und dass es nichts zu bedeuten haben muss.

Mit hängenden Schultern setze ich mich auf das Bett und sehe mich ziellos um. An der Wand über dem Kopfteil hängen zwei Bilder. Beide zeigen den See, eines im Sommer und eines im Winter. Die Wände sind in einem hellen Blauton gestrichen, hier und da gibt es ein paar abgewetzte Stellen. Es ist heimelig und sauber. Nicht glamourös, aber um Klassen besser als das Motel, in dem wir die letzte Nacht verbracht haben.

Auf der Suche nach einer Beschäftigung wende ich mich meiner Tasche zu und beschließe, meine Sachen in die kleine Kommode zu räumen. Als ich anfange, die Klamotten herauszunehmen, frage ich mich, ob ich noch Platz für Thorns Sachen lassen soll oder ob er das Zimmer nebenan beziehen wird. Ich werfe einen Blick auf seinen Seesack und bemerke, dass er offen ist. Der Reißverschluss ist offen und gibt einen Teil des Inhalts preis.

Und dann entdecke ich plötzlich etwas, das mich innehalten und staunen lässt.

Der Lederriemen einer kleinen Handtasche.

Meiner Handtasche.

Ich habe sie nicht mehr gesehen, seit die Männer meines Vaters mich vor dem Lokal geschnappt haben. Nie wäre mir in den Sinn gekommen, dass Thorn sie noch haben könnte.

Das heißt, er könnte auch mein Handy haben. Meinen Führerschein. Meine Kreditkarten. Das Pfefferspray. All das könnte noch da drin sein.

Als ich danach greifen will, ist mir nicht einmal bewusst, was ich da eigentlich tue. Doch gerade als meine Finger den Riemen berühren, sagt mir ein dumpfes Geräusch aus der Richtung der Eingangstür, dass Thorn zurück ist. Ich ziehe meine Hand zurück, als hätte ich mich verbrannt. Eilig stehe ich mit klopfendem Herzen auf und mache mich auf den Weg in das kleine Bad, um mich einzuschließen, bevor er hereinkommt. Ich brauche eine Minute, um mich zu sammeln und nachzudenken.

22

———

THORN

Nach der letzten Nacht treibt es mich verdammt noch mal beinahe in den Wahnsinn, mit Isabel allein zu sein.

Während wir auf der Flucht waren, war alles okay. Ich hatte eine Ablenkung. Ich habe mich darauf konzentriert, sie von unserem Versteck wegzubringen und einen anderen Unterschlupf für uns zu finden.

Doch jetzt sind wir wieder an jenem Punkt angekommen, an dem wir schon vorher waren, mit einem großen Unterschied.

Jetzt weiß ich, wie gut es sich anfühlt, sie zu ficken.

Es kommt mir vor, als wäre seit gestern Abend eine Ewigkeit vergangen, dabei waren es nur vierundzwanzig Stunden.

Vierundzwanzig Stunden, seit ich ihre Hitze und ihre Sanftheit gespürt habe. Vierundzwanzig Stunden, seit sie auf meinem Schwanz gekommen ist. Seit ich mich über ihren Bauch ergossen habe.

Als ich mich nach dem Essen vom Tisch erhebe, habe ich das Gefühl, aus der Haut zu fahren. „Ich muss jemanden anrufen", murmle ich und gehe so schnell ich kann nach draußen.

Ich muss niemanden anrufen. Vor morgen muss ich Oz nicht anrufen. Und außerdem habe ich ihm nicht viel zu sagen, außer, dass Isabel in Sicherheit ist.

Ich muss einfach kurz allein sein, um nachzudenken.

Vom Häuschen führt ein schmaler Weg zum See. Ich gehe hinunter zum Ufer und starre auf das Wasser hinaus. Ich war noch nie an einem der Great Lakes. Es ist eine ruhige Nacht, und die Wellen sind größer, als ich es erwartet hätte. Ich blicke über das Wasser, das im Mondlicht schimmert. Es sieht fast wie ein Ozean aus. Das andere Ufer kann ich nicht im Geringsten sehen. Die Wellen prallen gegen die Felsen und den Sand am Ufer.

Gestern Abend habe ich die Kontrolle verloren. Ich habe nicht nachgedacht.

Ich habe genau das getan, was ich nie hätte tun dürfen.

Dennoch bereue ich es nicht.

Und gleichzeitig bereue ich es zutiefst.

Isabel gefickt zu haben, macht alles noch komplizierter. Es vernebelt mein Urteilsvermögen bei jeder Entscheidung, die ich von nun an in Bezug auf sie treffen werde. Ich kann es mir nicht leisten, Gefühle für jemanden zu haben, den ich beschützen muss. Das ist mir durchaus bewusst.

Ich kann es mir nicht leisten, jemandem außer mir selbst zu vertrauen.

Je enger meine Beziehung zu Isabel wird, desto größer wird auch die Gefahr, einen Fehler zu machen.

„Das darf nicht wieder vorkommen", sage ich laut in die stille Nachtluft.

Aber selbst als ich es laut ausspreche, weiß ich, dass es eine Lüge ist.

Ich kann versuchen, mich von Isabel fernzuhalten, weiß

jedoch, dass es zu spät ist. Jede Minute, in der ich versuche, ihr zu widerstehen, ist nur eine weitere Minute mehr, in der ich daran denke, sie wieder zu nehmen.

ALS ICH INS HAUS ZURÜCKKOMME, hat Isabel sich im Badezimmer eingeschlossen. Das Geschirr vom Abendessen ist weggeräumt. Eine Welle der Müdigkeit überkommt mich, doch ich kämpfe dagegen an. Ich überlege, ob ich mir einen Kaffee machen soll.

Isabel betritt wieder den Hauptraum des Häuschens. Sie trägt ein schlichtes weißes T-Shirt und Jeans, ihr Haar ist locker zusammengebunden, sodass einige Strähnen ihr Gesicht umspielen. Sie sieht wunderschön aus. So schön, dass mir schwerfällt, sie anzusehen, noch schwerer jedoch, den Blick abzuwenden.

„Du siehst müde aus", sagt sie und kommt auf mich zu.

Ich weiche ihrem besorgten Stirnrunzeln aus. „Mir geht es gut", antworte ich. „Warum gehst du nicht ins Bett? Ich bleibe hier draußen im Wohnzimmer."

„Du willst doch nicht wieder versuchen, die ganze Nacht Wache zu halten?", fragt sie ungläubig. „Thorn, du hast seit fast zwei Tagen nicht mehr geschlafen." Als ich nicht antworte, versucht sie es erneut. „Wie kannst du mich beschützen, wenn du nicht geschlafen hast?", fragt sie. „Du kannst das nicht ewig durchziehen."

Ich verstehe, was sie vorhat. Sie versucht, an meinen Verstand zu appellieren.

„Wie kann ich mich darauf verlassen, dass du keine Dummheiten machst, wenn ich nicht wach bin, um dich davon abzuhalten?", erwidere ich. Ich bin nicht wirklich wütend auf sie, aber Wut ist der einzige Schutzschild, den ich gegen mein Verlangen habe, das in ihrer Nähe stetig weiterwächst.

„Was könnte ich hier draußen schon anstellen?", fragt sie und kommt einen weiteren Schritt auf mich zu.

„Das Büro ist nicht weit entfernt. Woher weiß ich, dass du nicht abhaust und sie um Hilfe bittest?"

Isabel atmet aus und lacht leise. „Ich werde nirgendwo hingehen, Thorn", sagt sie mit ruhiger Stimme. Dann sieht sie mich mit ihren tiefbraunen Augen an. „Ich habe keinen Grund, irgendwo hinzugehen. Und ich weiß, dass ich bei dir am sichersten bin."

Mein Schwanz wird hart, als ich den Pulsschlag an ihrem Nacken beobachte. Er flattert wie ein Kolibri. „Das ist genau das, was jemand sagen würde, der vorhat zu fliehen", grummle ich.

Die Welt um uns scheint stillzustehen.

„Warum fesselst du mich dann nicht einfach?", fragt sie atemlos. „Dann kann ich nicht versuchen, zu fliehen?"

Ihre Augen sind immer noch auf meine gerichtet. Ich sehe, wie ihre Lider flattern. Ihre olivfarbene Haut errötet. *Fuck.* Sie ködert mich. Es geht schon lange nicht mehr darum, dass sie fliehen könnte.

Sie macht mich wirklich wütend. Ich will, dass sie für das, was sie da tut, bezahlt.

Ich will, dass sie mich *anbettelt.*

Mehr aus Gewohnheit als mit Absicht habe ich ein Seil mitgebracht, das ich vorsichtshalber einfach in meine Tasche geworfen habe. Doch jetzt ist nicht der richtige Zeitpunkt dafür. Bevor Isabel reagieren kann, greife ich nach unten, hebe sie in meine Arme und trage sie ins Schlafzimmer. Ich höre, wie der Atem in ihrer Kehle stockt, teils aus Angst, teils vor Erregung.

Ich werfe sie auf das Bett, und dann bin befinde ich

mich bereits auf ihr, während mein Schwanz gegen meinen Reißverschluss drückt. Mit einer Hand packe ich ihre Handgelenke und ziehe sie ihr über den Kopf. Mit der anderen öffne ich meinen Gürtel. Ich wickle ihn um ihre Handgelenke und ziehe grob daran, um sie an das Bettgestell zu fesseln. Die ganze Zeit über starrt mich Isabel mit hungrigen, fordernden Augen an. Ihre Lippen öffnen sich. Ihre Brüste heben und senken sich schnell.

Ich stehe auf und öffne den Knopf und den Reißverschluss meiner Jeans. Ich hole meinen dicken, harten Schwanz heraus und umfasse ihn.

„Du machst mich wahnsinnig, weißt du das?", knurre ich sie heiser an.

„Das Gleiche könnte ich über dich sagen", keucht sie.

Ich fange an, mich langsam und bedächtig zu streicheln. Isabels Augen sind auf mich gerichtet. Sie wölbt ihren Rücken. Ihre Hüften stoßen unwillkürlich gegen mich.

„Thorn", stöhnt sie.

Ich weiß, dass ich es schon wieder versaue. Aber es ist mir nicht möglich, mir darüber Gedanken zu machen.

Isabel ist gefesselt und wartet auf mich, wie das Weihnachtsgeschenk, das ich mir immer gewünscht habe. Sie ist alles, was ich sehen, riechen und fühlen kann.

Ich werde dafür sorgen, dass sie mich *anbettelt*.

Mein Schwanz pulsiert. An der Spitze glänzt ein Tropfen Sperma. Fuck, es wird mir schwerfallen, die Sache langsam angehen zu lassen.

Ganz leicht kann ich ihre Jeans hinunterziehen. Isabel hebt ihren perfekten Hintern an und bewegt ihre Hüften, um mir zu helfen. Ihr das T-Shirt auszuziehen, erweist sich als Problem, da ihre Hände gefesselt sind, also greife ich an den unteren Rand des Shirts und reiße es ihr vom Leib. Sie keucht, doch ihr Blick bleibt auf mich gerichtet, während ich den Stoff entferne und es auf den Boden werfe. Ich ziehe mein eigenes T-Shirt aus und werfe meine Jeans auf den Boden, bevor ich mich wieder auf das Bett knie und mich über sie beuge. Mein Schwanz pulsiert, hebt und senkt sich knapp über ihrem Bauch. Isabel leckt sich über die Lippen, und ich strecke meine Hüften vor, damit sie meinen Schwanz in den Mund nehmen kann.

Isabels warme, feuchte Lippen umschließen mich. *Verdammte Scheiße.* Welche Qual. Welche Perfektion. Während sie mich ansieht, lässt sie ihre Zunge über meine heiße Haut gleiten, leckt und probiert. Ihre Augen schließen sich zur Hälfte, während sie stöhnt. Ich stemme meine Hüften ein wenig weiter vor, woraufhin sie mich begierig noch tiefer in sich aufnimmt. Ich will ewig so weitermachen, ihren Mund ficken, bis ich in ihrer Kehle explodiere. Es kostet mich alles, mich langsam und kontrolliert zu bewegen, bis ich spüre, wie sich meine Eier anspannen und zurückweichen muss. Ich ziehe mich zurück, unterdrücke ein Stöhnen und begebe mich wieder zwischen ihre gespreizten Schenkel.

„Ich werde dir beibringen, wie du mich herausfordern kannst", knurre ich mit belegter Stimme.

„Gib dein Bestes", keucht sie.

„Sei still", befehle ich. „Oder ich bin gezwungen, dir dein freches Mundwerk zu stopfen."

Ihre Augen funkeln, als wolle sie etwas erwidern, doch ich greife zwischen ihre Beine und streiche mit einem Finger über ihren feuchten, bedürftigen Kitzler. Sie stöhnt und wirft ihren Kopf zurück. Isabel wölbt ihre Hüften meiner Berührung entgegen, sie will eindeutig mehr. Ich weiche zurück und sie wimmert.

„Was willst du, Isabel?", krächze ich. Ihre einzige

Antwort ist ein leises Stöhnen. „Sag es mir. Ich will hören, wie du die Worte aussprichst, Isabel."

„Ich ...", keucht sie. „Ich will ... dich. Ich will mehr. Ich will, was wir letzte Nacht getan haben."

„Was haben wir letzte Nacht getan?", dränge ich.

Isabels Gesicht wird rot. „Wir ... Du hast mich gefickt. Du hast dafür gesorgt, dass ich komme."

„Ist es das, was du willst? Willst du, dass ich dafür sorge, dass du kommst?"

Isabel kneift ihre Augen zusammen und nickt hektisch. „Ja", flüstert sie.

„Dann sag es."

„Ich will, dass du mich fickst, Thorn. Bitte, lass mich kommen."

Mein Schwanz fühlt sich an, als würde er gleich explodieren. Zu sehen, wie mich dieser kluge Mund anfleht. Zu sehen, wie sich ihre Brüste vor Verlangen heben. Ich weiß nicht, wie ich jemals ohne Isabel in meinem Bett zurechtkommen soll, wenn das alles vorbei ist. Noch nie habe ich eine Frau so begehrt, wie ich sie begehre.

Im Moment tue ich jedoch das, was ich gelernt habe zu tun, wenn ich mit dem Unvorstellbaren konfrontiert werde. Ich verdränge es.

Im Moment nehme ich mir, was mir gehört. Und im Moment ist das, was mir gehört, Isabel.

23

ISABEL

Dass meine Hände über meinem Kopf gefesselt sind, ist eine Qual. Ich möchte nach Thorn greifen, ihn berühren, meine Hände in seinem Haar vergraben, während sein Mund den meinen mit einem harten, fordernden Kuss bestraft. Mein Körper ist angespannt wie ein Gummiband, mit einem Bedürfnis, das ich nicht befriedigen kann. Ich höre das Stöhnen, das sich meiner Kehle entringt, kann es jedoch nicht unterdrücken. Als sich sein Kopf auf mich herabsenkt, wölbt sich mein Rücken unwillkürlich, und ich halte den Atem an, bis sich seine Lippen um eine meiner harten Brustwarzen gelegt haben. Ich stoße einen leisen Schrei aus, als sein Mund anfängt, daran zu saugen und sie zu necken. Ich spüre einen Schwall von Hitze und Nässe zwischen meinen Beinen. Ich bin so unglaublich bereit dafür, dass er in mich eindringt, ich *spüre,* wie es nach der letzten Nacht sein wird, und kann es kaum erwarten. Gott, ich will, dass er mich ausfüllt, mich dehnt, mich nimmt. Ich will sein Gesicht sehen, hart und angespannt, während er in mich stößt. Ich will, dass er mich kaputtmacht.

Mein Körper bebt, während sich jedes meiner Nervenenden nach seiner Berührung sehnt. Seine rauen Hände
gleiten über meine Haut, umklammern mich, streicheln
mich, *besitzen* mich. Alles, was ich tun kann, ist, mich ihm
hinzugeben und zu versuchen, vor Verlangen nicht den
Verstand zu verlieren. Ich höre mich selbst seinen Namen
flüstern, und mir ist klar, dass ich ihn anflehe, ich kann
jedoch nicht damit aufhören. Sein Mund lässt von meiner
Brustwarze ab, und ehe ich mich versehe, drückt er meine
Knie weit auseinander und taucht seine Zunge in mein
Inneres, indem er über meine nasse Muschi leckt. Ich bin so
kurz davor, und ich weiß, dass es nur noch Sekunden
dauern wird, bis ich komme, doch auch Thorn scheint es zu
wissen und zieht sich in der Sekunde zurück. Frustriert
schreie ich auf, höre als Antwort jedoch nur sein leises
Kichern.

„Hast du deine Lektion schon gelernt, Sibéal?", grummelt er mit belegter Stimme. Allein die pure Lust in seiner
Stimme ist ausreichend, um mich erschaudern zu lassen.

„Ich weiß nicht, wovon du sprichst", japse ich.

„Ach ja?" Sein Kopf taucht vor mir auf. „Dann willst du
also lieber einen Film sehen oder so?"

„Thorn!", rufe ich verzweifelt, woraufhin er in Gelächter
ausbricht.

„Das habe ich mir gedacht."

„Du willst es auch", flüstere ich.

„Ja." Seine Stimme klingt augenblicklich hart und
heiser. „Verdammt, wenn ich dich nicht mehr wollte, wäre
das nur gut für mich. Und für dich." Erneut beugt er sich
hinunter und sein heißer Atem kitzelt die empfindliche
Haut meines Schenkels. „Ich werde dich dafür bezahlen
lassen, dass du mich so begehrst, Sibéal", knurrt er. „Bist du
bereit, zu bezahlen?"

„Ja." Meine Stimme bricht. Was auch immer er mit mir vorhat, ich will es. Ich will es *voller Verzweiflung.*

Thorns Mund legt sich über meine geschwollene Muschi. Ein Stromschlag der Lust schießt durch mich hindurch und ich spreize meine Beine noch weiter und wölbe mich ihm entgegen. Ich habe unglaubliche Angst, dass er sich zurückziehen könnte, um mich zu quälen, doch stattdessen beginnt seine Zunge zu lecken und mich zu necken. Es ist eine herrliche Qual, so gut, dass es fast unerträglich wird. Es fühlt sich an, als würden Funken aus meinem ganzen Körper sprühen, während er mich leckt. Ich winde in dem Gürtel, der meine Handgelenke fesselt. Wieder höre ich mich unzusammenhängende Dinge murmeln, mein Atem wird schnell und flach, und ich warte bereits darauf, dass die Lust wie eine Flutwelle über mich hereinbricht. „Thorn!", keuche ich, als sich mein Höhepunkt aufbaut und ich die Kontrolle zu verlieren beginne. Dann plötzlich überschreite ich den Punkt und zersplittere in tausend Teile, als mein Orgasmus über mich hereinbricht, und immer und immer wieder neue Wogen der Lust durch meinen Körper sendet.

Thorn kniet zwischen meinen Beinen, während mich mein Orgasmus weiter erschüttert und er in mich hineinstößt. Von ihm ausgefüllt zu werden, macht das Vergnügen nur noch intensiver, und ich krampfe mich um seinen Schwanz zusammen, als er meine Beine über seine Schultern wirft und beginnt, hart und tief in mich zu stoßen. Seine Finger krallen sich fest in meine Oberschenkel, während er mich an sich zieht. In meinem Inneren drückt die Spitze seines Schwanzes gegen etwas, das ich noch nie zuvor gespürt habe, etwas, das mich nach *Erlösung* verlangen lässt, obwohl ich gerade erst gekommen bin. Thorn muss es auch spüren, denn unsere Blicke treffen sich und er rollt seine Hüften mit jedem Stoß, trifft diese Stelle immer wieder, während ich aufschreie und meinen Kopf zurückwerfe.

„Nicht aufhören", flüstere ich, während er mich höher und höher treibt. „Wenn du kommst, zieh dich nicht zurück."

„Ich habe keine Kondome dabei", warnt er mich.

„Ich verhüte mit Spritze." Noch nie war ich so dankbar dafür wie in diesem Moment. Ich *brauche* Thorn in mir, mehr als alles andere.

Als ich mich ein weiteres Mal der Woge meiner Lust hingebe, spüre ich, wie sich meine Muskeln um seinen Schwanz zusammenziehen. Thorn spannt sich an und sein Schwanz wird größer in mir. Schließlich stößt er ein weiteres Mal hart in mich.

„Isabel!", brüllt er. Er kommt so heftig, dass ich sein heißes Sperma spüren kann, als er sich in mir entleert. Ich schließe meine Augen und wölbe meinen Hals zurück, weil es sich so gut anfühlt, von ihm ausgefüllt zu werden. Ich fühle mich ganz. Vollständig.

Irgendwann, während ich noch im Rausch der Lust bin, bindet Thorn meine Handgelenke los. Er zieht mich zu sich und wiegt mich in seinen kräftigen Armen, während er mich neben sich aufs Bett legt. Dann zieht er die Decke über uns. Ich schlinge meine Arme fest um ihn und versuche, meinen Atem und mein hämmerndes Herz zu beruhigen, als würde ich mich an ihn klammern, weil es um Leben und Tod geht. Als sich mein Atem endlich beruhigt, falle ich in den tiefsten Schlaf seit Monaten.

LETZTLICH BLEIBEN wir mehr als eine Woche in unserem Häuschen.

Ich weiß, dass wir rein theoretisch immer noch in Gefahr sind. Und ich weiß, ich sollte es hassen, hier zu sein, isoliert und versteckt. Aber das tue ich nicht. Ganz und gar nicht.

Im Gegensatz zu der Langeweile, die ich in unserem ersten Versteck empfunden habe, kommt mir das Leben hier – mit Thorn – fast wie Urlaub vor. Manchmal vergesse ich sogar den Grund, warum wir überhaupt hier sind.

Tagsüber sehen wir uns Filme an, lieben uns, reden und essen. Thorn ist immer noch wachsam und manchmal sogar etwas angespannt. Aber langsam scheint er mir zu glauben, dass ich nicht weglaufen werde. Manchmal geht er nach draußen, um zu telefonieren, zu grübeln oder nachzudenken. Er sagt mir nicht, wen er anruft oder was geredet wird, und ich frage auch nicht danach. Während seiner Abwesenheit beschäftige ich mich damit, in meinem geliehenen Kindle zu lesen. Jeder Hauptdarsteller in jedem Liebesroman, den ich lese, wird zu Thorn. Jede Sexszene, die ich lese, bringt mich dazu, ihn aufzusuchen, um den Schmerz zwischen meinen Beinen zu stillen. Ich finde Wege, ihn zu reizen, ihn subtil und nicht so subtil zu verführen, sodass es so aussieht, als würde ich es nicht mit Absicht tun. Ich ziehe die knappsten Sachen an, die ich finden kann, und bitte Thorn dann, das Feuer zu schüren, bis es in der Hütte so heiß ist, dass ich noch mehr davon ausziehen muss. Oder ich dusche und komme mit einem winzigen Handtuch um mich gewickelt aus dem Bad und laufe herum, bis er mich packt und es mir wegnimmt.

Ich kann mich nicht erinnern, jemals in meinem Leben glücklicher gewesen zu sein. Es ist fast so, als wären wir wirklich in den Flitterwochen, so wie Thorn es der Frau im Büro des Resorts erzählt hat.

Wir bleiben so lange, dass irgendwann Thanksgiving kommt. Thorn überrascht mich, indem er eines Morgens, während ich noch schlafe, in die Stadt fährt und ein Huhn besorgt, um es zu braten. „Tut mir leid, wir müssen so tun, als ob es ein Truthahn wäre", sagt er mit einem Augenzwinkern, als er mit den Lebensmitteln zurückkommt. „Außerdem habe ich etwas von dieser seltsamen Cranberry-Soße in der Dose besorgt."

Ich lache. „Ehrlich gesagt, liebe ich das Zeug. Ich weiß nicht, was es mit der Dosenversion auf sich hat, aber ich mag es lieber als echte Cranberrys."

„Cranberrys existieren also wirklich?", fragt er zweifelnd. „Ich habe gedacht, die wären nur fake, wie Zirkus-Erdnüsse."

„Oh, Zirkus-Erdnüsse", trällere ich. „Die mag ich auch."

„Was zum Teufel ist los mit dir, Frau?" Thorn sieht ernsthaft entrüstet aus. „Die sind die Süßigkeit des Teufels."

„Hör auf, so zu ätzen", schieße ich zurück.

„Ich ätze nicht", antwortet er stirnrunzelnd. „Ich denke nur, dass du vielleicht deinen Kopf untersuchen lassen solltest."

Während ich aus unseren Vorräten eine Art Thanksgiving-Dinner zusammenschustere, fühle ich mich fröhlich und festlich. Thorn interessiert sich natürlich nicht wirklich für den Feiertag. Ich bin gerührt, dass er überhaupt daran gedacht hat, geschweige denn, dass er zulässt, dass wir ihn feiern. Ich verbringe also den Tag mit Kochen, während er auf der Couch sitzt und versucht, etwas zu finden, das wir uns im Fernsehen ansehen können. Schließlich sehen wir uns einen Teil der Macy's Parade an, die er für dämlich hält, und ich diskutiere mit ihm darüber, weil es einfach Spaß macht.

Als das Essen fertig ist, setzen wir uns an den kleinen Küchentisch und essen. Thorn macht für jeden von uns eine Flasche Bier auf. Ich habe das Huhn ein wenig zu sehr durchgebraten, und das Kartoffelpüree stammt aus der Tüte. Trotzdem kann ich mich seltsamerweise nicht erinnern, dass ich als Kind je so viel Spaß an Thanksgiving hatte. Sogar Thorn scheint ein ähnliches Gefühl zu haben, denn er wird plötzlich lockerer und erzählt mir freiwillig mehr über sich, als er es getan hat, seit ich ihn kenne.

„In Irland feiert man doch kein Thanksgiving, oder? Offensichtlich ...", sage ich und schiebe mir eine Gabel voller Huhn in den Mund.

„Nein. Natürlich nicht." Er grinst mich amüsiert an, und ich widerstehe dem Drang, mich dumm zu fühlen, weil ich die Frage gestellt habe.

„Offensichtlich musst du wohl schon einmal Thanksgiving gefeiert haben, seit du in den USA lebst, richtig?"

„Ein- oder zweimal." Er zuckt mit den Schultern. „Meistens überlasse ich den Tag den anderen."

Eine Sekunde lang schweige ich. Ich will mehr wissen, habe jedoch Angst, dass er wütend werden könnte, wenn ich ihn dränge.

„Vermisst du die Feiertage in Irland?", frage ich schließlich. „Weihnachten?"

Thorn blinzelt. „Irgendwie schon", zuckt er mit den Schultern und lehnt sich in seinem Stuhl zurück. „Es ist jetzt schon eine lange Zeit her. Ich denke nicht mehr viel darüber nach."

„Es muss ... etwas seltsam sein, die Feiertage hier zu verbringen", wage ich zu sagen. „Ohne deine Familie."

„Meine Familie war auch nicht mehr als ein Haufen Müll." Er schnaubt leise. „Außer Jimmy."

Etwas an der Art, wie seine Stimme abflacht, erregt meine Aufmerksamkeit. Thorn starrt geradeaus ins Leere, und ich kann sehen, dass er für einen Moment in Gedanken versunken ist. Mein Magen krampft sich zusammen; plötzlich bin ich mir ganz *sicher*, dass sich hinter seinen Worten eine Geschichte verbirgt. Eine Geschichte, die mir mehr über Thorn verrät als alles andere.

Ich will, dass er weiterredet, habe jedoch Angst, dass durch ein falsches Wort die Tür zuschlagen könnte.

„Wer ist Jimmy?", frage ich schließlich und halte den Atem an.

Thorn sieht zu mir hinüber, fast so, als wäre er überrascht, dass noch jemand da ist. „Oh, Jimmy", sagt er in einem beiläufigen Ton. „Er war mein Cousin."

War.

„Ich bin mit ihm aufgewachsen. Habe mit ihm im selben Haus gelebt. Seine Mutter war die Schwester meiner Mutter."

„Wart ihr im gleichen Alter?"

„Hm? Oh, nein. Er war sieben Jahre jünger." Der Anflug eines Lächelns umspielt Thorns Lippen. „Er war allerdings eine Art jüngere Version von mir. Wir hatten beide Mütter, die zu nichts zu gebrauchen waren. Meine war eine Säuferin. Mein Vater war schon lange tot. Jimmys Mutter ist zu uns gekommen, als Jimmy geboren wurde. Sie war eine erbärmliche Person, diese Frau." Sein Mund verzieht sich vor Abscheu. „Sie hat herumgehurt, war immer auf der Suche nach einem Mann, der für sie sorgt. Aber alles, was sie getan hat, war, ihre dreckigen Probleme zurück in unser Haus zu bringen, wo wir uns alle damit herumschlagen mussten."

Thorns Stimme mit dem leichten Akzent wird etwas belegter, während er spricht. Ich unterbreche ihn nicht und warte darauf, dass er fortfährt.

„Unsere Mütter waren ziemlich oft unterwegs. Also war es meine Aufgabe, mich um Jimmy zu kümmern. Es hat mir nichts ausgemacht. Er war ein guter kleiner Junge. Er hat immer zu mir aufgeschaut. Das muss man sich einmal vorstellen." Thorn kichert, doch das Geräusch hat einen traurigen Unterton. Er seufzt. „Meine Tante hat eine endlose Anzahl von Drecksäcken mit nach Hause gebracht, einer schlimmer als der andere. Irgendwann hat sie den Schlimmsten von allen mitgebracht." Er grinst spöttisch. „Eamon Bernagh."

Thorn wendet sich mir zu. „Ich wurde in einem Ort namens Finglas geboren. Ich kann mir nicht vorstellen, dass du schon einmal davon gehört hast." Als ich den Kopf schüttle, fährt er fort. „Es ist ein Teil von Dublin. Ein Teil, der für Messerstechereien und Schießereien bekannt ist. Und für alle Arten von kriminellen Aktivitäten. Eamon Bernagh war ein größenwahnsinniger Kleinganove. Irgendwie hat sich meine Tante Yvonne in ihn verliebt. Und wie es eben so ist, hat er seinen ganzen Scheiß mitgebracht, verstehst du? Er hat sich mit den falschen Leuten angelegt und versucht, ein zu großes Stück vom Kuchen für sich selbst zu nehmen. Eines Tages ist Eamon zu uns nach Hause gekommen und hat Yvonne gebeten, ihn zu verstecken. Obwohl sie gewusst hat, dass meine Mutter das nie erlaubt hätte, hat sie zugestimmt. Wir haben erst später davon erfahren. Wir haben nur gewusst, dass Eamon plötzlich die ganze Zeit bei uns war. Zu diesem Zeitpunkt haben sowohl meine Mutter als auch Yvonne gearbeitet – was wirklich selten der Fall war – also war ich dafür verantwortlich, dass Jimmy von der Schule nach Hause gekommen ist, seine Hausaufgaben gemacht hat, Fremden nicht die Tür geöffnet hat und so weiter. Tja, ich war damals sechzehn Jahre alt. Auf meinen Cousin aufzupassen war nicht gerade das, was ich mir unter einer guten Zeit vorgestellt habe."

Das leichte Lächeln, das er mir schenkt, beinhaltet einen Hauch von Bedauern. „Ich war schon damals ein wenig kriminell. Eines Tages habe ich die Wohnung verlassen, um mit einem Mädchen zu sprechen, für das ich mich interessiert habe und das in unserem Viertel wohnte." Thorns Augen werden düster, distanziert. „Als ich zurückgekommen bin, war die Tür offen und ich habe Geräusche von drinnen gehört. Da waren zwei Männer an der Rückseite des Hauses, die Jimmy hatten. Mir war klar, nach wem sie eigentlich gesucht haben. Wegen Eamon hatten wir eine Waffe im Haus. Sie lag in der Schublade von Yvonnes Nachttisch. Ich wusste schon in diesem Alter mehr über Waffen, als ich sollte. Ich wusste, wie man sie benutzt." Thorn zieht eine Grimasse. „Das Problem war, dass ich nicht zielen konnte. Der Schläger, der Jimmy Angst einjagen wollte, damit er ihm sagt, wo Eamon steckt, hat ihm eine Waffe an den Kopf gehalten."

Thorn atmet tief ein, und als er ausatmet, hat seine Stimme eine Schwere, die ich noch nie gehört habe. „Ich hatte Angst, ich könnte Jimmy anstelle von ihm erschießen." Thorns Stimme bricht, als er die Worte ausspricht. Er räuspert sich, blickt zu Boden und schüttelt den Kopf. Kummer prägt seine Züge. Als er wieder zu mir aufsieht, sind seine Augen voller Schmerz. „Er war noch ein Kind. Ich habe den kleinen Kerl geliebt", röchelt er. „Aber das war ja gerade das Problem. Ich habe nur eine Sekunde zu lang gezögert." Er räuspert sich erneut. „Der Schläger hat den Blick gehoben, hat mich gesehen und hat abgedrückt. Ich bin mir nicht sicher, ob er das wollte, aber er hat Jimmy trotzdem den

Kopf weggeblasen. Ich habe auf ihn gezielt und ihn erschossen. Dann habe ich den anderen Mann erschossen, der das Haus durchsucht hat, um zu finden, was Eamon hatte und was sie wollten."

„Thorn", flüstere ich, während ich meine Hand auf meinen Mund presse. „Oh mein Gott."

„Das erste Arschloch ist gestorben", fährt er erschöpft fort, als hätte ich nichts gesagt. „Der zweite Kerl hat überlebt, zumindest lange genug, um seinem Boss zu sagen, wer auf ihn geschossen hat. Am nächsten Tag haben sie Eamon erwischt." Thorn steht auf und geht zu einem Schrank. Er öffnet ihn und nimmt eine Flasche mit bernsteinfarbener Flüssigkeit heraus, dazu ein Schnapsglas. „Ich bin davongelaufen. Habe mich ein paar Tage bei einem Freund versteckt. Meine Mutter konnte schließlich etwas Geld für ein Flugticket zusammenkratzen." Er schenkt sich einen Schnaps ein und trinkt ihn auf der Stelle aus. „Sie hat mich zu einem Onkel nach Amerika geschickt."

„Deshalb bist du nicht zurückgekehrt", murmle ich. Plötzlich wird mir kalt.

„Es ist immer noch ein Kopfgeld auf mich ausgesetzt. Es gibt kein Zurück mehr." Thorn schüttelt den Kopf und schenkt sich einen weiteren Schnaps ein. „Und überhaupt, ich würde nicht dort sein wollen. Die Erinnerungen an Jimmy wären überall. All die Dinge zu sehen, die er als Erwachsener nie tun konnte. Und das Wissen, dass es meine Schuld ist."

„Thorn ...", beginne ich zu sagen, halte jedoch inne. Ich will ihm sagen, dass es nicht seine Schuld ist, denn das ist es nicht. Natürlich ist es das nicht. Aber ich weiß instinktiv, dass er das nicht hören will. Ich beobachte, wie er einen weiteren Schnaps trinkt und sich sofort einen Dritten einschenkt.

„Also", knurrt er grimmig. „Ich habe Irland verlassen. Ich bin in die Staaten gekommen. Habe Arbeit bei meinem Onkel gefunden. Irgendwann bin ich dann bei den Lords gelandet." Er sieht mich mit einem schiefen, erzwungenen, halben Lächeln an. „Und jetzt bin ich hier."

Ich halte seinem Blick stand. „Danke, dass du mir das erzählt hast, Thorn", murmle ich. „Es tut mir so leid."

Er nickt, wendet jedoch den Blick ab, weil er mit seinen Gedanken schon ganz woanders ist. „Ich gehe etwas frische Luft schnappen", verkündet er und steht auf.

Er nimmt die Flasche mit.

Ich sehe zu, wie er durch die Tür in die Nacht hinausgeht. Der Bann zwischen uns ist gebrochen. Ich versuche nicht, ihm zu folgen. Sosehr ich auch den Schmerz heilen möchte, der offensichtlich immer noch in ihm brennt, so sehr weiß ich auch, dass ich das nicht kann. Ich weiß, dass er im Moment allein sein muss.

Ich stehe auf, räume den Tisch ab und mache den Abwasch. Eine Stunde später ist er immer noch nicht zurück.

Mein Herz fühlt sich an, als würde es in zwei Teile zerbrechen. Ich mache mich bettfertig, blicke unglücklich aus dem Fenster in die Dunkelheit und schlüpfe schließlich unter die kalte Decke, in der Hoffnung, dass Thorn kommt und mir hilft, sie über Nacht zu wärmen.

24

ISABEL

Irgendwann, nachdem ich eingeschlafen bin, kommt Thorn wieder herein. Als ich am nächsten Morgen aufwache, liegt er nicht im Bett. Ich ziehe mir etwas an und gehe ins Wohnzimmer. Er ist schon wach und kocht in der Küche Kaffee. Auf der Couch liegt eine dicke Häkeldecke und ein Kissen.

Den ganzen Tag über ist er distanziert, spricht kaum mit mir, es sei denn, ich sage etwas zu ihm oder stelle ihm eine Frage. Und selbst dann scheint er aus dem Nebel seiner Gedanken aufzutauchen, dreht sich zu mir um und blinzelt mich an, als hätte er vergessen, dass ich da bin.

Im Laufe des Tages wird er immer schweigsamer und strahlt fast schon eine gewisse Anspannung aus. Als die Sonne untergeht, holt er die Whiskyflasche hervor und schenkt sich ein paar Gläser davon ein. Dann steigt er auf Bier um.

In dieser Nacht, als ich mich gerade bettfertig mache, kommt er ins Schlafzimmer und erschreckt mich von hinten. Er presst seinen Mund rau und fordernd auf meinen. Leise, aber schon fast brutal, nimmt er mich, wir treiben es hart und voller Wollust, und ich will es so sehr, dass ich fast zu weinen beginne, weil er endlich zu mir gekommen ist. Danach klettert er zu mir ins Bett und sagt kein einziges Wort. Er schläft beinahe augenblicklich ein.

Am nächsten Morgen geht es ihm ein wenig besser – er wirkt ein wenig fröhlicher –, doch das hält nicht lange an. Im Laufe des Tages beginnt er wieder, mehr nachzudenken. Er verbringt lange Zeit draußen und steht wie ein Wachhund vor unserem kleinen Häuschen. Am Abend kommt er wieder herein, und wir essen schweigend. Als es schließlich an der Zeit ist, ins Bett zu gehen, kommt er mit mir ins Schlafzimmer und nimmt mich noch einmal, hart, schnell und wild, als wäre es unsere letzte Nacht auf Erden.

Ich weiß – oder besser gesagt, ich spüre –, dass die Geschichte, die Thorn mir über seine Familie und über seinen Cousin Jimmy erzählt hat, das ist, was an ihm nagt. Aber ich weiß nicht, wie ich ihm helfen kann. Und jedes Mal, wenn ich versuche, das Thema anzusprechen, bleiben mir die Worte im Halse stecken. Denn wenn er mich in diesen Momenten ansieht, sind seine Augen dunkel und warnend, und er scheint unendlich weit weg zu sein. Jeder Moment der Intimität, den wir bisher geteilt haben, scheint in diesen Momenten verloren.

Ich versuche mir einzureden, dass ich einfach mit dem zufrieden sein sollte, was ich habe. Immerhin ist der Sex fast beängstigend gut. Selbst wenn Thorn mich wie ein Besessener ansieht. Selbst dann, wenn er sich danach von mir abwendet, oder mich so eng und fest an sich zieht, dass ich fast keine Luft mehr bekomme.

Letztlich ist er nur mein Aufpasser. Oder mein Entführer. Oder mein Beschützer. Ich weiß nicht mehr, was er wirklich ist. Ist es das Stockholm-Syndrom, das ich spüre? Oder etwas anderes?

Die Wahrheit ist, dass ich es sehr wohl weiß. Ich will es mir nur nicht eingestehen. Nicht vor mir selbst und schon gar nicht vor ihm.

Ich habe einen großen Teil meiner Kindheit und den größten Teil meiner Jugend damit verbracht, meine Mutter dabei zu beobachten, wie sie versucht hat, mit einem MC-Präsidenten zusammenzuleben. Ich habe Erinnerungen an meinen Vater, der ganz zu Beginn bei uns gewohnt hat. Die meisten dieser Erinnerungen beziehen sich auf einen großen, dunklen Mann, der nach Leder und Rauch gerochen hat, und eine so tiefe Stimme hatte, dass sie für ein kleines Mädchen beängstigend klang. Ich erinnere mich an die Streitereien, die sie immer wieder hatten. Ich erinnere mich daran – ich muss vier oder fünf gewesen sein –, wie ich durch die geschlossene Tür meines Schlafzimmers belauscht habe, wie meine Mutter ihn angeschrien hat, weil er nicht zu meiner Geburtstagsfeier gekommen war. Sie war so wütend, wie ich sie noch nie zuvor gehört hatte. Das komische war, dass ich nie auf die Idee gekommen wäre, dass dieser Hüne von einem Mann, den ich als meinen Daddy kannte, da sein würde, um mir beim Ausblasen der Kerzen oder beim Auspacken der Geschenke zuzusehen. Er war jemand, der manchmal bei uns gewohnt hat. Mehr nicht.

Als ich zehn Jahre alt war, haben sich meine Eltern schließlich für immer getrennt. Obwohl meine Mutter meinen Vater nie vor mir schlechtmachen würde, weiß ich, dass sie es satthatte, dass er seine Old Lady und seine

Tochter nur als entfernte Nebenfiguren in seinem Leben betrachtete. Als sie eines Nachts in ihrem Schlafzimmer leise geweint hat – sie hat versucht, es vor mir zu verbergen – und ständig versucht hat, als alleinerziehende Mutter zurechtzukommen, habe ich gelernt, dass man Männern wie meinem Vater nicht trauen kann. Sie waren einfach zu sehr mit sich selbst beschäftigt. Sie wussten nicht, wie man liebt. Es erschien mir töricht, auf mehr zu hoffen, als sie einem geben konnten.

Ich weiß, dass meine Mutter Oz geliebt hat. Verdammt, vielleicht liebt sie ihn immer noch. Auch nach all den Jahren hat sie nie einen anderen Freund mit nach Hause gebracht. Sie hat wie eine Nonne gelebt, als Mutter und als meine Betreuerin. Und jetzt betreut sie ihre Eltern in Venezuela. Sosehr ich sie auch liebe, ihr Lebensweg hat sich für mich immer wie ein abschreckendes Beispiel angefühlt. Ich habe mir immer gesagt, dass ich niemals mit einem Mann wie Oz zusammen sein wollte. All der Herzschmerz war es nicht wert.

Und jetzt bin ich hier.

Die Wahrheit ist, ich bin mir ziemlich sicher, dass ich mich in ihn verliebt habe. Ich weiß allerdings nicht einmal, wie das passiert ist.

Und es fällt mir just in jenem Moment auf, in dem er sich zurückzieht.

Ich weiß nicht, wie ich ihn bei mir halten soll. Ich weiß nicht, wie ich meine Gefühle stoppen kann. Das Schlimmste ist, dass ich genau weiß, dass ich ihn nachts, wenn er zu mir kommt, niemals wegstoßen werde. Ich will ihn zu sehr. Ich habe Angst, dass ich am Ende halb verrückt, und für andere Männer verloren sein werde. Denn so jung ich auch bin, ich weiß jetzt schon, dass es für mich nie einen anderen Mann wie Thorn geben kann.

Gott. Ich muss der dümmste Mensch auf diesem Planeten sein.

WÄHREND DER TAGE, an denen Thorn so distanziert ist, denke ich oft daran zurück, wie ich am ersten Tag, an dem wir hier angekommen sind, den Riemen meiner Handtasche in seinem Seesack entdeckt habe. Jetzt, wo er kaum noch mit mir spricht, fühle ich mich ziemlich einsam und frage mich ständig, ob mein Handy wohl in meiner Handtasche ist. Und mein Pfefferspray, mein Führerschein, meine Kreditkarten und all der Rest.

Meine Eintrittskarten für die Außenwelt.

Noch vor zwei Wochen hätte ich mir meine Handtasche geschnappt und wäre wie der Teufel gerannt. Das könnte ich immer noch tun, so viel ist klar. Immerhin habe ich jetzt Schuhe. Und wie Thorn gesagt hat – wenn ich es bis zum Büro schaffen würde, könnte ich sie sicher anflehen, mir dabei zu helfen, einen Weg zu finden, hier rauszukommen. Doch jetzt stirbt die Idee in meinem Kopf fast so schnell, wie sie gekommen ist. Tief in mir weiß ich, dass Thorn der Einzige ist, der mich beschützen kann. Ich weiß, dass ich bei ihm sicherer bin, als ich es irgendwo anders wäre.

Und das Schlimmste ist, dass ich ihn nicht verlassen will. Ich will hierbleiben, bei ihm. Ich will den Thorn zurück, mit dem ich die erste Woche hier im Ferienhäuschen verbracht habe, bevor er mir von Jimmy erzählt, und sich anschließend von mir abgekapselt hat.

Wäre *dieser* Thorn hier bei mir, würde ich vielleicht nie wieder wegwollen.

Aber so, wie die Lage aktuell ist, bekomme ich langsam Heimweh. Und nachdem ich nicht mit Thorn sprechen kann, wird meine Einsamkeit von Tag zu Tag schlimmer. Ich sehne mich verzweifelt nach einer freundlichen Stimme. Nur nach einer winzigen Unterhaltung. Nur, um mich daran zu erinnern, dass es da draußen noch eine andere Welt gibt, und dass es in dieser Welt einen Platz für mich gibt. Und dass ich vielleicht eines Tages dorthin zurückkehren kann.

Eines Nachmittags sitzt Thorn an dem kleinen Tisch und reinigt die Waffe, die er ständig bei sich trägt, mit Werkzeug, das er offensichtlich in einem Täschchen dabeihatte. Ehrlich gesagt bin ich etwas neidisch, dass er etwas hat, womit er sich beschäftigen kann. Ich sitze auf der Couch und zappe durch die wenigen Kanäle, die wir auf dem kleinen Fernseher empfangen können. Mein Kindle liegt neben mir. Mittlerweile habe ich alle Bücher in der gesamten Bibliothek gelesen, manche davon sogar mehrmals. Ich habe sogar ein Kochbuch über vietnamesisches Essen durchgelesen, das ich auf dem Kindle gefunden habe. Und das, obwohl ich vietnamesisches Essen nicht einmal mag.

Ich überlege gerade, ob ich eines der Bücher noch einmal lesen soll, als ich plötzlich eine Idee habe.

„Thorn, könnten wir vielleicht einen Ausflug in die nächste Stadt machen?", frage ich in einem, wie ich hoffe, nicht zu flehenden Ton. „Wir könnten ein paar Spielkarten oder Zeitschriften kaufen oder irgendetwas, um uns die Zeit zu vertreiben. Ich könnte ein paar Bücher kau–"

„Nein."

Ich unterdrücke ein Seufzen und versuche es erneut. „Das Essen wird uns bald ausgehen …"

„Das ist mir bewusst", sagt er mit angespanntem Kiefer.

„Vielleicht sollten wir uns also mit Lebensmitteln eindecken?"

„Nein", wiederholt er. Ein Muskel an seinem Kiefer zuckt.

„Na ja, was werden wir –“

„*Isabel!*“, schimpft er und lässt mich zusammenzucken. „Kannst du einfach den Mund halten und akzeptieren, dass ich mich um die Sache kümmere?“

„Dann *kümmere* dich doch darum!“, schreie ich zurück. „Ich laufe hier den ganzen Tag nur im Kreis! Ich habe das Gefühl, dass ich bald durchdrehen werde! Es ist eine besonders grausame Art der Folter, dass ich hierbleiben muss und nichts anderes zu tun habe, als in diesem Haus herumzulaufen und aus dem Fenster zu schauen!“

„Vielleicht sollte ich dich dann wieder fesseln“, knurrt er und kommt auf mich zu. „Dann musst du nicht mehr entscheiden, ob du im Schlafzimmer, im Wohnzimmer oder in der Küche im Kreis laufen sollst. Wie wäre das denn?“

„Warum benimmst du dich so?“, jammere ich. „Es ist nicht meine Schuld, dass wir hier sind! Nichts davon ist meine Schuld! Es ist nicht meine Schuld, dass ich als Tochter eines Mannes geboren wurde, der sich schneller Feinde macht, als er einatmet! Ich will genauso wenig wie du in all das verwickelt sein! Du tust so, als wäre ich persönlich dafür verantwortlich, dass du diesen Job machen musst!“

„Mein Gott, Frau, das weiß ich!“ Thorn fährt sich wütend mit der Hand durch sein dunkles Haar. „Aber du machst es mir verdammt noch mal nicht besonders leicht! Du scheinst zu glauben, dass das hier nur ein kleiner Urlaub ist, also ...“ Er unterbricht sich. „Wir sind nicht hier, um *Spaß* zu haben, Isabel. Ich bin hier, um dafür zu sorgen, dass du nicht umgebracht wirst!“

„Wie zum Teufel könnte ich umgebracht werden, wenn niemand weiß, wo wir sind!“ Ich rolle mit den Augen. „Mein Vater weiß es nicht, seine Männer wissen es nicht ... nicht einmal dein *Club* weiß es!“

„Ja, und so wird es auch bleiben", knirscht er. „Allerdings nicht, wenn ich mit dir in die Stadt fahre, um *auf Antiquitätenjagd zu gehen* oder so einen Scheiß!"

„Wann zur Hölle habe ich gesagt, dass ich *auf Antiquitätenjagd* gehen will! Ich habe gesagt, dass ich ein paar Lebensmittel einkaufen will, bevor uns das Essen ausgeht und wir verhungern!" Thorn schnaubt, aber ich fahre fort. „Und ja, ich hatte gehofft, wir könnten vielleicht ein paar Bücher oder so etwas besorgen, um uns die Zeit zu vertreiben! Mir ist langweilig! Das ist nur menschlich! Verklag mich doch dafür! Mein Gott, ist dir nicht auch langweilig?"

„Fuck ja, mir ist langweilig! Gott! Aber was soll's? Es ist mein Job! Ob ich mich langweile oder nicht, ist irrelevant. Das ist es, was einen MC ausmacht!" Er fuchtelt ungeduldig mit den Händen durch die Luft. „Ich habe zu tun, was auch immer notwendig ist, was auch immer mir mein Präsident sagt, was eben zu tun ist. Weil es meine Pflicht ist. Selbst dann, wenn diese Pflicht ein kompletter Schwachsinn ist, wie, den Bodyguard für eine verwöhnte kleine MC-Prinzessin zu spielen!"

Ich zucke zusammen, als hätte er mich geohrfeigt. Ich kann nicht glauben, dass er mich nach all dem für verwöhnt hält. Ich kann nicht glauben, dass er mich nach allem, was wir zusammen durchgemacht haben, nach allem, was wir zusammen erlebt haben, für ein armseliges kleines Mädchen hält.

„Weißt du was, Thorn? *Vergiss* es!", rufe ich und stapfe in Richtung Schlafzimmer. Doch dann drehe ich mich noch einmal auf dem Absatz um und sehe ihn mit all der Gehässigkeit an, die ich aufbringen kann. „Du bist ein verdammtes Arschloch, Thorn!", zische ich. „Ein verdammtes *Arschloch!*"

Noch bevor er antworten kann, schließe ich die Tür hinter mir und lasse mich mit zitterndem Kinn auf das Bett fallen. Ich bin verwirrt und verärgert, dass die Dinge zwischen uns so schnell außer Kontrolle geraten sind. Ich fühle mich schon jetzt etwas schlecht deswegen. Ich weiß, dass Thorn wahrscheinlich genauso gelangweilt ist wie ich. Und ich weiß, dass er sein Bestes gibt. Aber es macht mich verrückt, dass er nicht mit mir reden will. Und ich schätze, ich wollte ihn nur dazu bringen, *irgendetwas* zu sagen. Aber jetzt streiten wir uns. Und auch wenn es mir ein wenig leidtut, ist meine Wut auf ihn viel größer, und ich will verdammt sein, wenn ich mich zuerst entschuldige.

Ein paar Sekunden später höre ich einen dumpfen Knall und dann das vertraute Geräusch, als Thorn das Haus verlässt. Ich kneife meine Augen zusammen, stoße ein verzweifeltes Wimmern aus und versuche, nicht zu weinen. *Schließlich und endlich ist Weinen genau das, was eine* verwöhnte kleine MC-Prinzessin *tun würde,* denke ich verbittert. *Scheiß auf ihn. Scheiß auf alles an ihm!*

Sosehr ich auch versuche, sie zu unterdrücken, bahnen sich doch ein paar Tränen ihren Weg an die Oberfläche und kullern über meine Wangen. Wütend wische ich sie weg. *Tja, da bin ich also wieder. Ganz allein.* Und wahrscheinlich wird es, wenn er zurückkommt, noch schlimmer zwischen uns werden. Noch stiller und noch angespannter. Als ob das überhaupt möglich wäre.

Ich stehe auf und gehe zur Schlafzimmertür. Ich öffne sie und gehe in die Küche, um mir ein Glas Wasser zu holen, das ich neben der Spüle stehend trinke. Ich drehe meine Runden durch das Haus und sehe mir Dinge an, die ich mir schon hundertmal angesehen habe. Die Küche. Das Wohnzimmer. Das ungenutzte zweite Schlafzimmer. Das

Badezimmer. Das Schlafzimmer, das ich inzwischen als unser Zimmer betrachte.

Ha.

Ich überlege gerade, ob ich nicht vielleicht versuchen sollte, ein Nickerchen zu machen, als mir im Augenwinkel etwas auffällt. Ich drehe mich um und entdecke Thorns Seesack. Normalerweise liegt er geschlossen auf einem Stuhl in der Ecke des Zimmers, aber jetzt ist er geöffnet und liegt auf der Kommode. Er muss ihn geöffnet haben, um das Set zur Reinigung seiner Waffe herauszunehmen.

Er steht genau dort. Keine drei Meter von mir entfernt.

Ich könnte direkt hineinfassen. Nur um zu sehen, ob meine Handtasche noch da ist.

Ich ignoriere die Alarmglocken, die in mir zu läuten beginnen, gehe auf den Seesack zu und greife hinein. Blindlings fische ich darin herum, und nach ein paar Sekunden stoßen meine Finger auf einen vertrauten Riemen. Schuldgefühle verursachen ein unangenehmes Gefühl in meiner Magengegend, ich rede mir jedoch ein, dass es mir egal ist.

Ich ziehe an dem Riemen. Meine Handtasche taucht aus seiner Tasche auf wie ein Fisch an der Angel.

Mein Gott! Es ist so lange her, dass ich meine Tasche gesehen habe, dass es sich fast unwirklich anfühlt, sie wieder in der Hand zu halten. Ein Symbol für mein Leben *vor* all dem hier. Als ich noch keine Ahnung hatte, warum mein Vater sich so lächerlich verhalten, und mich wie Rapunzel in einem Turm versteckt hat.

Als ich Thorn noch nicht gekannt habe.

Meine Hände zittern ein wenig, als ich den Reißverschluss des Hauptfachs öffne und hineinfasse. Ich ziehe meine Schlüssel heraus und lege sie neben Thorns Seesack auf die Kommode. Dann mein Pfefferspray. Dann eine Tube

Lipgloss. Dann mein kleines Portemonnaie mit meinem Geld, meinen Kreditkarten und meinem Ausweis.

Schließlich nehme ich mein Handy in die Hand und ziehe es heraus.

Verwundert starre ich das Ding an, als wäre es eine Sendung aus einer anderen Dimension. Der Bildschirm hat einen kleinen Sprung und ich erinnere mich, dass das Handy auf den Boden gefallen ist, als Oz' Männer mich geschnappt haben. Es ist ausgeschaltet, und einen Schreckensmoment lang denke ich, der Akku könnte leer sein. Als ich jedoch den Einschaltknopf gedrückt halte, leuchtet nach einer Sekunde das vertraute Licht des Bildschirms auf, und ich fange tatsächlich an, vor Aufregung *zu lachen*.

Ich muss fast eine ganze Minute warten, bis das Handy vollständig hochgefahren ist. Dutzende von Textnachrichten und Sprachnachrichten erscheinen, die meisten davon von Deb. Ich kann mir nur vorstellen, wie verzweifelt sie gewesen sein muss, und wie besorgt sie vermutlich noch immer ist.

Der Akku des Handys ist fast leer, und ich habe nur zwei Balken Empfang. Aber es funktioniert.

Vielleicht ...

Vielleicht könnte ich Deb anrufen. Nur um ihr zu sagen, dass ich lebe und dass es mir gut geht. Um sie wissen zu lassen, dass ich nicht vorhatte, an dem Abend bei Buzzy's einfach zu verschwinden.

Nur um eine freundliche Stimme zu hören.

Ich lächle bereits in freudiger Erwartung einer kleinen Verbindung zur Außenwelt, als ich Debs Kontakt aufrufe, und die Anruftaste drücke. Als ich das Handy schließlich an mein Ohr halte, ist es tatsächlich beruhigend, das vertraute, *normale* Klingeln zu hören.

„Hallo? *Izzy?*", fragt Debs Stimme durch die Leitung. Ich verspüre einen fast schwindelerregenden Adrenalinstoß.

Ich öffne gerade den Mund, um zu antworten, als mich eine wütende Stimme hinter mir dazu veranlasst, mein Handy fallenzulassen.

„Was zur *Hölle* tust du da?"

25

THORN

W as zur *Hölle* tust du da?" Meine Stimme dröhnt durch den Raum und erschreckt Isabel so sehr, dass sie ihr Handy fallen lässt. Es ist mir verdammt egal. Meine Hände ballen sich zu Fäusten, und würden sie im Moment um ihren Hals liegen, würde es mich in den Fingern jucken, sie zu erwürgen.

Ich durchquere den Raum mit zwei Schritten und habe das Ding in der Hand, bevor sie etwas unternehmen kann, um mich aufzuhalten. „Ich –", beginnt sie zu stammeln. „Ich wollte nicht –"

„*Lüg* mich *nicht* an, Isabel!", schreie ich. Ich schaue auf den Bildschirm und sehe, dass das verdammte Handy noch immer mit der Nummer *verbunden* ist, die sie angerufen hat. Auf Bildschirm steht *Deb*. Ich höre eine leise, blecherne Frauenstimme durch den Lautsprecher krächzen. „Hallo? Izzy? Oh mein Gott, bist du das?"

Auf der Stelle halte ich die Taste gedrückt, um das verdammte Ding abzuschalten, doch sobald der Bildschirm schwarz wird, lasse ich einen wütenden Schrei und schleudere das verdammte Ding quer durch den Raum. Es kracht gegen die Wand und fällt auf den Boden. Isabel starrt mich mit entsetztem und verängstigtem Blick an. Sie weicht ein paar Schritte zurück und positioniert sich so, dass sich das Bett zwischen uns befindet.

„Was zur Hölle hast du dir dabei gedacht!", schreie ich und gehe auf sie zu, bis ich direkt vor ihr zum Stehen komme. „Nach all dem, nach *all den Dingen,* die passiert sind, versuchst du verdammt noch mal immer noch zu *fliehen*?" Meine Wut hat meinen Verstand vollständig ausgeschaltet. Ich bin von draußen hereingekommen, um zu versuchen, wiedergutzumachen, dass ich sie vorhin so angeschrien habe. Aber stattdessen finde ich *das hier* vor. Ich werfe einen Blick auf meinen Seesack und realisiere plötzlich, dass sie ihn durchwühlt haben muss. Direkt daneben auf der Kommode liegt ihr kleines Portemonnaie samt Inhalt, daneben eine Dose Pfefferspray. Mein Gott, hatte sie vor, es gegen mich einzusetzen? Ich balle meine Fäuste noch fester und stoße einen weiteren wütenden Schrei aus, drehe mich um und *schlage* gegen die Wand, um nicht stattdessen sie zu verletzen. Der Schmerz kommt wie gerufen. Er lenkt meinen Fokus auf sich, gibt der Wut die Möglichkeit, sich zu entladen.

„Thorn!" Isabels Stimme bricht, sie ist kaum mehr als ein Flüstern. Ich drehe mich zu ihr, und in meinem Gesicht muss irgendetwas zu sehen sein, denn sie schreckt entsetzt vor mir zurück und beginnt zu zittern. „Ich schwöre", flüstert sie und schüttelt den Kopf. „Ich schwöre, ich habe nicht versucht, zu tun, was du denkst! Ich schwöre, ich wollte nur kurz meine Freundin anrufen! Die, mit der ich unterwegs war, als Oz' Männer mich entführt haben!" Ihre Augen füllen sich mit Tränen. „Ich wollte nur eine freundliche Stimme hören und ihr sagen, dass es mir gut geht!"

„Erwartest du wirklich, dass ich dir das glaube?" Ich

lache ungläubig. „Verdammte Scheiße!" Ich fahre mir mit der Hand durchs Haar.

„Ja, das tue ich, denn es stimmt!", weint sie. Tränen laufen ihr über die Wangen. „Ich schwöre es, Thorn! Ich schwöre, ich würde dich nicht anlügen!"

„Du würdest mich nicht *anlügen?!*", wiederhole ich fassungslos. „Wie zur Hölle würdest du das dann bezeichnen?" Ich strecke meine Hand nach dem Inhalt ihrer Handtasche aus. Zumindest hat Isabel den Anstand, beschämt dreinzuschauen. Ihre Wangen röten sich, als sie ihren Blick auf den Boden richtet.

„Das wollte ich nicht!", beharrt sie, doch ihre Stimme klingt so unsicher, als wüsste sie ganz genau, dass sie einen aussichtslosen Kampf führt. „Ich habe nur ... Ich habe vor ein paar Tagen den Riemen meiner Handtasche aus deinem Seesack blitzen gesehen und, na ja ..." Hilflos sieht sie zu mir auf. „Es tut mir leid, Thorn ... Ich bin einfach so einsam, und du bist ständig so wütend auf mich, und ..." Noch mehr Tränen laufen ihr über die Wangen. „Ich verspreche dir", flüstert sie schließlich verzweifelt. „Ich wollte nur ein paar Minuten mit meiner Freundin reden. Das ist alles."

Während ihre Tränen unentwegt weiterfließen, zittern ihre Lippen und sie gibt leise Schniefgeräusche von sich, versucht jedoch, diese zu unterdrücken und starrt auf den Boden, als wüsste sie, dass es nichts mehr zu sagen gibt.

Ich sollte ihr verdammt noch mal nicht glauben. Ich sollte davon ausgehen, dass alles, was aus dem Mund dieses Mädchens kommt, eine verdammte Lüge ist. Aber mir selbst zum Trotz kann ich es nicht. Was sie sagt, klingt wahr. Seit ich ihr von Jimmy erzählt habe, habe ich mich von ihr distanziert. Zumindest tagsüber. Letztlich habe ich es getan, weil es das Beste für sie, und auch das Beste für unsere Sicherheit ist. Doch abends konnte ich mich nicht davon abhalten, meinem Verlangen für sie nachzugeben. Mehr von ihr zu wollen. Sie ist wie eine Droge.

Auch wenn ich es mir nicht eingestehen will, kann ich verstehen, dass sie gedacht haben muss, ich wäre wütend auf sie. Ich versuche mir vorzustellen, wie die letzten paar Tage für sie gewesen sein müssen. Sie hatte niemanden zum Reden, nichts zu tun, und dann habe ich sie noch drinnen zurückgelassen, wo sie Däumchen drehen musste, während ich draußen versucht habe, mir auszureden, wieder mit ihr ins Bett zu gehen, wenn die Dunkelheit hereinbricht.

Vielleicht war es ganz normal, dass sie irgendwann nach einer Möglichkeit suchen würde, mit einer Freundin in Kontakt zu treten. Vielleicht ist es wirklich so einfach.

Ich spüre, wie meine Wut so schnell verschwindet, wie sie gekommen ist. Zumindest das meiste davon. Ein wenig davon ist noch übrig, denn Tatsache ist, dass das, was sie getan hat, verdammt dumm war. Und das sage ich ihr auch, nachdem ich mich erschöpft auf das Bett gesetzt habe, und meinen Kopf in meine Hände stütze.

„Ich wollte nur kurz mit Deb sprechen", sagt Isabel schwach und lehnt sich dabei an die Wand. „Sie hat seit der Nacht, in der ich verschwunden bin, nichts mehr von mir gehört. Sie muss sich große Sorgen machen. Ich wollte ihr nur sagen, dass es mir gut geht."

„Ist dir nicht klar, dass die Männer, die nach dir suchen, den Anruf zurückverfolgt haben könnten?", seufze ich. „Mein Gott, was für eine idiotische Aktion, Isabel."

„Nenn mich keine Idiotin!", protestiert sie, wobei ihre eigene Wut ein wenig an die Oberfläche drängt.

„Ich habe dich keine Idiotin genannt!", belle ich zurück. „Außerdem, wenn du nicht willst, dass ich dich eine Idiotin nenne, dann hör auf, dich wie eine zu benehmen!"

„Na ja, vielleicht könntest du ja auch einfach gelegentlich mit mir *reden!*" Frustriert fuchtelt sie mit den Händen durch die Luft. „Mein Gott, Thorn, was erwartest du, dass ich tue? Ich sitze den ganzen Tag allein in diesem Haus, während du hinausgehst, und weiß Gott was machst. Ich weiß nicht einmal, was ich getan habe, dass du mich plötzlich so sehr hasst!"

„Dich hassen?" Mein Gott, weiß sie es wirklich nicht?

„Ja!" Sie stampft mit dem Fuß auf und sieht dann irgendwie beschämt aus, weil sie sich so kindisch benommen hat. „Es ist nicht meine Schuld, Thorn! Es tut mir leid, dass mein Vater dich angeheuert hat – oder gezwungen hat –, das zu tun. Es tut mir leid, dass ich seine Tochter bin. Es tut mir leid, dass ich überhaupt hier bin, dass ich in all das verwickelt bin! Alles, was ich wollte, war, meine dummen Kurse an diesem College zu besuchen und mein dummes Leben zu leben, weit weg von den Death Devils und allem, was sie repräsentieren. Ich habe dich nicht gebeten, hier zu sein, und ich wünschte bei Gott, ich könnte dir einfach sagen, dass du gehen sollst!"

„Wirklich?"

Unsere Blicke treffen sich, woraufhin sie schnell wegsieht.

„Ich meine ..." Sie beendet den Satz leise. „Was ich meine ist, dass ich mir wünschen würde, dass du nicht in all das hier verwickelt wärst."

„Isabel." Ich gehe einen Schritt auf sie zu und versuche, meinen plötzlich steifen Schwanz zu ignorieren, als ich bemerke, wie hart ihre Brustwarzen unter ihrem Shirt sind. „Meine Aufgabe ist es, für deine Sicherheit zu sorgen. Indem du mich hintergehst, hilfst du mir nicht gerade dabei, meinen Job zu machen."

„Ich weiß." Ihre Stimme ist gedämpft. Ich höre einen Anflug von atemloser Heiserkeit in ihrer Kehle, die norma-

lerweise da ist, kurz bevor ich in sie eindringe. Mein
Schwanz beginnt zu pulsieren.

„Ich schwöre dir", sage ich, lege meine Hand an ihr
Gesicht und drehe es zu mir. „Solltest du auch nur einen
Gedanken daran verschwenden, zu fliehen, dann lass es. Du
wirst es nicht überleben." Und damit meine ich nicht, was
ich mit ihr machen werde. Der Gedanke daran, dass sie in
Fowlers Hände geraten könnte, erzeugt plötzliche Übelkeit
in meiner Magengegend. Ich sehe sie so, wie *er* sie sehen
würde.

Und ich *weiß,* was er mit ihr machen würde, bevor er sie
tötet.

„Ich verspreche dir, das habe ich nicht getan. Ich *tue* es
auch nicht."

Isabels Stimme klingt atemlos. Ihre dunklen, stürmi-
schen Augen sind groß und verängstigt, als sie zu mir
aufschaut. Zum millionsten Mal verflucht mein Gehirn,
dass ich jemanden beschützen muss, für den ich keine
Verantwortung übernehmen will. Einen Bruder zu beschützen, ist eine Sache. Jeder Mann bei den Lords of Carnage
würde sein Leben opfern, um die anderen zu beschützen. Es
ist ein Gelübde, das wir alle abgelegt haben, als wir aufgenommen wurden. Wir sind alle gleichberechtigt. Wir haben
alle für dieselbe Sache unterschrieben. Wir halten uns
gegenseitig den Rücken frei. Aber *das hier* ...

Das hier ... ist etwas ganz anderes.

Mein Magen krampft sich zusammen, während mein
Gehirn mit einem Gedanken ringt, der sich eingeschlichen
hat, ohne dass ich es überhaupt bemerkt habe.

Anfangs ist es darum gegangen, eine verwöhnte MC-
Prinzessin zu beschützen. Es war nichts als ein beschissener
Job, den ich erledigen musste, weil mein Clubpräsident es
so von mir verlangte. Und weil es wichtig für die Lords war.

Abgesehen davon, was es für die Brüder bedeutet hat, denen ich geschworen habe, immer beizustehen, habe ich mich einen Dreck um Oz, die Death Devils oder dieses Mädchen geschert.

Es war eine Sache, die ich am liebsten schnell hinter mich bringen wollte, um Isabel nie wieder sehen zu müssen. Zumindest habe ich mir das eingeredet.

Hier in den USA ist das Leben, das ich in Irland zurückgelassen habe, weit von mir entfernt. Hier habe ich weder eine Mutter noch eine Familie noch eine Vergangenheit. Alles, was ich habe, ist der Club und meine Rolle darin.

Aber als ich in Isabels verängstigte, aber vertrauensvolle Augen blicke, fühlt es sich an, als wäre sie eine Sirene, die mich zu etwas auffordert, dem ich mit allem, was ich in mir habe, widerstehen möchte.

„Thorn", flüstert sie. „Bitte verzeih mir. Ich wollte ..." Ihr Atem stockt. „Ich wollte dich nicht hintergehen. Ich habe einfach nicht nachgedacht. Ich wollte nur mit jemandem sprechen, der mich vermisst." Sie blinzelt und wendet den Blick ab. „Nur um mich daran zu erinnern, dass ich immer noch ... *real* bin, dass ich für die Welt da draußen noch existiere."

Mein Mitgefühl für sie versetzt meinem Herzen einen Stich. Ich weiß, dass sie das nicht gewollt hat, starte jedoch einen weiteren verzweifelten Versuch, sie abzuweisen. „Herrgott, Frau!", sage ich unwirsch und sehe sie dabei stirnrunzelnd an. „Was verdammt noch mal soll das heißen?"

„Hör auf damit!", schreit Isabel. Sie reißt sich aus meinem Griff los und stürzt sich auf mich. „Hör auf, mich *Frau* zu nennen, als ob das eine Beleidigung wäre! Nur weil ich keinen ... *Schwanz* habe, heißt das nicht, dass du mich wie eine Idiotin behandeln darfst!"

Als ich ihre vollen Lippen beobachte, während sie über diese Worte stolpert, verspüre ich eine Art Stromschlag in meinem Schwanz, als hätte sie mir gerade gesagt, dass sie ihn lutschen will. Trotz der Spannung, die zwischen uns herrscht, muss ich lachen. „Du magst es zwar nicht, wenn man dich so nennt", knurre ich sie an. „Aber du magst es sehr wohl, wie eine Frau behandelt zu werden, nicht wahr, Mädchen?"

„Warum geilst du dich daran auf, dass ich mich beschissen fühle?", kreischt sie und breitet verzweifelt die Arme aus. „Warum hasst du mich so sehr? Was habe ich dir jemals getan?"

Mein Körper hat scheinbar seinen eigenen Willen, darum packe ich sie an den Handgelenken und ziehe sie zu mir. „Ich habe dir schon gesagt, dass ich dich nicht hasse", knurre ich in ihr Ohr. „Genau das ist auch das Problem, Isabel. Seit ich dich kennengelernt habe, habe ich versucht, dich zu hassen. Pech für mich, dass ich es nicht schaffe."

Isabel zittert, presst ihren Körper instinktiv an meinen und stöhnt leise auf. Ohne zwischen ihre Beine greifen zu müssen, weiß ich, dass sie feucht für mich ist. Bereit.

Ich kann mich nicht mehr zurückhalten. In den letzten Wochen habe ich mir ständig selbst etwas vorgemacht und mir eingeredet, dass ich mich nur deshalb nicht von ihr fernhalten kann, weil sie eben anwesend ist, weil sie in der Nähe ist und weil sonst niemand hier ist. Aber hier geht es um mehr als das. Viel mehr. Dieses Mädchen hat ihren Weg in mein Herz gefunden. Selbst wenn ihr Vater ihr sagen würde, dass meine Arbeit getan ist, würde ich Isabel bis zu meinem letzten Atemzug beschützen und für sie kämpfen. Für mich ist es nicht mehr nur ein Job. Es ist etwas Persönliches.

Sie gehört zu mir. Ihr Körper, ihre Seele. Jeder Orgasmus, den sie jemals haben wird. Alles davon gehört *mir*.

Es ist an der Zeit, ihr das zu zeigen.

Und dann ist es an der Zeit, den Scheißkerlen, die ihr schaden wollen, den Garaus zu machen. Ein für alle Mal.

26

THORN

I ch will dich hassen", rasple ich, während ich mich zwischen ihre Beine begebe. Mein Schwanz ist hart wie ein Stahlrohr. „Verstehst du nicht, Isabel, es wäre besser für dich."

Ihre nackten Schenkel zittern. Ich drücke sie auseinander und schiebe meine Zunge in sie. Sie keucht und wölbt sich mir entgegen.

„Aber ich bin verdammt noch mal nicht in der Lage, mich von dir fernzuhalten. Auch wenn ich es noch so sehr versuche." Gott, sie schmeckt so süß, während sie sich auf meiner Zunge windet. Ihr Kitzler ist hart und pulsiert. Sie ist klatschnass. Sie wölbt ihre Hüften nach oben, weil sie meinen Mund so sehr braucht, und ich verschlinge sie, küsse, liebkose, lecke, während sie stöhnt und sich auf dem Bett windet. Ich schiebe zwei Finger in sie hinein, streichle und bearbeite sie, bis ich jene Stelle finde, die sie so wild macht. Sie spannt sich an und schreit auf.

„Du gehörst mir, Isabel", knurre ich. Mein heißer Atem kitzelt die empfindliche Haut ihres Innenschenkels und sie erschaudert. Sie ist schon so nah dran, und ich kann es kaum erwarten, sie zu ficken. Mein Schwanz ist so hart, dass es wehtut. Wenn ich nicht bald in ihr komme, schieße ich meine Ladung in meiner Hose ab, wie ein verdammter Teenager.

„Sag mir, dass du mir gehörst", fordere ich.

Sie stöhnt und krallt sich in die Laken. „Ich gehöre dir", keucht sie. „Oh, Gott, Thorn, bitte, ich bin so nah dran ..."

„Alles von dir. Dein Körper gehört mir. Deine Muschi gehört mir. Alles. *Es gehört mir*."

„Ja ...", flüstert sie, und dann, plötzlich, erstarrt ihr ganzer Körper. Eine Sekunde später beginnt sie am ganzen Körper zu zittern, als ihr Orgasmus explosionsartig durch sie hindurchschießt. Während ich sie an mich heranziehe, kommt immer und immer wieder. Ich drehe sie auf den Rücken, sie landet auf den Knien und ich vergrabe mich tief in ihr, schiebe meinen Schwanz bis zum Anschlag in sie hinein. Mein Gott, sie ist so heiß, so feucht ... Ich weiß genau, wie es sich anfühlt, wenn ich in sie eindringe, und trotzdem, es ist immer wieder schockierend zu sehen, dass es sich noch besser anfühlt, als ich es mir vorgestellt habe. Isabels Kopf ist in das Kissen gepresst, doch sie schiebt ihre Hüften zurück und wirkt mir Stoß für Stoß entgegen, drängt mich, noch tiefer einzudringen, während ihr enger Kanal meinen Schwanz umklammert. Ich beschleunige das Tempo, denn ich kann nicht warten, ich muss in ihr kommen. Mit einer meiner Hände packe ich sie hart und fordernd an der Hüfte, die andere schiebe ich in ihr Haar, das ich mit der Faust packe. Sie wimmert, aber dann geht das Wimmern in laute Lustschreie über und ich weiß, dass sie gleich wieder kommen wird. „Komm für mich, Baby", krächze ich, als ich spüre, wie sich meine Eier anspannen.

„Thorn, ich komme ...", zischt sie. Ihr Kanal zieht sich zusammen, und das ist alles, was nötig ist, um mich in

Ekstase zu versetzen. Ich stoße noch einmal zu und explodiere in ihr, *nehme mir, was mir gehört*, komme so hart und so lange, dass ich sie mit allem, was ich habe, bis zum Anschlag ausfülle. Mein Gott, es fühlt sich besser an als alles, was ich je in meinem Leben erlebt habe.

Ich bleibe in ihr, lege einen Arm um sie und ziehe eng an mich, während ich mich auf das Bett fallen lasse. Wir keuchen beide, atmen im selben Rhythmus, und es fühlt sich an, als schlagen sogar unsere Herzen synchron. Ich kann nicht sprechen, will nicht sagen, was mir auf der Zunge liegt, denn es ist etwas, das ich noch nie zu einer Frau gesagt habe. Es ist etwas, das man nicht mehr zurücknehmen kann, wenn man es einmal ausgesprochen hat.

Isabel gehört mir. Das habe ich ihr schon gesagt.

Aber ich bin nicht bereit, ihr den Rest zu sagen.

Dass ich auch ihr gehöre.

AM NÄCHSTEN TAG HABE ich genug von dieser verdammten Warterei. Ich rufe Oz an, um ein Update zu bekommen. Ausnahmsweise hat er mir tatsächlich etwas zu sagen.

„Ich habe auf deinen Anruf gewartet", murmelt er ins Telefon. „Ich glaube, ich habe herausgefunden, wer der Maulwurf in meiner Organisation ist. Eine verräterische Schlange namens Playboy." Oz' Stimmlage wechselt augenblicklich in einen eiskalten Tonfall, den ich schon ein- oder zweimal von ihm gehört habe. Es ist ein Tonfall, der jedem Mann, mit dem er auf diese Art und Weise spricht, Angst einjagen sollte. „Ich werde es aus ihm heraus foltern. Und dann werde ich ihn töten."

„Wenn der Typ, den ich in unserem Versteck erledigt habe, ein Maßstab darauf war, wirst du nicht viel aus ihm herausbekommen." Dieser Playboy muss ein verdammter Idiot sein, wenn er sich zwischen zwei so gefährliche Männer wie Oz und Fowler stellt. So oder so ist er erledigt, sobald einer von beiden herausfindet, dass seine Tarnung aufgeflogen ist. Der Kerl tut mir fast leid, trotzdem verdient er alles, was ihm bevorsteht.

Ich will Oz gerade antworten, als mir plötzlich eine Idee kommt.

„Wie sicher bist du, dass er derjenige ist, der Fowler mit Informationen versorgt?", frage ich ihn.

„Ziemlich sicher."

„Und er weiß nicht, dass du es weißt."

„Noch nicht." Ich höre, wie er vor Abscheu den Mund verzieht.

„Warte mal, Oz. Ich habe eine bessere Idee."

Ich sage ihm, dass es an der Zeit ist, die Sache zu einem logischen Abschluss zu bringen. „Es ist an der Zeit, mit der Verteidigung aufzuhören und in die Offensive zu gehen. Wir müssen Fowler und seine Organisation ausschalten und diese Bedrohung ein für alle Mal beseitigen."

Und was ich im Sinn habe, beginnt mit dem Maulwurf.

„Sprich mit deinem Club über die Situation mit Isabel, wenn der Maulwurf da ist und dich hören kann", sage ich. „Sag ihnen, dass ich dich hintergangen habe, dass ich Isabel im Stich gelassen habe. Sag, dass sie dich angerufen hat und dass sie verängstigt und ganz allein in einer Hütte in Michigan sitzt. Erzähl, dass sie dich angefleht hat, sie zu holen. Sag ihnen, dass du jemanden brauchst, der sie abholt und zu dir nach Hause bringt."

„Den Maulwurf."

„Ganz genau. Du musst ganz klar betonen, dass Isabel allein ist. Isoliert. Dass sie schutzlos ist."

Oz schweigt einen Moment lang. Dann sagt er: „Du glaubst also, dass Fowler sie selbst jagen wird."

„Ja, das tue ich", bestätige ich. „Er wartet schon wochenlang darauf, sie in die Finger zu bekommen. Zu wissen, dass sie ganz allein ist und ihm ausgeliefert ist, ist wahrscheinlich genau der Köder, den er braucht. Das ist der beste Weg, um ihn aus seinem Versteck zu locken. Vielleicht auch der einzige Weg."

„Ich werde meinen gesamten Club losschicken." In Oz' Stimme schwingt Wut und Rachsucht mit.

„Nein", bremse ich ihn. „Du hast mir die Verantwortung für sie übertragen, Oz. Du musst zulassen, dass ich die Sache auf meine Art erledige."

„Dieser Mann bedroht *mich*. Und meine *Familie*." Oz' Wut duldet keinen Widerspruch. Aber scheiß drauf. Ich weiß genau, wie diese Sache ablaufen muss. Und ich werde kein Nein als Antwort akzeptieren.

„Nein", wiederhole ich diesmal lauter. „Nicht dein Club. Sondern meiner."

„Deiner?" Sein Tonfall macht deutlich, dass er ablehnen will.

„Damit das funktioniert, müssen es die Lords sein, Oz." Ich werde in dieser Sache nicht nachgeben, und das muss er wissen. „Ich habe mit ihnen gekämpft, mit ihnen geblutet. Ich kenne meine Brüder, und sie kennen mich. Wenn du Männer ins Spiel bringst, mit denen wir noch nie zusammengearbeitet haben, bringst du uns alle in Gefahr. Einschließlich Isabel."

Oz schweigt und wägt meine Worte ab. Ich bin mir fast sicher, dass er weiter mit mir diskutieren wird. Aber dieses eine Mal in meinem Leben muss wohl irgendein Stern auf mich herabsehen, denn schließlich gibt er nach.

„Bevor das passiert, wirst du Isabel da rausholen. Ich

will nicht, dass sie in Gefahr gerät", warnt er. Es ist keine Frage.

„Natürlich. Sie wird in Sicherheit sein. Ich gebe dir mein Wort."

Es ist eine kleine Lüge, doch das spielt keine Rolle. Ich habe vor, Isabel zu beschützen, egal was passiert. Darüber hinaus braucht Oz nichts zu wissen. Alles, was er wissen muss, ist, dass ich mich um Fowler kümmern werde, ein für alle Mal. Ich und mein Club.

„Also gut", knurrt er schließlich. „Ich nehme an, ich muss dir nicht sagen, welche Konsequenzen es haben wird, sollte diese Sache schiefgehen."

Es ist eine Drohung. Mehr als das, es ist ein Versprechen.

Wenn es schiefgeht, wird das Abkommen zwischen unseren Vereinen zerbrechen.

Ich könnte dafür mit meinem Leben bezahlen.

Das Wichtigste aber ist: *Isabel* wird verletzt werden. Vergewaltigt, so viel ist sicher. Vielleicht sogar getötet.

Aber ich *weiß* – ich weiß es in meinem tiefsten Inneren – dass ich ihre beste Chance bin, am Leben zu bleiben.

Und ... sollte Isabel getötet werden, will ich ohnehin nicht mehr weiterleben.

„Nein", antworte ich. „Das musst du nicht."

ICH RUFE Rock von einem unbenutzten Wegwerfhandy aus an. Mein Präsident hat schon eine Weile nichts mehr von mir gehört, also verbringe ich einige Zeit damit, ihn über die mir bekannten Details zu informieren. Ich sage ihm, wo wir uns befinden und was ich tun will, um Fowler und seine Männer zu schnappen.

„Du erwartest also, dass Fowler selbst auftaucht?", fragt Rock.

„Ja. Ich hoffe es. Und ich vermute, dass er einige Männer dabeihaben wird. Wenn wir allerdings Glück haben, wird er keinen Verdacht schöpfen. Trotzdem brauchen wir so viele Lords, wie du entbehren kannst. Und sie müssen hier hochkommen, ohne verfolgt zu werden. Ich wette, Fowler hat Leute, die den Club beobachten."

Rock grunzt. „Und wenn wir es unentdeckt bis zu euch hoch schaffen?"

„Dann töten wir sie. Fowler zuerst, und dann alle anderen."

Sollte ich Widerworte von Rock erwartet haben, habe ich mich getäuscht. Stattdessen kann ich sein Grinsen praktisch durch das Telefon hören.

„Seit du weg bist, ist es hier ziemlich ruhig geworden, Thorn", kichert er. „Sieht so aus, als wäre das bald zu Ende. Ich werde eine Church einberufen und den Lords mitteilen, worauf sie sich vorbereiten sollen. Ruf mich morgen früh wieder an, damit wir die Details besprechen können."

27

ISABEL

T horn steht draußen auf der Veranda und spricht mit meinem Vater. Das Gespräch ist hitzig und er spricht laut genug, dass ich viel von dem, was auf dieser Seite gesagt wird, hören kann, obwohl ich in der Küche stehe und versuche, so zu tun, als würde ich nicht mithören.

Sie sprechen über Fowler, der meines Wissens jener Mann ist, der mich sucht, um Oz zu schaden. Es hört sich so an, als ob sie über eine Strategie diskutieren, um ihn aus seinem Versteck zu locken und ihn auszuschalten. Ich habe noch nie gehört, dass jemand meinem Vater widersprochen hat, doch Thorn gibt nicht auf. Schließlich scheinen sie sich zu einigen, und Thorn legt auf.

Als er zurück ins Haus kommt, sieht er sehr nachdenklich aus. Diesen Gesichtsausdruck habe ich in den letzten Tagen oft bei ihm gesehen. Ich möchte ihn nach dem Gespräch fragen, doch irgendetwas hält mich davon ab, denn ich will den zerbrechlichen Zustand unserer zwischenmenschlichen Beziehung, die wir seit gestern

Abend pflegen, nicht zerstören. Ich möchte nichts tun, was ihn wütend macht oder ihn an mir zweifeln lässt.

Letztendlich muss ich ihn aber auch gar nicht bitten, mir zu sagen, was los ist.

„Isabel", murmelt er, nimmt meine Hand und zieht mich zu sich heran. Er fixiert meine Augen mit seinem Blick. „Ich muss mit dir über etwas sprechen. Über einen Weg, dies hier zu beenden."

Ich sehe zu ihm auf und begegne seinem Blick, ohne mit der Wimper zu zucken. „Das klingt ernst."

„Das ist es. Wahrscheinlich auch gefährlich." Er legt die Stirn in Falten. „Aber es könnte die einzige Möglichkeit sein, die Bedrohung durch Fowler ein für alle Mal zu beseitigen."

Meine Augen sind immer noch auf seine gerichtet. Ich möchte, dass er mir alles erzählt. Aber noch wichtiger ist, dass er weiß, dass ich zu ihm stehe, egal, wie er sich entscheidet. „Okay", nicke ich.

„Okay?"

„Okay", wiederhole ich. „Ich vertraue dir. Ich weiß, dass du tun wirst, was auch immer das Richtige ist. Was auch immer das Beste ist. Also, okay. Ich werde alles tun, was du sagst, Thorn. Was auch immer du von mir verlangst."

Thorn starrt mich nur an, sagt jedoch nichts. Seine Augen werden dunkel, dann weich, und dann irgendwie ganz anders. Mir läuft ein kleiner Schauer über den Rücken.

„Du bist etwas ganz Besonderes, weißt du das, Isabel?", murmelt er. Sein Mund senkt sich auf meinen. Er küsst mich tief und leidenschaftlich, und ich öffne mich ihm, schlinge meine Arme um seinen Hals und ziehe ihn näher an mich heran. Der Kuss macht mich schwindelig vor Verlangen, und als er sich schließlich von mir löst, keuche ich.

„Ich dachte, du wolltest mit mir *sprechen*", keuche ich.

„Das Wichtigste zuerst", knurrt er und hebt mich in seine Arme. Dann wirft er mich über seine Schulter. „Reden können wir auch später."

„Ich kann auch laufen, weißt du", beschwere ich mich. „Du Höhlenmensch."

„Wenn ich mit dir fertig bin, wirst du vielleicht nicht mehr laufen können", kontert er. Er greift nach oben und gibt mir einen Klaps auf den Hintern. Ich schreie auf und beginne zu kichern, als er mich über die Schwelle ins Schlafzimmer trägt.

Doch mein Kichern verwandelt sich in ein Stöhnen, als er mich auf meinen Beinen absetzt und gegen die Wand drückt. Er küsst mich wieder, diesmal härter, und unsere Zungen tanzen und suchen, während er mir erst meine Kleidung auszieht, bevor er sich selbst auszieht.

„Ich muss dich ficken", stöhnt er. Er zieht mich an sich, eine Hand umfasst meinen Hintern und drückt mich gegen seinen harten Schwanz, die andere landet auf meiner Brust und neckt meine bereits härter werdende Brustwarze. Ich atme tief ein und unterdrücke ein Stöhnen.

„Also dann, fick mich", keuche ich. Er gibt ein tiefes Glucksen von sich.

„Bin schon dabei. Du bist wie eine verdammte Droge, Isabel, weißt du das? Ich kann an nichts anderes denken als an dich. Deine Muschi, die sich um meinen Schwanz zusammenkrampft." Seine Worte lösen ein Pochen der Erwartung zwischen meinen Beinen aus. „Ich brauche das, verdammt noch mal. Ich brauche dich."

„Oh, Gott, Thorn ..." Ich stöhne auf, als er seine harte Länge genau an der richtigen Stelle an mir reibt. „Gott, ich kann es nicht erwarten, dich in mir zu spüren." Ich greife nach unten, lege meine Finger um seinen Schwanz, und mein Herz macht einen Sprung, als ich ihn zischen höre. Ich bin klatschnass vor Verlangen, doch noch bevor er irgendetwas tut, muss ich ihn schmecken. Meine Hand immer noch an seinem Schwanz, sehe ich ihm in die Augen, lasse mich auf die Knie fallen und nehme seine Eichel in den Mund. Langsam fange ich an, ihn mit meiner Faust zu pumpen, während ich ihn lecke, seinen Schwanz mit meinem Speichel überziehe und ihn wie einen Lutscher lutsche.

„Mein Gott", flüstert er und fasst mit einer Hand in mein Haar. Ich nehme ihn tiefer in mir auf, bis er hinten in meiner Kehle ankommt, und fange an, ihn etwas härter und schneller zu pumpen. „Berühre dich selbst", befiehlt er. Mit der anderen Hand tue ich, was er mir sagt, und schiebe zwei Finger zwischen meine durchnässten Schamlippen. Das Gefühl lässt mich erschaudern, und ich stöhne gegen seinen Schwanz. Die Vibrationen lassen Thorn leise aufstöhnen. „Fuck, das fühlt sich gut an", höre ich ihn sagen.

Ich glaube schon, dass er mich weitermachen lässt, dass er zulässt, so zu kommen, doch nach ein paar Minuten zieht er sich zurück. Auf mein Wimmern der Enttäuschung hin gibt er ein tiefes Glucksen von sich. „Tut mir leid, Schätzchen, aber ich glaube mich zu erinnern, dass ich dir gesagt habe, dass ich dich ficken werde. Ein Mann ist schließlich nur so gut wie sein Wort." Ich bin gerade dabei, meine Hand von meiner Muschi wegzunehmen, als er streng den Kopf schüttelt. „Oh, nein. Ich habe dir nicht gesagt, dass du damit aufhören sollst, oder?"

„Aber ...", murmle ich unsicher. Ich habe *das* ... noch nie ... vor jemandem getan. Allerdings weiß ich, dass Thorn will, was er eben will. Er greift nach unten und zieht mich hoch, bis ich vor ihm stehe, dann dreht er mich so, dass ich mit dem Gesicht zur Kommode stehe. Er beugt mich nach vorn, sodass ich mich daran abstützen kann, und stellt sich hinter mich. „Mach weiter, Isabel", murmelt er in mein Ohr. Er schiebt eine Hand um meine Taille und legt sich auf meine. Dann nimmt er zwei meiner Finger und beginnt, meine Klitoris in kreisenden Bewegungen zu streicheln, wobei er meine glitschigen Säfte benutzt, um mich zu reizen. Mit der anderen Hand spreizt er meine Beine und presst dann die Spitze seines Schwanzes gegen meine feuchte Öffnung. Er dringt von hinten in mich ein, während er weiterhin meine Finger benutzt, um mich zu streicheln. Der Winkel seines Schwanzes drückt gegen die Vorderseite meines Kanals, und als er zu stoßen beginnt, rollt er seine Hüften, um jene Stelle zu treffen, die er zuvor gefunden hat und die mich so wild macht.

Meine Lust steigert sich schnell ins Unermessliche, und ich wimmere immer wieder seinen Namen, während ich ums Überleben kämpfe und mich in meiner Glückseligkeit verliere. Sein Rhythmus steigert sich, seine Stöße werden härter und fordernder, und ich spüre, wie er mich immer höher und höher treibt, bis ich schließlich aufschreie und mein Orgasmus so stark über mich hereinbricht, dass es mir den Atem raubt. Kurz darauf lässt Thorn meine Hand los und packt mich fest an beiden Hüften. Er pumpt fester und fester, bis er mit einem Schrei eine heiße Ladung seines Spermas tief in mein Inneres schießt. Als sein Körper zu beben beginnt, greift er nach oben und dreht mein Gesicht zu seinem, bevor er seine Zunge in meinen Mund schiebt.

Wir atmen hektisch gegeneinander, unsere Körper heben und senken sich im Rhythmus.

„Du vertraust mir", murmelt er an meiner Kehle.

„Ich vertraue dir", antworte ich ihm, wobei die Worte tief aus meinem Inneren kommen. „Mehr als jedem anderen, Thorn. Mehr als irgendjemandem, jemals."

.   .   .

SPÄTER LIEGEN WIR IM BETT, und ich drücke mich fest an ihn. Thorn erzählt mir von seinem Plan.

„Wir können Fowler schnappen", sagt er. „All das muss ein Ende haben. Damit du frei sein kannst. Damit alles vorbei ist."

Er erklärt mir, was er vorhat und welche Rolle ich dabei spielen werde. Verrückterweise empfinde ich, obwohl ich eigentlich Angst haben sollte, einen seltsamen, fast stechenden Schmerz des Bedauerns. Denn wenn das alles vorbei ist, werden Thorn und ich diesen Ort verlassen. Und wenn das passiert, werde ich ihn wahrscheinlich nie wieder sehen.

Eine Woge der Traurigkeit überschwemmt mich, doch ich versuche mein Bestes, mir nichts anmerken zu lassen.

„Du weißt, dass ich dich beschützen werde, Isabel. Nicht wahr?", murmelt er sanft und hebt mein Kinn mit einem Finger etwas an. „Du weißt, dass ich nie zulassen werde, dass dir etwas zustößt."

„Ja", sage ich, ohne zu zögern. Denn ich weiß es sicherer als vieles andere auf der Welt. Thorn wird nie zulassen, dass ich verletzt werde. Daran zweifle ich nicht eine Sekunde lang. Und auch wenn ich ein wenig Angst habe und sehr traurig bin, werde ich alles tun, um ihm zu helfen. Ich werde alles tun, was er sagt.

Und vor allem werde ich mutig sein. Denn das ist es, was ich für ihn sein muss.

28

THORN

Während der nächsten Tage stimme ich mich mit den Lords und Oz ab, um den Hinterhalt vorzubereiten. Wir können nicht genau vorhersagen, wann Fowler hier auftauchen wird – oder ob er überhaupt auftauchen wird –, aber ich gehe davon aus, dass er inzwischen frustriert genug ist, um sich auf den Weg zu machen, sobald sein Maulwurf ihm die Informationen über Isabels Aufenthaltsort liefert.

Isabel war diejenige, die die Idee hatte, einen Sonntag zu wählen. Sie hat sich daran erinnert, dass die Dame, die uns eingecheckt hat, uns gesagt hat, dass das Büro der Lodge sonntags geschlossen sei. Immerhin wollen wir die Sache jedenfalls so unauffällig wie möglich halten. Das Letzte, was wir brauchen, sind Zivilisten, die ins Kreuzfeuer geraten.

Was das betrifft, haben wir Glück. Ich habe mich ein wenig auf dem Gelände umgesehen, und soweit ich es beurteilen kann, sind da immer noch keine weiteren Gäste, die in einem der anderen Ferienhäuschen wohnen. Wir sind also so allein wie möglich.

Die Lords kommen im Laufe der nächsten Tage in Kleingruppen hier an, um nicht entdeckt zu werden. Sie fahren teils auf Umwegen, teils mitten in der Nacht, und verstecken ihre Fahrzeuge weit weg von unserer Unterkunft. Sie haben Lebensmittel und andere Vorräte dabei und schlafen auf dem Boden unseres Häuschens. Isabel lernt einen nach dem anderen kennen, und sollte es sie stören, dass sie ihr Quartier mit so vielen Männern teilen muss, nimmt sie es dennoch sehr gelassen hin.

Als schließlich alle Brüder, die Rock mir geschickt hat, eingetroffen sind, versammeln wir uns im Wohnzimmer, um eine improvisierte Church-Sitzung abzuhalten. Rock ist nicht da, er ist absichtlich nicht gekommen, um keinen Verdacht zu erregen. Isabel geht zum Kühlschrank, holt Bier für alle und verteilt die Flaschen an die Männer im Raum. Als sie fertig ist, setzt sie sich neben der Couch zu meinen Füßen auf den Boden.

Angel ruft die Anwesenden zur Ordnung auf. Als er das tut, blicken einige der Männer zu Isabel hinüber und runzeln die Stirn.

„Wird sie während der Church hierbleiben?", fragt Sarge mit missbilligendem Gesichtsausdruck.

Ghost, unser Sergeant at Arms, wirft ihm einen finsteren Blick zu. „Sie ist in diese Sache verwickelt. Auch ihr Leben steht auf dem Spiel. Natürlich wird sie dabei sein."

„Isabel hat eingewilligt, den Lockvogel zu spielen, um diesen Wichser herzulocken, Sarge", knurre ich schon beinahe. „Meinst du nicht, dass sie ein Recht darauf hat, zu erfahren, was der verdammte Plan ist?"

„Mein Gott, okay! Okay!" Sarge hebt die Hände. „Es ist nur etwas seltsam, dass die Muschi an der Church teilnimmt."

Als er das Wort *Muschi* ausspricht, explodiert eine

Bombe in mir. Innerhalb weniger Sekunden bin ich von der Couch aufgesprungen und quer durch den Raum marschiert, um meine Hand an seine Kehle zu legen.

„Entschuldige dich", zische ich. Sarges Gesichtsausdruck ist erst verwirrt, dann wütend. Ich drücke mit meiner Hand an seiner Kehle etwas fester zu. *„Sofort."*

Sarge gibt einen Würgelaut von sich, doch sein Blick wird trotzig. „Sieht so aus, als ob dich das Leben mit einer Muschi weich gemacht hat, Thorn", zischt er.

Das Knacken meiner Faust, die auf sein Gesicht trifft, hallt durch den Raum.

Augenblicklich bricht die Hölle los.

Männer springen von ihren Sitzplätzen auf. Flaschen fallen zu Boden. Ich habe Sarge auf dem Boden fixiert. Er ist stark und wiegt vermutlich ein paar Pfund mehr als ich, aber ich habe das Überraschungsmoment genutzt und bin außerdem verdammt wütend. Er hat keine Chance, als er gleichzeitig versucht, einen Schlag zu landen und mich von sich zu stoßen. Ich wehre seine Hand mit meinem linken Arm ab und verpasse ihm mit dem Kinn eine Kopfnuss mitten ins Gesicht, als er versucht, aufzustehen.

„Fuck!", schreit er. Blut spritzt aus seinem Mund. Ich hebe meine Faust, um ihm noch einen Schlag zu verpassen, werde jedoch von ein paar Brüdern von ihm weggezogen.

„Thorn, Thorn!", schreit Angel. „Lass es gut sein! Wir haben hier was zu erledigen. Das ist weder der richtige Zeitpunkt noch der richtige Ort."

Ich sehe mich wütend um, um herauszufinden, wer mich festhält. Links von mir steht Gunner, der mich am Arm gepackt hat und rechts starrt mich Beast an.

„Lass es gut sein, Bruder", sagt er schlicht und ergreifend.

Ich schüttle seine Hand ab und trete einen Schritt

zurück. Sarge sitzt auf einem der Holzstühle und blutet stark im Gesicht. Er wirft mir ein blutiges Grinsen zu, sagt jedoch nichts.

Beast lehnt sich an mich heran. „Was zur Hölle, Thorn?", fragt er leise. „Du hast sie für dich beansprucht?"

Ich ignoriere die Frage und atme immer noch schwer, weniger von der Anstrengung als eher von der brodelnden Wut, die immer noch in mir kocht. „Isabel ist tabu", verkünde ich. „Für *alle*." Ich sehe mich im Raum um und blicke jedem einzelnen Mann in die Augen. „Und ihr werdet sie verdammt noch mal mit Respekt behandeln."

Plötzlich schaltet sich Angel ein. „In Ordnung. Lasst uns weitermachen. Wir haben noch einiges zu besprechen. Ich habe hier das Sagen, und Isabel bleibt hier."

Das scheint diese Scheiße eindeutig zu beenden. Die Männer setzen sich einer nach dem anderen wieder hin. Isabel geht in die Küche und kommt mit einer Küchenrolle zurück, die sie Sarge wortlos reicht. Ich versuche, nicht zu grinsen, als er sie entgegennimmt und ein paar Stücke davon abreißt, um sie auf sein blutendes Gesicht zu pressen. Dann kommt sie wieder zu mir herüber und setzt sich neben mir auf den Boden. Ich blicke auf sie hinab. Ihre Augen strahlen. Sie schenkt mir ein winziges Lächeln.

„DER PLAN IST ES, dass Isabel allein im Haus ist", sage ich, während ich mich im Raum umschaue. „Ganz allein. Für den Notfall wird sie ein Wegwerfhandy haben, auf dem nur meine Nummer gespeichert ist. Und Pfefferspray, falls sie ihn außer Gefecht setzen muss, bevor wir zu ihr gelangen können."

Isabel gibt ein leises Geräusch von sich. Als ich an ihr herunterblicke, fällt mir auf, wie blass sie ist. Doch dann hebt sie ihren Blick, um mich anzusehen, und nickt tapfer. Ich greife nach unten und drücke beruhigend ihre Schulter.

„Wir werden uns außer Sichtweite aufhalten, teils im Wald, teils werden wir uns strategisch um das Haus herum platzieren. Wir müssen ziemlich viel Zeit einplanen, damit sich keiner von uns noch in der Nähe des Hauses aufhält, wenn Fowler eintrifft. Wir werden also einige Stunden in der Kälte warten müssen."

Gunner grinst. „Kein Problem. Wir haben alle schon Schlimmeres erlebt."

„Was glaubst du, wie viele Männer Fowler bei sich haben wird, Thorn?", fragt Angel mich.

„Schwer zu sagen. Aber die Geschichte, die Oz seinem Maulwurf erzählen wird, ist, dass Isabels Bodyguard sie im Stich gelassen hat, und dass sie seit ein paar Tagen allein hier draußen ist. Sie ist verängstigt und allein und hat Daddy angerufen, damit er einen seiner Männer schickt, um sie abzuholen." Ich runzle die Stirn. „Ich erwarte also nicht, dass er allein kommt, hoffe jedoch, dass er nicht mehr als ein paar Männer zum Schutz mitbringen wird."

„Meinst du, wir sollten ihr eine Waffe geben?", fragt Hawk und nickt in Richtung von Isabel.

„Wir haben darüber gesprochen", antworte ich. „Isabel sagt allerdings, dass sie sich dabei nicht wohlfühlt. Und ich glaube, dass Fowler ohnehin daran interessiert ist, ein wenig mit ihr *zu spielen*, bevor er sie umbringt." Neben mir zuckt Isabel zusammen, sagt aber nichts. „So habe ich es jedenfalls von Oz verstanden. Das ist seine Masche."

„Dieses kranke Arschloch", wettert Brick, unser Vollstrecker.

„Wenn Isabel ihre Rolle gut spielt, wird er nicht damit rechnen, dass sie sich verteidigt. Das Pfefferspray sollte ausreichen, um ihn ruhigzustellen, bis wir ihn uns schnappen können." Ich nicke in Richtung des Waldes. „Um völlig außer Sichtweite zu sein, müssen wir uns mindestens fünfhundert Meter vom Haus entfernen. Wenn mich Isabel also anruft, muss sie etwa neunzig Sekunden mit ihm allein verbringen, bis wir hier eintreffen."

„Bist du sicher, dass du nicht willst, dass jemand bei ihr im Haus bleibt?", fragt Angel.

„Nein", meldet sich Isabel mit lauter, klarer Stimme zu Wort. „Wenn das, was mein Vater Thorn erzählt hat, stimmt, ist Fowler ein intelligenter Mann. Sollte er spüren, dass etwas im Busch ist, wird er vermutlich unberechenbar handeln. Wir wollen nicht, dass er einen Verdacht schöpft. Und damit unser Plan funktioniert, darf es nichts geben, was ihm verdächtig erscheint."

„Das gefällt mir nicht", murmelt Beast.

„Das ist es, was sie will, Bruder. Und ich denke, sie hat recht."

Es stimmt. So vorzugehen, ist der cleverste Plan. Es ist die beste Chance, die wir bekommen können, um Fowler in die Falle zu locken und ihn jede Sekunde seines langen, qualvollen und schmerzhaften Todes auskosten zu lassen, den er mehr als verdient. Aber verdammt, mir gefällt es auch nicht. Jede Faser meines Körpers schreit mich an, Isabel nicht eine verdammte Sekunde allein zu lassen. Da ist eine Stimme in meinem Kopf, die mir sagt, dass ich völlig verrückt bin, die mir sagt, dass ich mit diesem Unsinn aufhören und sie weit weg von hier bringen soll, weit weg von allem.

Aber der rationale Teil in mir – der Teil, auf den ich versuche zu hören – sagt mir, dass Isabel nie wieder sicher sein wird, wenn ich das tue. Nicht, solange Fowler am Leben ist. Männer wie er lassen keinen Auftrag unvollendet. Sie geben ihre Pläne, jemanden heimzusuchen, nicht auf, wenn

sie einmal beschlossen haben, dass diese Person heimge-
sucht werden muss.

Ich mache vielleicht den größten Fehler meines Lebens,
indem ich das tue.

Aber ich werde nicht zulassen, dass der Fehler darin
besteht, dass ich gezögert habe, das zu tun, was getan
werden musste. Ich kann nicht zulassen, dass meine
Gefühle mich aufhalten. Fowler muss umgebracht werden.
Alle Entscheidungen müssen so getroffen werden, dass
dieses Ergebnis sicher erreicht wird.

Aber wenn all das ein Fehler ist – wenn Isabel aufgrund
dieser Entscheidung etwas zustößt –, wird es der letzte
Fehler sein, den ich je gemacht habe. Dafür werde ich selbst
sorgen.

SCHLIEßLICH GELINGT ES BEAST, Isabel zu überreden, eine
kleine, leichte Pistole in einer der Schubladen unter dem
Waschbecken im Bad zu deponieren. „Nur für den Notfall,
Schätzchen", sagt er. „Man kann nie wissen."

Ich vermute, dass sie der Sache nur zustimmt, damit er
es auf sich beruhen lässt. Allerdings muss ich zugeben, dass
es mich ein wenig beruhigt, dass die Waffe da ist. Isabel
versichert mir, dass sie weiß, wie man sie benutzt, und
verspricht mir, dass sie es tun wird, sollte der Ernstfall
eintreten.

In dieser Nacht verkriechen sich die Männer in Ecken,
und suchen sich Fleckchen auf dem Boden, wo sie sich
hinlegen können, um sich auszuruhen. Ein paar von ihnen
schnappen sich das zweite Schlafzimmer und diskutieren
darüber, wer eines der Stockbetten benutzen darf. Isabel
und ich gehen in das Hauptschlafzimmer und schließen die
Tür hinter uns. Ich genieße den Moment, mit ihr allein sein

zu können. Es ist einer der letzten Momente, die wir zusammen haben werden, bevor die Sache über die Bühne gehen wird. Die Ruhe vor dem Sturm.

„Bist du sicher, dass du dazu bereit bist?", frage ich sie, als wir gemeinsam in der Dunkelheit liegen. Ich spüre, wie sie nickt und sich enger an mich kuschelt. Meine Brust krampft sich zusammen, als ich daran denke, dass ich sie in nur wenigen Stunden zurücklassen werde. Es ist möglich – auch wenn ich mir einrede, dass es sehr unwahrscheinlich ist –, dass einer von uns die Sache nicht überleben wird.

Ich bete zu Gott, dass es nicht Isabel ist.

„Thorn?", fragt sie mit leiser Stimme.

„Ja, Liebling?", antworte ich.

„Ich habe ein wenig Angst."

„Ich weiß." Ich ziehe sie näher zu mir. „Das ist gut. Angst ist wichtig. Sie schärft deine Sinne."

„Das sagst du nur so", murmelt sie.

„Nein, tue ich nicht." Ich küsse sie auf den Kopf. „Wenn du dich nicht völlig davon einnehmen lässt, ist es die Angst, die dich wach hält. Sie sorgt dafür, dass du konzentriert bleibst. Du weißt, was zu tun ist, Isabel. Du musst dich nur konzentrieren und es tun. Ich werde da sein, um dich zu retten. Das weißt du doch, oder?"

„Ja", sagt sie mit Nachdruck.

„Also, dann. Wir müssen nur die nächsten paar Stunden überstehen, nicht wahr? Danach wird alles vorbei sein."

Isabel schweigt eine Sekunde lang. „Und dann?", flüstert sie.

Dann bringe ich dich zurück nach Tanner Springs und sorge dafür, dass du für immer bei mir bleibst.

Dann werde ich Oz sagen, dass er mich am Arsch lecken kann, sollte er glauben, dass ich dich jemals wieder gehen lasse.

Dann schließe ich dich in meinem Haus ein und behalte dich für den Rest deines Lebens bei mir, damit du nie mehr in Gefahr gerätst.

Ich räuspere mich.

„Dann", antworte ich heiser, „bringe ich dich weit weg von diesem Ort und ficke dich so lange, bis keiner von uns mehr gehen kann."

Gegen drei Uhr morgens summt mein Wegwerfhandy auf dem Nachttisch neben mir.

Es ist Oz. Als ich den Anruf annehme, sagt er mir das, worauf ich schon lange gewartet habe. Und das, wovor ich mich auch gefürchtet habe.

„Playboy ist losgefahren", sagt er. „Er hat die Stadt vor einer Stunde verlassen."

Ich beende den Anruf und steige lautlos aus dem Bett. Dann ziehe ich meine Jeans an, gehe ins Wohnzimmer und wecke Angel.

„Es kann losgehen", sage ich.

29

THORN

Etwa eine Stunde, nachdem ich den Anruf von Oz erhalten habe, kommt es zu einer unerwarteten Komplikation.

Es beginnt zu schneien.

„Wir müssen los", murmle ich Angel zu, während sich die Männer bereit machen. „Wir müssen etwas Zeit einplanen, um unsere Spuren zu verwischen, bevor jemand auftaucht."

„Stimmt", nickt er. „Das könnte sogar ein Vorteil für uns sein. Es wird überzeugender aussehen, dass Isabel wirklich allein hier draußen ist, wenn der Schnee um das Häuschen offensichtlich unberührt ist."

Möglicherweise werden wir im Wald länger warten müssen. Zum Glück liegt die Temperatur nur knapp unter null. Vorausgesetzt, Fowler taucht noch heute auf, ist das für uns völlig in Ordnung. Angel sagt allen, dass wir uns auf den Weg machen, und zehn Minuten später schleichen sich die Lords bereits in das frühmorgendliche Halbdunkel hinaus.

Isabel ist natürlich mit uns aufgestanden. Ich bleibe

neben ihr stehen, während wir zusehen, wie meine Brüder paarweise zur Tür hinausgehen. Ich weiß, dass sie in wenigen Minuten alle die Formation eingenommen haben werden, die wir gestern Abend besprochen haben.

„Okay", murmle ich ihr zu, als Angel und Brick, die beiden letzten, zur Tür hinausgehen. „Ich gehe jetzt auch besser."

„Ja, sicher." Sie sieht zu mir hoch. Ihr Gesicht ist immer noch blass, aber ihr Kiefer ist angespannt. Entschlossen.

„Kommst du zurecht?"

Sie nickt, jedoch etwas zu schnell. „Ich komme schon klar." Sie atmet zittrig ein und bläst die Luft dann hörbar wieder aus. „Ich habe alles, was ich brauche." Sie klopft auf die Gesäßtaschen ihrer Jeans. „Ich werde das Telefon bereithalten, um dich beim ersten Anzeichen anzurufen."

„Wir werden sie wahrscheinlich vor dir sehen", verspreche ich. „Aber so weiß ich, dass sie kommen und wir loslegen können."

Isabel nickt. Sie holt noch einmal tief und etwas zittrig Luft. „Viel Glück, Thorn."

Ich will ihr antworten, doch die Worte bleiben mir im Hals stecken. Stattdessen ziehe ich sie an mich. Meine Lippen finden ihre. Ich küsse sie lang und fordernd, so fordernd, dass wir uns beide ewig daran erinnern werden. Als ich mich zurückziehe, glänzen ihre Augen.

„Wir sehen uns, wenn es vorbei ist", sage ich mit heiserer Stimme.

„Okay", flüstert sie mit einem zittrigen Lächeln.

ZEHN MINUTEN SPÄTER sind wir alle in Position. Es schneit jetzt noch stärker, was bedeutet, dass unsere Spuren innerhalb einer Stunde verschwunden sein werden. Von meinem

Platz hinter einem umgestürzten Baum tief im Wald starre ich auf das kleine Häuschen, dessen einzige Beleuchtung das warme Licht aus dem Wohnzimmer ist. Ich denke an Isabel, die ganz allein da drinsitzt, und sehne mich danach, bei ihr zu sein.

Ich weiß, dass sie so sicher ist, wie es unter den gegebenen Umständen möglich ist. Das Haus ist an allen Seiten von Lords umstellt. Tief in meinem Inneren weiß ich, dass alles gut werden wird. Aber wenn ich mich irre – wenn ihr etwas zustößt, egal was –, werde ich mir das nie verzeihen. Denn schließlich bin ich derjenige, der das alles eingefädelt hat. Ich bin derjenige, der dafür gesorgt hat, dass sie im Haus bleibt, ganz allein, als Köder für jenen Mann, hinter dem wir her sind.

Wir warten, und dann warten wir noch länger. Die Kälte ist nicht allzu schlimm, es ist jedoch hart, sich nicht viel bewegen zu können. Es könnten Stunden sein, die wir hier wartend verbringen müssen, vielleicht sogar den ganzen Tag. Scheiße, vielleicht sogar noch länger. Jetzt, wo wir uns zu diesem Plan entschlossen haben, bleibt uns nichts anderes übrig, als zu warten. Ich kann nicht einmal eine rauchen, denn der Geruch könnte Fowlers Männern verraten, dass jemand hier ist. Ich denke an den ersten Tag in Connegut mit Isabel zurück. Ich weiß noch, wie sie die Nase gerümpft, und mich gefragt hat, ob es notwendig wäre, dass ich drinnen rauche.

Vielleicht ist es an der Zeit, weniger zu rauchen.

Dieser Gedanke kommt für mich etwas überraschend. Ich weiß, dass Rauchen ungesund ist, doch das war mir bisher immer egal. Wenn der heutige Tag allerdings wie geplant verläuft, ist es vielleicht an der Zeit, langfristiger zu denken. Schließlich kann ich Isabel nicht beschützen, wenn ich nicht da bin.

Außer wenn es nötig ist, beschränken die Lords ihre Kommunikation auf ein Minimum. Gelegentlich höre ich das Rascheln in den Bäumen, das mir verrät, wenn einer von ihnen die Position wechselt oder pinkeln geht. Gegen elf Uhr vormittags lässt der Schneefall endlich nach. Ich suche nach den Fußspuren, die ich hinterlassen habe, als ich durch den Wald gestapft bin, um meine Position einzunehmen: keine Spur mehr von ihnen zu sehen.

Plötzlich vibriert es in meiner Gesäßtasche. Ich sitze schon so lange hier, dass es mich beinahe zu Tode erschreckt. Ich unterdrücke einen Fluch, greife nach dem Handy und werfe einen Blick auf den Bildschirm. Es ist eine SMS von Ghost, der weiter oben auf der Straße mit Hawk und Sarge stationiert ist. Ein Auto kommt.

Eine halbe Minute später sehe ich, wie sich langsam ein Geländewagen mit verdunkelten Scheiben nähert. Ich bin zu weit weg und zu gut versteckt, um gesehen zu werden, hocke mich jedoch trotzdem hinter den umgestürzten Baum und hebe den Kopf gerade so weit, dass ich das Vorankommen des Fahrzeugs beobachten kann. Die Reifen knirschen auf dem frisch gefallenen Schnee, wobei das Geräusch noch lauter wird, als der Wagen langsamer wird und dann in die Einfahrt zum Häuschen einbiegt.

Meine unterkühlten Finger arbeiten etwas unbeholfen, als ich eine Nachricht an Isabel schreibe: *Sie sind da.*

Eine Sekunde später kommt ihre Antwort: *OK.*

Langsam und lautlos gehe ich in die Hocke und blicke nach links, wo Beast etwa fünfzehn Meter von mir entfernt steht. Ich warte, bis er sich mir zuwendet, nicke einmal und hebe meine Hand: *Warten.* Er nickt zurück. Dann sehe ich, wie er sich in die andere Richtung dreht und dasselbe Zeichen nach links weitergibt, wo Angel stehen sollte.

Ich beobachte, wie der Geländewagen anhält, sich die

Tür öffnet und vier Männer aussteigen. Einer von ihnen – er steigt auf der Beifahrerseite aus – ist älter und etwas kleiner als die anderen. Er bleibt zurück und wartet, bis die anderen ihn umringt haben, erst dann gehen sie weiter.

Fowler.

Was dann passiert, ist das Schwierigste, was ich je in meinem Leben getan habe.

Ohne mich zu bewegen, beobachte ich, wie sie ihre Waffen ziehen, in Deckung gehen und durch die Eingangstür ins Haus eindringen.

Mein Herz hämmert in meiner Brust, während ich mich zwinge, nichts zu unternehmen, bis sich die Tür hinter ihnen schließt.

Ich zwinge mich, zu zählen. *Eins. Zwei. Drei.*

Dann wende ich mich Beast zu, hebe die Hand und deute in Richtung des Häuschens. *Los.*

Beast, Angel und ich bewegen uns lautlos auf das Haus zu. Gunner und Brick bleiben im Schutz der Bäume zurück, jeder von ihnen ist mit einer AR-15 bewaffnet, nur für den Fall, dass wir mehr Gesellschaft bekommen.

Als wir uns um das Haus positioniert haben, ducke ich mich unter das Fenster, das wir im vorderen Zimmer einen Spalt offengelassen haben. Ich höre, wie eine tiefe Männer- stimme, gefolgt von Isabels hoher, angespannter Stimme, spricht. Verdammt noch mal, am liebsten würde ich jetzt da reingehen und diesem Hurensohn in den Kopf schießen. Es kostet mich alles, zu warten, um sicherzugehen, dass der richtige Moment gekommen ist.

„Seid ihr Männer meines Vaters?", fragt sie ängstlich. „Er hat gesagt, er kommt, um mich abzuholen und mich nach Hause zu bringen!"

Fowler gibt ein verdammtes *Lachen* von sich, und dessen perverser Klang sorgt dafür, dass sich mein Magen zusammenkrampft. „Dein Vater kann dir nicht helfen. Er denkt, er wäre ein gottverdammtes Genie. Unantastbar. Aber der Mann ist ein Narr."

„Wer seid ihr dann?" Selbst von hier aus kann ich die ansteigende Angst in ihrer Stimme hören. Mein Gott, Isabel verdient einen verdammten Orden für diese schauspielerische Leistung. Fowler kauft ihr die Sache eindeutig ab.

Ich riskiere einen kurzen Blick durch das Fenster. Isabel steht direkt am Eingang des Flurs zwischen Küche und Wohnzimmer. Sie hat sich perfekt positioniert. Die Männer, die Fowler mitgebracht hat, haben ihre Waffen gesenkt und sind offenbar überzeugt davon, dass sie allein und schutzlos ist.

„Ich bin jemand, dem dein Vater Unrecht getan hat. Auf miese Art und Weise", sagt Fowler mit eiskaltem Ton. „Und du ... wirst gleich für seine Sünden büßen."

Ich ziehe mein Handy heraus und tippe ein einziges Wort ein. Eines, das sie erst später lesen wird. Aber das Wort ist nicht wichtig. Was zählt, ist das leise Vibrieren des Handys in ihrer Gesäßtasche. Es ist das Zeichen dafür, dass es an der Zeit ist, zu handeln.

Jetzt.

Wie auf Kommando macht Isabel einen Schritt zurück und greift nach hinten, als würde ihr schwindelig werden, und sie würde sich an der Wand festhalten wollen. Die Augen von Fowler und seinen beiden Männern sind auf sie gerichtet, und, was noch wichtiger ist, haben die Tür nicht mehr im Blick. Doch statt sich an der Wand abzustützen, streckt sie ihre Hand mit dem Pfefferspray vor und schießt eine Ladung davon direkt in Fowlers Gesicht ab, bevor der reagieren kann.

Isabel dreht sich blitzschnell um und stürmt den Flur entlang. Fowler fängt an zu schreien, wird aber von einem heftigen Hustenanfall unterbrochen. Er krümmt sich vor Schmerz und beginnt, sich verzweifelt das Gesicht zu reiben. Seine Männer beginnen ebenfalls zu husten, wenn auch weniger heftig. Derjenige, der am wenigsten betroffen ist, zieht seine Waffe und läuft hinter Isabel her. Fowler ruft ihm hinterher.

„Fass sie nicht an!", wütet er. „Sie gehört *mir!*"

Ich höre einen dumpfen Knall und weiß, dass Isabel das Badezimmer erreicht, und sich eingeschlossen hat.

Ich sehe zu meinen Brüdern hinüber und nicke. Gemeinsam stürmen wir mit gezogenen Waffen durch die Haustür ins Haus.

„Waffen fallen lassen!", rufe ich. „Sofort! *Sofort!*"

Wir haben das Überraschungsmoment auf unserer Seite, doch Fowlers Männer sind gut ausgebildet. Fowler selbst stolpert in Richtung des Schlafzimmers und somit aus der Schusslinie. Zwei seiner Männer drehen sich um und zielen, einer von ihnen zielt auf mich. Der dritte rennt den Flur entlang und stürmt in das zweite Schlafzimmer, das dem Badezimmer am nächsten liegt, in dem sich Isabel eingeschlossen hat. Ich weiche hinter die Couch aus, aber einer von ihnen schafft es, mich an der linken Schulter zu treffen, sodass ich meine Waffe, die ich in der linken Hand gehalten habe, fallenlasse. Weitere Schüsse werden hörbar. Ich lege mich hinter der Couch auf den Boden und strecke mich, um irgendwie an meine Sig ranzukommen. Ich schaffe es gerade so, sie zu erwischen und trotzdem außer Sichtweite zu bleiben.

Schmerz breitet sich in meiner Schulter aus, nachdem ich jedoch der Meinung bin, dass die Verletzung nicht allzu schlimm ist, ignoriere ich sie. Dann rolle ich mich auf die andere Seite und werfe einen Blick um die Couch herum. Das Arschloch, das auf mich geschossen hat, liegt auf dem

Boden und blutet aus einer Wunde in der Brust. Der Rest ist ein verdammtes Chaos. Beast ist nirgendwo zu sehen, also nehme ich an, dass er entweder Fowler oder dem dritten Typen gefolgt ist. Angel hat den Typen, den er verfolgt hat, in der Küche gegen die Arbeitsplatte gedrückt und versucht, ihm die Waffe aus der Hand zu reißen. Der Wichser schießt wild um sich, trifft die Decke und schafft es dann mit einem Aufschrei, Angel gerade so weit von sich zu stoßen, dass der aus dem Gleichgewicht gerät. Angel jedoch hält sich an ihm fest und reißt das Stück Scheiße mit sich zu Boden.

Aus dem zweiten Schlafzimmer höre ich Kampfgeräusche. Ich stehe taumelnd auf und trete auf den Flur. Die Tür zum Hauptschlafzimmer ist geschlossen, und ich ziele und schieße auf das Türschloss. Das dünne Türblatt zersplittert, als die Kugel einschlägt. Als ich den Rest der Tür eintrete, ist der Raum leer und das Fenster offen.

Ich renne quer durch den Raum und schaue hinaus. Im Schnee sehe ich Spuren und Fowler ist nirgendwo zu sehen. „Fuck!", schreie ich und stecke meine Waffe in meinen Hosenbund. Ich klammere mich an die Fensterbank, schiebe mich durch das Fenster und lande im Schnee. Ich kann nicht riskieren, dass Gunner und Brick ihn verfehlen. Fowler darf nicht entkommen.

Die Spuren führen in Richtung der Vorderseite des Hauses. Ich ziehe meine Waffe, renne in diese Richtung und komme gerade noch rechtzeitig um die Ecke, um zu hören, wie Fowler den Motor des Geländewagens startet. Ich ziele und schieße auf den Vorderreifen. Der Schuss verfehlt den Gummi nur knapp. Fowler legt den Rückwärtsgang ein und setzt den Geländewagen in Bewegung. Ich verändere meinen Winkel und schieße erneut. Die Kugel zertrümmert die Frontscheibe. Aus dem Augenwinkel sehe ich, wie Gunner und Brick aus dem Wald treten. Brick geht in die

Knie, zielt, feuert zehn Schüsse ab und durchlöchert so die Seitenscheibe. Eine Kugel trifft den Benzintank. Das Auto beginnt hin und her zu schlingern, fährt jedoch weiter. Es ist schon ziemlich weit von mir entfernt, ich starte jedoch einen letzten Versuch, hebe meine Sig und schieße in den Innenraum des Wagens.

Dass ich ihn getroffen habe, erkenne ich nur daran, dass der Geländewagen plötzlich wild zu schlingern beginnt, von der geschotterten Einfahrt abkommt und mit dem Heck gegen einen Baum prallt. „Schnappt ihn euch!", rufe ich Gunner und Brick zu, bevor ich mich wieder dem Haus zuwende. Gerade als ich das tue, ertönt ein einzelner Schuss aus dem Inneren.

Ich stürme zur Tür. Drinnen stehen Beast und Angel im Wohnzimmer, zwischen ihnen liegen zwei Leichen. Eine Dritte liegt im Flur.

Doch was ich dann sehe, lässt mein Blut in meinen Adern gefrieren.

Die Badezimmertür.

Sie hat ein Einschussloch.

„Isabel!", rufe ich und stürme an den Männern vorbei in den Flur. „Himmel, Isabel, bist du verletzt? Antworte mir, Baby!"

„Thorn!", höre ich den gedämpften Schrei von der anderen Seite der Tür.

Ich springe über den Körper, der im Weg liegt, und rufe ihr zu, die Tür zu öffnen. Doch gerade als sich der Türknauf zu drehen beginnt, sehe ich etwas, das mich innehalten lässt.

Das Holz ist an *dieser* Seite abgesplittert.

Die Tür öffnet sich. Isabel starrt mich mit weit aufgerissenen Augen an.

Im Waschbecken neben ihr liegt Beasts 9 mm.

„Heilige Scheiße, Babe", hauche ich und drehe mich zum Flur um. „Hast du den Kerl erschossen?"

„Das hat sie eindeutig."

Ich schaue hinüber, wo Angel uns beide angrinst.

„Verdammt knallhart", grinst er und nickt ihr zu.

Ich wende mich wieder Isabel zu. Sie beißt sich auf die Lippe und riskiert ein kleines Lächeln.

„Himmel, Frau!" Ich beginne wie ein Verrückter zu lachen. „Erinnere mich daran, dich nie wieder wütend zu machen!"

In diesem Moment stöhnt das Arschloch, auf das Isabel geschossen hat, leise auf. Er ist nicht tot, noch nicht. Ich bücke mich, um einen Blick auf seine Verletzung zu werfen. Isabel hat ihn in den Bauch getroffen und er blutet ziemlich stark. Er ist der Schmächtigste von allen, hat eine Hakennase und einen fettigen Pferdeschwanz. Er trägt keine Clubfarben, durch einen Riss in seinem T-Shirt kann ich jedoch eine mir bekannte Tätowierung erkennen.

Death Devils.

Das muss Playboy sein.

„Du solltest beten, dass du das hier nicht überlebst, Arschloch", zische ich ihm zu. „Wenn Oz dich in die Finger bekommt, wirst du um einen raschen Tod betteln."

In diesem Moment kommt Gunner durch die Vordertür gejoggt. „Wir haben Fowler", verkündet er. „Er wird es nicht schaffen, aber im Moment atmet er noch."

Ich stehe auf und reiche Isabel meine Hand. Sie ergreift sie, und gemeinsam folgen wir Gunner zurück nach draußen zu dem verunfallten Geländewagen.

Brick steht daneben, seinen AR in der Hand. Eine männliche Gestalt hängt über das Lenkrad, dessen Brust blutet stark. Seine Atmung ist schwer, als ob er kaum in der Lage wäre, die wenige Luft einzuatmen, die er bekommt.

„Du bist also der berüchtigte Fowler", knurre ich. „Eine Menge Ärger, den wir für so ein gottverdammtes Arschloch durchgemacht haben."

Er keucht, atmet ein ... aus ... ein. „Fick ... dich", schafft er es schließlich zu sagen.

„Mehr hast du nicht drauf?" Ich werfe meinen Kopf zurück und lache. „Du beschissenes Arschloch." Ich ziehe meine Pistole und richte sie direkt auf seinen Kopf. Hinter mir keucht Isabel. „Ich sollte dir auf der Stelle das Hirn wegblasen, du nichtsnutziges Arschloch", fahre ich fort. „Aber diese Lady hier hat heute schon genug durchgemacht, da muss ich nicht auch noch den Inhalt deines Schädels in diesem Wagen verteilen. Außerdem breitet es mir Spaß, zu sehen, dass du in deinen letzten Sekunden nach Luft gerungen, und verdammt noch mal versagt hast."

Fowlers Augen sind voller Hass.

Das bereitet mir Freude.

„Also dann, du Stück Scheiße", sage ich ihm. „Genieße deine Zeit in einem unbeschrifteten Grab."

Als ich mich vom Geländewagen abwende, werfe ich Gunner und Brick einen Blick zu. „Sieht aus, als müssten wir ein wenig aufräumen."

„Wir kümmern uns darum", sagt Brick. Gunner nickt. „Warum bringst du Isabel nicht nach Hause? Wie du richtig gesagt hast, hat sie für heute schon genug durchgemacht."

„Danke, Brüder", sage ich aufrichtig. Gunner klopft mir auf die Schulter. Brick schüttelt mir die Hand.

„Herzlichen Glückwunsch, junge Dame", sagt Gunner und zwinkert Isabel zu. „Du bist jetzt in Sicherheit."

„Vielen Dank", haucht sie. Ihre Stimme ist immer noch ein wenig zittrig. „Ich danke euch allen."

„Keine Ursache", grummelt Brick.

„Fährst du zurück nach Tanner Springs?", fragt Gunner

mich schließlich. „Ich denke, Alix würde gerne das Mädchen kennenlernen, dem sie ihre Klamotten geschickt hat. Sie hat mich nach ihr gefragt, wollte wissen, wie es um sie steht und ob es ihr gut geht."

Ich blicke zu Isabel hinüber, die mich ansieht und auf meine Antwort wartet.

„Ja", nicke ich. „Wir fahren zum Clubhaus zurück. Ich denke, es ist an der Zeit, dass sie die anderen kennenlernt."

LETZTLICH HAT Playboy nicht lange genug überlebt, damit wir ihn zurück zu Oz bringen konnten. Wenn er dem Schöpfer gegenübertritt, sollte er ihm für diese Nettigkeit danken.

Als wir auf der Rückfahrt an einer Tankstelle angehalten haben, damit Isabel auf die Toilette gehen konnte, habe ich Oz angerufen. Ich habe ihm gesagt, dass Isabel in Sicherheit ist und dass Fowler, Playboy und die anderen tot sind.

Ich habe ihm auch gesagt, dass Isabel jetzt meine Old Lady ist, und dass es für mich in Ordnung ist, wenn er sich mit mir darüber unterhalten möchte.

Oz hat ein paar Sekunden lang nichts gesagt. Schließlich hat er mir mitgeteilt, dass wir später darüber sprechen würden. Ich habe das als ein gutes Zeichen interpretiert.

Als Isabel von der Toilette der Tankstelle zurückkommt, sieht sie nicht mehr ganz so schockiert aus. Wenn ich sie nicht kennen würde oder nicht wüsste, was ihr gerade passiert ist, würde ich annehmen, dass sie nur ein Mädchen ist, das mit ihrem Mann unterwegs ist.

Mit ihrem Mann, der völlig verrückt nach ihr ist.

„Ich habe mit Oz gesprochen", sage ich ihr, als sie wieder im Auto sitzt.

„Lass mich raten. Das Erste, wonach er gefragt hat, war, ob du Fowler und Playboy hast."

„Nein, eigentlich nicht. Er hat sofort nach dir gefragt. Er war verdammt erleichtert, dass es dir gut geht. Natürlich habe ich ihm nicht erzählt, dass du etwas näher am Geschehen warst, als es ursprünglich vorgesehen war."

„Ich werde Dad also nie sagen können, dass ich – wie hat Gunner es genannt? Knallhart bin?"

„*Verdammt* knallhart", korrigiere ich sie. „Und nein, außer du willst, dass er mich umbringt."

Isabel schenkt mir ein Grinsen, das so normal ist – so verdammt *normal* –, dass es mir fast das Herz bricht.

„Das würde ich wohl nicht riskieren wollen", neckt sie. „Irgendwie habe ich mich an dich gewöhnt."

„Ist das so?", frage ich sie grinsend.

„Ja. Aber fordere dein Glück nicht heraus." Sie zwinkert mir verschmitzt zu.

Ich kann mir ein Lachen nicht verkneifen. „Zur Kenntnis genommen."

„Jedenfalls", sagt Isabel und lehnt sich seufzend in ihrem Sitz zurück, „würde mir mein Vater ohnehin niemals glauben, wenn wir ihm davon erzählen. Oz denkt, ich bin nichts weiter als ein hilfloses Blümchen. Das war schon immer so."

„Dann kennt er dich nicht besonders gut." Ich ergreife ihre Hand und sehe ihr in die Augen. „Nach dem heutigen Tag bin ich mir gar nicht mehr so sicher, ob du überhaupt jemals meinen Schutz gebraucht hast. Du bist der mutigste Mensch, den ich kenne, Isabel Mandias."

Und das Lustige daran ist ...

Es stimmt.

30

ISABEL

ls wir zurück nach Tanner Springs kommen, ist es schon spät. Wie absehbar war, fährt Thorn die ganze Strecke selbst und lässt mich nicht ans Steuer. Ich motze deswegen etwas herum, aber ehrlich gesagt bin ich wirklich erschöpft und mehr als bereit, ihm das Steuer zu überlassen.

Anstatt zum Clubhaus zu fahren, bringt er mich direkt zu seinem Haus. „Wir fahren morgen ins Clubhaus, wenn wir uns beide ausgeruht haben", sagt er, während er mich die Einfahrt hochführt.

Obwohl in den Einfahrten Autos stehen und in den meisten Häusern Licht brennt, ist es dunkel, und die Straße, in der er wohnt, ist fast menschenleer. Schon komisch, wir waren so lange mehr oder weniger allein, dass es irgendwie seltsam ist, wieder in der Zivilisation zu sein. Ich bin sogar erleichtert, dass wir nicht direkt in ein lautes, überfülltes Clubhaus gehen, in dem getrunken, herumgebrüllt und rumgemacht wird. Aus Erfahrung mit dem Club meines Vaters weiß ich, wie sich Männer wie die Lords verhalten, wenn sie alle auf einem Haufen zusammen sind. Ich glaube, ich brauche etwas mehr Zeit, um mich darauf vorzubereiten.

Dies ist der vierte Ort, an dem ich mich mit Thorn aufhalte, seit Oz' Männer mich vor dem Lokal entführt haben, es ist jedoch das erste Mal, dass ich mich in einem Raum befinde, der ihm gehört. Ziemlich übermüdet kann ich nicht anders, als mich nach Anhaltspunkten umzusehen, die den Mann beschreiben, mit dem ich eben erst den letzten Monat verbracht habe. Die Wände seines Eingangsbereichs und Wohnzimmers sind in einem dunklen Burgunderrot gestrichen, und in einer Ecke steht ein großes, gepolstertes Ledersofa, das genau dazu passt. Die Möbel sehen alle bequem und einladend aus. Abgesehen von ein paar Bildern auf einer Kommode am Fenster gibt es nur sehr wenig Schnickschnack. Ich widerstehe dem Drang, mir die Bilder anzusehen; ich hoffe, dass ich später die Gelegenheit dazu haben werde, wenn Thorn mich nicht beobachtet.

„Wie geht es dir?", fragt Thorn, der von hinten an mich herantritt und seine Arme um mich schlingt. „Müde?"

„Ja", gebe ich zu und unterdrücke ein Gähnen.

„*Zu* müde?"

Ich verdrehe meinen Hals, um ihn anzusehen. Eine Seite seines Mundes ist zu einem teuflischen Grinsen verzogen.

„Hm ... Thorn, ich bin mir sicher, dass ich nicht weiß, was du meinst!", necke ich ihn, während sich die Hitze in meinem Bauch zu sammeln beginnt. „Meinst du etwa, ich soll eine Ladung Wäsche waschen? Ich könnte wirklich ein paar saubere Klamotten gebrauchen ...""

Ich komme nicht dazu, den Satz zu beenden, denn Thorn hebt mich kurzerhand hoch und wirft mich über seine Schulter. Quietschend tue ich so, als würde ich auf seinen Rücken schlagen und mit den Beinen strampeln, während er mich den Flur entlang trägt.

„Du musst mit diesem Höhlenmenschen-Gehabe aufhören!", protestiere ich, auch wenn ich es nicht so meine. Nicht einmal ansatzweise.

Thorn und ich schlafen an diesem Abend miteinander. Es ist anders als bei jedem anderen Mal mit ihm. Nicht weniger leidenschaftlich. Nicht weniger wild. Vielleicht sogar noch wilder. Aber neben dieser rohen Wildheit findet sich auch Zärtlichkeit. Eine Vollkommenheit, eine Intensität, die aus der Tatsache entstanden ist, dass wir heute beide hätten sterben können – aber das sind wir nicht. Und jetzt sind wir hier, nachdem wir gemeinsam diese Feuerprobe bestanden haben.

Gemeinsam.

„Ich hätte es nicht ertragen können, dich zu verlieren, Sibéal", flüstert er mir ins Ohr, als wir nach einem Orgasmus, der uns beide gleichzeitig bis ins Mark erschüttert hat, nebeneinander auf dem Bett liegen. „Du warst einfach wunderbar, weißt du das?"

„Nur deinetwegen, Thorn." Ich erschaudere ein wenig, als sein Atem meine Haut kitzelt. „Ich habe gewusst, dass du nie zulassen würdest, dass mir etwas zustößt. Ich habe gewusst, dass du mich beschützen würdest. Ich habe gewusst, dass wir es durchstehen würden."

Er hält mich so fest an sich gedrückt, dass ich Mühe habe zu atmen, aber es fühlt sich so gut an, so *beständig.* Noch nie zuvor habe ich mich so vollkommen und real gefühlt. Ich weiß nicht, wie er das macht. Vielleicht zum ersten Mal in meinem Leben fühle ich mich verbunden. Ich greife nach oben, taste nach der Kette mit dem kleinen Seestern und denke an meine Mutter. Ich frage mich, ob sie Thorn mögen würde.

Ich frage mich, ob sie jemals die Gelegenheit haben wird, ihn kennenzulernen.

Ein Kloß bildet sich in meinem Hals, den ich jedoch hinunterschlucke. Ich zwinge mich, ihn zu ignorieren. Im Moment will ich einfach nur hier bei ihm sein. Ich will nicht, dass sich die Vergangenheit oder die Zukunft einmischt. Alles, was ich will, ist die Gegenwart.

Denn in diesem Moment ist die Gegenwart wundervoller als alles, was ich mir je hätte vorstellen können.

DER NÄCHSTE TAG bricht an und die Sonne strahlt. Der Himmel ist so klar und kristallblau, wie er es eigentlich nur manchmal im Winter ist, aber erstaunlicherweise ist die Temperatur für diese Jahreszeit ungewöhnlich warm.

Als ich die Augen öffne, ist Thorn bereits wach und liegt nicht mehr neben mir im Bett. Wie am ersten Morgen in unserem Versteck rieche ich den Geruch von Speck und Kaffee, der mir in die Nase steigt. Als ich mich an diesen Tag erinnere und darüber nachdenke, wie viel sich seither verändert hat, breitet sich ein Grinsen auf meinem Gesicht aus.

Zum ersten Mal sehe ich mich bei Tageslicht in Thorns Schlafzimmer um. Die Wände sind schiefergrau gestrichen, doch die Steppdecke und das gesamte Bettzeug sind in einem kräftigen, strahlenden Weiß gehalten. Seine Weste hängt auf einem Stuhl neben der Kommode. Meine Klamotten liegen auf dem Boden verstreut.

Ich ziehe meine Jeans und mein T-Shirt an und gehe in die Küche. Thorn schenkt gerade eine Tasse Kaffee ein und pfeift vor sich hin.

„Der Wetterfrosch sagt, dass es in den nächsten Tagen

warm werden soll", grummelt er, während er mir die Tasse reicht, die ich dankend annehme. „Ich habe gedacht, wir könnten mit dem Motorrad zum Clubhaus fahren."

„Klingt gut", nicke ich und nehme einen Schluck von dem Kaffee. Er ist stark, aber gut.

„Gunner hat vorhin angerufen", fährt er fort. „Klingt so, als hätten es sich ein paar der Old Ladys in den Kopf gesetzt, heute ein Barbecue zu veranstalten, weil das Wetter so schön werden soll." Er sieht mich mit einem sexy Grinsen an. „Hast du Lust dazu?"

Ich lächle ihn an. „Wenn du mir etwas von dem Speck gibst, werde ich alles tun, was du sagst."

„Alles, ja?" Er wackelt mit seinen Augenbrauen.

Ich schnaube. „Mr. O'Malley, *dafür* brauchst du mich nicht mit Speck zu bestechen."

Nach einem späten Frühstück – und einer ziemlich *langen* Dusche – ziehen wir uns an und machen uns auf den Weg zum Clubhaus. Ich bin nervös, nicht weil ich Angst vor dem MC habe – schließlich war ich mein ganzes Leben von Motorradclubs umgeben –, sondern weil ich aus irgendeinem Grund das Gefühl habe, dass es fast so etwas wie ein Test ist, einen guten Eindruck bei diesen Männern zu hinterlassen. Immerhin habe ich inzwischen ein paar von ihnen kennengelernt, und glaube, dass zumindest Beast und Gunner mich nicht hassen. Jetzt betrete ich allerdings deren Gebiet. Deren Revier. Und wenn ich etwas über MCs weiß, dann ist es, dass jeder davon seine eigene Kultur hat. Und es liegt an mir, mich anzupassen, nicht andersherum.

Thorn startet seine Harley und rollt sie aus der Garage, während er mir deutet, dass ich hinten aufsteigen soll. Ich folge seiner Aufforderung und schlinge meine Arme um seine Taille, bevor ich meine Füße auf die Rasten stelle. Als wir losfahren, beginne ich aufgrund der kalten Luft ein wenig zu zittern und drücke mich fester an seinen Rücken. Nachdem ich zum ersten Mal in Tanner Springs bin, gibt es viel für mich zu sehen, während wir durch die Stadt fahren. *Hier lebt Thorn also.* Hier spielt sich sein Leben ab. Es ist seltsam, sich vorzustellen, dass er all die Jahre hier verbracht hat. Ich habe nicht einmal zwei Stunden entfernt mein eigenes Leben gelebt. Ich redete mir ein, dass ich nur eines wollte: so weit wie möglich von den Death Devils und meinem Vater entfernt sein.

Und doch bin ich hier. Verliebt in das Mitglied eines rivalisierenden MC, wobei ich inständig hoffe, dass der heutige Tag nicht das Ende meiner Zeit mit Thorn bedeutet.

Um diesen Gedanken zu verdrängen, kneife ich fest meine Augen zusammen. Zum dutzendsten Mal, seit wir hier angekommen sind, nehme ich mir vor, keine Erwartungen zu haben. Ich versuche so gut es geht, jede Minute mit Thorn zu genießen, was auch immer die Zukunft bringen wird. Mit geschlossenen Augen ist es einfacher, die Vibrationen und Bewegungen des Motorrads zu spüren. Es ist schon komisch: Als kleines Mädchen war ich wegen meines Vaters von Motorrädern fasziniert. Als ich dann älter wurde, habe ich sie seinetwegen gehasst. Sie waren für mich immer ein Symbol für rohe, männliche Kraft. Aber auch für eine Welt, in der ich praktisch unsichtbar, unbedeutend war, weil man mich förmlich ausgeschlossen hatte. Aber hier auf dem Motorrad zusammen mit Thorn zu fahren, das liebe ich. Den Nervenkitzel. Diesen Nervenkitzel und das Gefühl der Freiheit, das man in einem Auto nie haben kann.

Viel zu bald hält Thorn vor einem großen, lagerhausähnlichen Gebäude mit Flachdach an. Er biegt auf den Parkplatz ein und parkt sein Motorrad am Ende einer langen Reihe von Harleys. An einer Seite gibt es einen Bereich mit Picknicktischen, einem großen Grill und ein paar Kinderfahrrädern, die quer verstreut liegen. Ich steige ab und warte, bis er das Motorrad auf dem Ständer abstellt.

„Bereit?", fragt er mich, während er aufsteht.

So bereit, wie ich nur sein kann. „Ja." Ich nicke.

Thorn streckt seine Hand aus, und ich nehme sie. Mein Herz schlägt mir fast bis zum Hals, und ich versuche, keine voreiligen Schlüsse darüber zu ziehen, was das zu bedeuten hat. Gemeinsam betreten wir das Clubhaus. Ich muss mich daran erinnern, weiter ein- und auszuatmen, statt versehentlich den Atem anzuhalten.

Kaum sind wir durch die Tür, werden wir von einem lauten Chor von Rufen begrüßt. Innerhalb von Sekunden sind wir von knallharten, tätowierten Männern umringt, die alle die Farben der Lords of Carnage auf ihren Westen tragen. Sie klopfen Thorn auf den Rücken und umarmen ihn brüderlich. Ein paar von ihnen, die ich noch von gestern kenne, halten sich zurück, grinsen und nicken mir stumm zum Gruß zu. Ich winke ihnen schüchtern zurück und lächle, als mir deren Namen nach der Reihe wieder einfallen: Angel, die Vizepräsidentin des Clubs. Gunner, mit seinem dunklen Haar und den blitzblauen Augen. Beast, der Riese der Gruppe. Ghost, Hawk, Sarge.

Sobald sich meine Augen an das Licht gewöhnt haben, stelle ich fest, dass nicht nur Männer hier sind. Ein halbes Dutzend Frauen kommt auf uns zu und wendet sich mir lächelnd zu. „Isabel!", sagt eine von ihnen. Sie hat hellbraune Augen und wunderschönes, schulterlanges blondes Haar. „Ich bin Alix, Gunners Freundin!"

„Alix! Oh mein Gott, du bist diejenige, die mir die ganzen Klamotten und den Kindle hochgeschickt hat!" Ich ergreife ihre Hand und drücke sie impulsiv.

„Genau!", strahlt sie und blickt auf das Shirt hinunter, das ich trage. Ich kichere, als ich bemerke, dass es eigentlich ihres ist. „Sieht so aus, als hätte ich bei der Größe richtig gelegen", zwinkert sie, „abgesehen davon, dass dir das Shirt etwas besser passt als mir!"

Ich lache und schüttle den Kopf. „Du hast keine Ahnung, wie sehr ich mich über alles gefreut habe, was du mir geschickt hast", schwärme ich. „Besonders über den Kindle. Ich glaube, damit hast du mich wirklich gerettet."

„Da bin ich aber froh!", grinst sie. „Als Gunner mir gesagt hat, dass Thorn jemanden im Versteck bewachen soll, habe ich versucht, mir vorzustellen, was zur Hölle ihr dort oben ganz allein tagelang machen solltet."

„Sieht aus, als hätte sie *etwas* gefunden, womit sie sich beschäftigen konnte", sagt die Frau neben ihr und nickt in Thorns Richtung. Sie hat wunderschönes dunkelrotes Haar und haselnussbraune Augen. „Oder besser gesagt *jemanden*, mit dem sie sich beschäftigen konnte."

Bevor ich versuchen kann, zu antworten, rollt Alix mit den Augen. „Diese neugierige Person hier ist Sydney", sagt sie und nickt in Richtung der Rothaarigen. „Sie ist mit Brick zusammen, das ist der da drüben." Ich schaue in die Richtung, in die sie zeigt, und erkenne den großen, stark tätowierten Mann mit schwarzem, militärisch geschnittenem Haar wieder, der zum Schluss mit uns im Ferienhäuschen war.

„Verdammt ...", murmle ich. Die Frauen fangen alle an zu lachen.

„Verdammt trifft es wohl ziemlich gut", zwinkert Sydney. „Ich würde dir ja sagen, dass du dich zurückhalten sollst, aber so wie du und Thorn hier hereingekommen seid, brauche ich mir wohl keine Sorgen zu machen."

„Das stimmt wohl", wirft eine dritte Frau mit langen,

dunkelbraunen Haaren ein. „Ich bin Samantha", lächelt sie. „Ich gehöre zu Hawk."

„Ich bin Jenna, die Frau von Ghost", sagt eine zierliche Blondine. „Und das ist Jewel. Sie ist hier die Barkeeperin."

„Hi!" Eine große, statuenhafte Schönheit mit dunkelblondem Haar winkt mir kurz zu.

„Hallo", sage ich. Langsam überfordern mich all die Namen ein wenig.

„Also", sagt die Frau namens Sydney. „Jetzt zu Thorn!"

„Ähm ...", stammle ich und werde rot. „Ich, hmm ..."

„Nein", schüttelt Jenna ironisch den Kopf. „*Ähm* und *hmm* reichen nicht aus. Wir brauchen Details. Du hast den Großteil des letzten Monats allein mit diesem Mann verbracht. Und man muss kein Hellseher sein, um zu erkennen, dass ihr in der Zeit mehr getan habt, als Gesellschaftsspiele zu spielen."

„Ich ...", stottere ich. „Also ich ..."

„Oh, Mann. Jewel, dieses Mädchen braucht etwas flüssigen Mut", lacht Jenna und hakt sich bei mir ein. „Komm schon, Isabel. Der große runde Tisch dort drüben ist jener Platz, an dem wir Old Ladys uns gern unterhalten. Wir werden dich schon locker bekommen. Aber ich warne dich schon jetzt, du wirst deinen Stuhl nicht verlassen, bis wir dich zum Reden gebracht haben. Selbst wenn wir dich dafür fesseln müssen."

Ihre Worte klingen ungewollt so perfekt, dass ich anfange zu lachen. „Ladys", schnaube ich, „Herausforderung angenommen."

31

ISABEL

Seit Stunden befinde ich mich gemeinsam mit den Lords, ihren Old Ladys und einer Handvoll Kindern, die wie die Wilden herumrennen, draußen vor dem Clubhaus. Irgendwie kommt es mir so vor, als würde ich diese Leute schon fast mein ganzes Leben lang kennen. Vielleicht liegt es auch an den paar Schnäpsen und dem einen Bier, das ich getrunken habe, aber ich kann mich nicht erinnern, wann ich mich das letzte Mal so wohl in einer Gruppe von Menschen gefühlt habe.

Dieses wohlige Gefühl, endlich in Sicherheit und unter Freunden zu sein, erinnert mich an etwas, das ich viel zu lange vernachlässigt habe. Ich trete von der Gruppe weg, fische mein ramponiertes Handy aus meiner Tasche und schalte es ein. Erstaunlicherweise funktioniert es immer noch, obwohl Thorn es gegen die Wand geschleudert hat. Erleichtert lächelnd starre ich auf den zerbrochenen Bildschirm und wähle eine Nummer.

„Isabel?" Debs Stimme klingt hoch und weinerlich, als sie abnimmt. „Bist du da?"

„Deb! Ja, ich bin's! Es tut mir so leid! Mir geht es gut! Ich schwöre es dir! Ich bin in Sicherheit!"

„Oh, mein Gott!" Deb bricht sofort in Tränen aus. „Oh mein Gott, Izzy, ich habe mir solche Sorgen gemacht! Wo *steckst* du nur? Ich habe so oft versucht, dich anzurufen!"

„Ich bin in Tanner Springs", sage ich ihr und verschlucke mich vor lauter Liebe zu meiner Freundin beinahe. „Mir geht es wirklich gut. Ich wollte mich nur bei dir melden. Ich verspreche, wenn ich gekonnt hätte, hätte ich dich angerufen. Ich fühle mich schrecklich – ich weiß, dass du dir vermutlich große Sorgen gemacht hast!"

„Was ist passiert?", klagt sie. „Wo *warst* du? Als ich mit Ralph in die Bar zurückgekommen bin, warst du einfach ... weg!"

„Das ist eine lange Geschichte, ich verspreche jedoch, sie dir zu erzählen, sobald ich wieder in der Stadt bin." Dann fällt mir etwas ein. „Oh, es tut mir unendlich leid, aber ich habe deinen Absatz abgebrochen."

Deb fängt halb hysterisch an zu lachen. „Isabel, das waren echte Manolo-Imitate!"

Erfüllt von plötzlicher Wärme und Erleichterung, dass alles zwischen uns wieder normal ist, pruste ich erleichtert los. „Ich verspreche, sie dir bei unserem nächsten Shopping-Trip zu ersetzen."

„Wann kommst du zurück?", fragt sie und schnieft ein wenig.

Ich schaue zu der Gruppe hinüber und lasse meinen Blick über die einzelnen Personen schweifen, bis ich Thorn entdecke.

„Ich bin mir noch nicht ganz sicher", gebe ich zu. „Ich habe sozusagen ... jemanden kennengelernt. Aber das ist eine lange Geschichte."

. . .

NACHDEM ICH DAS Gespräch mit Deb beendet habe, gehe ich zurück, um mich weiter mit den Old Ladys zu unterhalten. Thorn verbringt den größten Teil des Nachmittags damit, mit den Männern abzuhängen, doch gelegentlich treffen sich unsere Blicke. Jeder der Blicke, die er mir zuwirft, löst einen Hitzeschub in mir aus, der mir mehr als nur unter die Haut geht. Von Zeit zu Zeit bemerkt das eine der Frauen, und eine weitere Runde gut gemeinter Sticheleien beginnt.

„Ich weiß nicht, was du mit Thorn gemacht hast, meine Liebe", sagt Alix, die neben mir steht. „Aber es sieht so aus, als würdest du hier zu einem festen Bestandteil werden."

Ohne, dass ich es möchte, überkommt mich ein plötzlicher Anflug von Zweifel. „Glaubst du das wirklich, Alix?", frage ich sie, wende mich ihr zu und beschließe, meine Karten auf den Tisch zu legen. „Weil ... ich bin mir ziemlich sicher, dass ich in ihn verliebt bin."

Sie lächelt mich freundlich an und nickt. „Darauf würde ich eine Hypothek verwetten", grinst sie. „Er ist *sowas von* verliebt in dich. Willst du mir ernsthaft erzählen, dass ihr beide noch nicht darüber gesprochen habt?"

„Nicht wirklich", murmle ich. „Ich meine, in den letzten paar Tagen hatten wir nicht wirklich Zeit. Und dann ..." Ich zucke mit den Schultern. „Ich glaube, ich hatte wohl einfach Angst, irgendetwas anzusprechen. Ich habe einfach ..." Ich schlucke schwer. „Ich will einfach nicht, dass das hier zu Ende ist, weißt du?"

„Oh, Süße, vertrau mir", sagt Alix lachend und legt einen Arm um mich. „Wenn ein Mann wie Thorn einen *solchen* Blick aufsetzt? Dann hat er sich entschieden. Er ist nur noch nicht dazu gekommen, es dir zu sagen. Aber das wird er."

„Ich hoffe, du hast recht", antworte ich reumütig.

„Ganz sicher." Sie nickt. „Und ich bin froh darüber.

Thorn ist ein guter Mann. Er hat jemanden wie dich verdient. Und es ist auch gut, eine weitere Old Lady dazuzubekommen. Diese Männer können ganz schön anstrengend sein. Wir brauchen einander, um uns zu unterstützen."

Ich sehe zu Thorn hinüber, der sich mit Gunner, Beast und Angel unterhält. „Da hast du recht", grinse ich.

WENIG SPÄTER VERSCHWINDET Thorn für eine Weile im Haus. Als er zurückkommt, sieht er mir in die Augen und kommt direkt auf mich zu.

„Tja, es sieht so aus, als würde Isabel uns für eine Weile verlassen, Mädels", verkündet Sydney und hebt ihr Bier.

„Tut mir leid, Ladys, ich muss sie euch für eine Weile entführen", grinst Thorn und legt seine Hand um meine Taille.

„Tschüss, Isabel!", rufen mir ein paar von ihnen hinterher. „Viel Spaß bei deinem *Ritt!*"

„Oh, mein Gott", schnaube ich, als Thorn mich weg begleitet. „Diese Ladys sind nicht gerade schüchtern, oder?"

„Sie haben alle eine starke Persönlichkeit, soviel ist sicher", stimmt er amüsiert zu. „Das müssen sie auch haben, wenn sie es mit diesem Haufen aushalten wollen."

Thorn bringt mich ins Clubhaus und führt mich über eine Treppe in den zweiten Stock hinauf. Ich blicke zu ihm hoch und bemerke, dass sein Gesicht so entspannt ist, wie ich es noch nie zuvor gesehen habe. „Du bist froh, wieder hier zu sein, nicht wahr?"

„Ja." Er nickt einmal und gluckst. „Ich bin froh, dass es vorbei ist, und dass du in Sicherheit bist."

„Ja, es fühlt sich wirklich gut an, dass diese Gefahr nicht mehr über uns schwebt."

Wir halten vor einer geschlossenen Tür an. Thorn dreht

sich zögernd zu mir um. „Ich habe mit Angel über die Aufräumarbeiten gesprochen. Nachdem wir gefahren sind."

Ich habe mir nicht erlaubt, darüber nachzudenken, aber jetzt, wo Thorn es anspricht, kann ich nicht anders, als zu fragen.

„Was ist mit den Leichen?", frage ich und erschaudere ein wenig.

„Erledigt", nickt er. „Und ich denke, es freut dich sicher zu hören, dass die Brüder etwas Bargeld in einen Umschlag gesteckt, und ihn durch den Briefschlitz des Büros geworfen haben." Er schenkt mir ein grimmiges Lächeln. „Als kleinen Anreiz für die Besitzer, den Schaden nicht weiter zu untersuchen."

Ich atmete tief durch. „Das ist gut. Ich habe mich schlecht gefühlt, weil wir das Ferienhäuschen so zurückgelassen haben."

„Der Schaden war ziemlich gering. Also abgesehen von ein paar Einschusslöchern."

„Ich wette, das ist mehr Aufregung, als es die Besitzer gewohnt sind", sage ich lachend, und schüttle reumütig den Kopf.

„Wahrscheinlich", stimmt Thorn zu. „Außerdem habe ich gerade mit Rock, unserem Präsidenten, geredet. Er ist der große, stämmige, schroff aussehende Mann. Ich wollte ihn wissen lassen, wie alles ausgegangen ist. Und wie unser aktuelles Verhältnis zu den Death Devils ist."

„Oh?"

„Ja. Diese Bodyguard-Sache für Oz war ein Gefallen, den unser Club ihm getan hat. Ein Weg, um die Freundschaft zwischen den beiden Clubs zu festigen."

„Verstehe", murmle ich, wobei sich mein Herz ein wenig zusammenkrampft. „Deshalb hast du es also getan."

„Ja. Es ist eine ganze Menge davon abgehangen." Thorn

öffnet die Tür und deutet mir mit dem Kopf, einzutreten. Es handelt sich um eine kleine Wohnung mit einer Kochnische, einem Wohnbereich und einem großen, bequemen Bett. „Deshalb musste ich Rock danach von meinem Gespräch mit Oz erzählen."

„Ist alles gut gelaufen?", frage ich verwirrt. Thorn zieht seine Weste aus und wirft sie auf die Lehne der Couch.

„Ja. Allerdings war die Situation zwischen mir und Oz deswegen etwas angespannt. Ich konnte nicht einschätzen, wie er reagieren würde."

„Warum?" Ich runzle die Stirn. „Ich habe gedacht, du wolltest ihm nicht sagen, dass ich dabei war, als ihr Fowler geschnappt habt?"

„Das habe ich auch nicht." Thorn tritt vor und zieht mich in seine Arme. „Aber es gibt eine Sache, die ich dir über mein Gespräch mit Oz nicht erzählt habe."

„Was denn?"

Er greift nach oben und streichelt mit seinem Daumen sanft über meinen Kiefer.

„Ich habe ihm gesagt, dass ich in seine Tochter verliebt bin."

Meine Augen füllen sich mit Tränen. In meiner Kehle bildet sich ein Kloß, der es mir fast unmöglich macht, zu sprechen. „Das hast du ihm gesagt?", flüstere ich.

„Ja." Er gluckst. „Eine Sekunde lang habe ich gedacht, er würde direkt jemanden schicken, um mich umbringen zu lassen. Aber so weit, so gut."

„Das wäre ohnehin nicht so leicht möglich", sage ich leise. „Mit mir als deinem Bodyguard."

„Allerdings", murmelt Thorn. „Allerdings."

„Ich habe schon Angst gehabt, dass die Sache hier zu Ende sei", flüstere ich. Ein paar Tränen kullern über meine Wangen, die Thorn sanft wegwischt. „Dazwischen habe ich mir schon fast gewünscht, wir könnten zurück in unser Ferienhäuschen gehen."

„So leicht wirst du mich nicht los, Sibéal." Thorn hebt mich hoch, lehnt mich an die Wand und legt meine Beine um seine Taille. „Seit ich Irland verlassen habe, hatte ich kein Zuhause mehr. Wie sich herausgestellt hat, bist du jetzt mein Zuhause. Im Ferienhaus, im Versteck, in meiner Wohnung oder hier. Das spielt keine Rolle."

Von unten ruft eine männliche Stimme zu uns herauf. „Thorn!"

„Sieht so aus, als würde dich jemand rufen", sage ich.

„Tja, das haben wir gleich." Thorn greift hinüber und reißt die Tür auf. „Verpiss dich!", ruft er. Dann schließt er die Tür wieder und dreht den Schlüssel im Schloss. „Wir werden diesen Raum nicht verlassen, bis ich bekommen habe, weswegen ich hergekommen bin."

Ich kichere. „Und was ist das?"

„Ich beanspruche meine Old Lady für mich", knurrt er und beugt sein Gesicht zu meinem. „Wild, immer wieder und bis wir beide zu wund sind, um uns zu bewegen. Oder bis das Bett kaputtgeht oder das Clubhaus abbrennt."

EPILOG

THORN

M ein Gehirn fühlt sich buchstäblich an, wie Kartoffelbrei", stöhnt Isabel und klappt ihren Laptop zu.

„Das war die letzte, richtig?", frage ich. „Jetzt hast du einen Monat Zeit, dich zu erholen, bevor das Frühjahrssemester beginnt."

„Die Zeit könnte eventuell nicht ausreichen", seufzt sie. „Das war die schwerste Prüfung, die ich je geschrieben habe. Gott, ich *hasse* Statistik."

„Gut also, dass du es hinter dich gebracht hast", antworte ich und beuge mich vor, um sie auf den Kopf zu küssen. „Es ist also an der Zeit, deine Weihnachtsferien offiziell zu beginnen. Also dann, lass uns loslegen."

„Wovon sprichst du?" Isabel dreht sich zu mir um und sieht mich verwirrt an.

„Ich fahre mit dir in den Weihnachtsurlaub", antworte ich. „Die Koffer sind gepackt und schon im Auto. Komm schon, wir müssen los."

„Machst du Witze?" Sie sieht mich verwirrt an.

„Sehe ich aus, als würde ich Witze machen?", schieße

ich zurück und werfe ihr einen strengen Blick zu. „Also, hoch mit dir. Bring mich nicht dazu, meine Beherrschung zu verlieren. Ich bin nicht daran gewöhnt, dass man mir widerspricht."

Diese Reise habe ich seit über einem Monat geplant. Irgendwie habe ich es geschafft, es die ganze Zeit über vor Isabel geheim zu halten. Dies ist das Ende ihres ersten Semesters auf dem College, und der erfolgreiche Abschluss all ihrer Kurse muss gefeiert werden. Sie hat sich für einen Online-Studiengang eingeschrieben, um Krankenschwester zu werden. Im Moment arbeitet sie noch an den Voraussetzungen, aber – mit Ausnahme von Statistik – scheint es ihr bisher ziemlich gut zu gefallen. Wenn sie nicht gerade ihre Online-Kurse absolviert, leistet sie ehrenamtliche Arbeit im örtlichen Krankenhaus. Sie hat dieses Semester unglaublich hart gearbeitet, und ich könnte nicht stolzer auf sie sein.

„Wohin fahren wir?", fragt Isabel, als ich sie in die Garage schiebe und in den Wagen verfrachte.

„Das ist eine Überraschung."

„Im Ernst?" Isabel verzieht den Mund, als ich ihre Tür schließe und auf die andere Seite gehe.

„Ja, im Ernst. Jetzt mach es dir bequem und hör auf, Fragen zu stellen. Wir werden noch eine Weile im Auto sitzen."

Um unser Ziel zu erreichen, werden wir etwa eine Stunde lang fahren, was ich Isabel jedoch nicht sage. Tatsächlich erzähle ich ihr überhaupt nichts, obwohl sie mich die ersten zwanzig Minuten wie verrückt damit nervt. Schließlich begreift sie, dass ich mein Geheimnis wirklich nicht preisgeben werde, und fängt an, offensichtlich zu schmollen, bis ich sie auslache und ihr sage, dass sie schlimmer ist, als ein kleines Kind.

Tatsächlich braucht sie viel länger, um unser Ziel

herauszufinden, als ich es angenommen hätte, was ich ihr allerdings nicht verübeln kann. Schließlich hatte sie das letzte Mal, als wir hierhergefahren sind, den ganzen Weg über die Augen verbunden. Immer wieder werfe ich einen Blick zu ihr hinüber, um zu sehen, wann ihr ein Licht aufgeht. Schließlich – als ich auf einer zweispurigen Straße langsamer werde und in eine Einfahrt einbiege, die von der Straße aus kaum zu sehen ist – zählt sie eins und eins zusammen.

„Thorn!", kreischt sie mit strahlenden Augen. „Oh mein Gott! Wir fahren zu unserem Versteck!"

„Wir nennen es Connegut", erkläre ich ihr. „Wegen des Flusses, an dem es liegt. Ich habe gedacht, wir bleiben erst mal eine Woche hier oder so. Ein oder zwei Tage nach Weihnachten fahren wir dann zurück nach Tanner Springs."

Sie stößt einen kleinen Schrei aus und hüpft ein paar Mal in ihrem Sitz auf und ab. „Oh, das klingt perfekt! Ich liebe es hier so sehr!"

Diese Reise nach Connegut ist der letzte gemeinsame Urlaub, bevor im Frühjahr wegen der Hochzeit die Hölle losbrechen wird. Die haben wir direkt nach dem Abschluss von Isabels Kursen im Mai geplant. Alix, Samantha, Sydney, Jenna und Isabels Freundin Deb haben, um ehrlich zu sein, die meiste Arbeit geleistet. Meine Ma hat mich seither wöchentlich angerufen, um sich zu vergewissern, dass Isabel nicht doch noch zur Vernunft gekommen ist, und alles abgeblasen hat. Ma hat den Kauf ihres Flugtickets von Irland hierher bis zur letzten Minute hinausgezögert, obwohl Isabel ihr wiederholt versichert hat, dass sie es sich nicht anders überlegen wird. Sogar Isabels Mutter reist für die Feierlichkeiten aus Venezuela an.

Die Lords of Carnage werden natürlich alle dabei sein,

ebenso wie deren Old Ladys und deren Familien. Und die Death Devils. Isabel scherzt gerne darüber, dass es wie eine königliche Hochzeit sein wird. Die Vereinigung von zwei Häusern und dieser ganze Scheiß.

Als wir am späten Nachmittag vor dem Haus vorfahren, wird es gerade dunkel. Alle möglichen Erinnerungen kommen in mir hoch, und wenn ich zu Isabel hinüberschaue, kann ich sehen, dass das auch auf sie zutrifft. Hier hat für uns alles angefangen. Hier habe ich gelernt, sie zu hassen. Und dann habe ich gelernt, sie zu lieben.

Wir sind ein gutes Team und tragen gemeinsam unsere Taschen und die Lebensmittel, die ich eingepackt habe, ins Haus. Der vertraut muffige Geruch empfängt uns, sobald wir durch die Tür schreiten. Ich schalte die Heizung ein und gehe hinaus, um etwas Brennholz von dem Stapel neben dem Haus zu holen. Als ich mit einer Ladung voll Holz zurückkomme, um ein Feuer zu machen, blickt Isabel vom Einräumen der Lebensmittel hoch und lächelt.

„Weißt du, ich habe dich immer vom Fenster aus beobachtet, wenn du Holz gehackt hast", grinst sie.

„Ich bin hinausgegangen, um vor dir zu flüchten." Ich schüttle den Kopf.

„Gott, du warst so ein Arschloch, als wir das erste Mal hier waren", lacht Isabel. Sie steht mitten in der Küche und dreht sich im Kreis wie ein Kind. „Ständig so launisch und grüblerisch."

„Ich habe versucht, mich davon abzulenken, wie sehr ich an dein Höschen kommen wollte", antworte ich. „Ich habe versucht, Abstand zu halten. Dich dazu zu bringen, mich zu hassen, war Teil meiner Strategie."

Ihre Augen funkeln. „Nach dem ersten Mal, als wir Sex hatten, habe ich angefangen, mich knapper zu kleiden, um dich dazu zu verleiten, es wieder zu tun."

Ich komme auf sie zu und lege von hinten meine Arme um sie. „Du kleine Füchsin", schimpfe ich und knabbere an ihrem Ohrläppchen. „Tja, es hat wunderbar funktioniert, ich hoffe, du bist zufrieden."

„Sehr", seufzt sie. „Weißt du, wir hätten schon viel früher damit anfangen sollen, miteinander Sex zu haben", fährt sie verträumt fort. „Stell dir vor, wie viele Stunden der Langeweile wir uns hätten ersparen können. Mein Gott, weißt du noch, wie gelangweilt wir waren? Und du wolltest nicht einmal mit mir Karten spielen oder irgendetwas anderes machen!"

„Ich kann mich nicht erinnern, mich geweigert zu haben, mit dir Karten zu spielen", erwidere ich stirnrunzelnd. „Warum sollte ich das tun? Bist du sicher, dass du dir das nicht nur einbildest?"

„Doch, das hast du!", beharrt sie. „Ich erinnere mich genau, dass ich in dieser Schublade hier Karten gefunden und dich gefragt habe." Isabel durchquert das Zimmer und geht zum Beistelltisch neben der Couch. Sie lässt sich auf den Boden sinken und öffnet sie.

„Was machst du da?"

„Ich suche nach einem Spiel, das wir spielen können!"

Ich bin völlig perplex. „Du willst ein *Spiel* spielen? Machst du Witze? Meinst du nicht, dass uns etwas Besseres einfällt, um uns die Zeit zu vertreiben?"

Doch Isabel entdeckt, wonach sie gesucht hat, und stößt einen triumphierenden Schrei aus.

„Candyland!", kreischt sie vergnügt, hält eine Schachtel hoch und schüttelt sie vor meiner Nase.

„Was soll das werden?" Ich runzle die Stirn. „Was zur Hölle ist Candyland?"

„Willst du mich verarschen? Du meinst, du hast das noch nie gespielt?"

„Ich glaube, ich würde mich daran erinnern, wenn ich etwas mit einem so bescheuerten Namen wie Candyland gespielt hätte!"

„Es ist ein Spiel für kleine Kinder", erklärt sie. „Es ist für Kinder ab drei Jahren. Man muss nichts können, außer bis zwei zu zählen und sich seine Farben zu merken." Isabel steht auf und legt das Spiel auf den Couchtisch. „Das spielen wir später auf jeden Fall."

„Du kannst doch nicht *ernsthaft* von mir verlangen, ein Spiel für Dreijährige zu spielen, Isabel", protestiere ich und werfe ihr meinen bösesten Blick zu.

Sie neigt den Kopf zur Seite und zwinkert mir schmutzig zu. „Wie wäre es denn mit *Strip*-Candyland?"

Isabel schenkt mir ein umwerfendes Grinsen, und schon bin ich hin und weg.

„Gut", seufze ich und rolle mit den Augen, als würde ich schmollen. „Dann spielen wir eben dein Spiel."

WAS WIR AUCH TUN. Nach dem Abendessen legt Isabel das Spielbrett, die Figuren und die Kärtchen bereit, und ich spiele mit Strip-Candyland, als wäre es eine verdammt normale Sache, damit einen Abend zu verbringen. Natürlich müssen wir uns die Regeln erst nach und nach ausdenken, denn das Spiel ist nicht unbedingt dafür konzipiert. Am Anfang bereue ich, dass ich überhaupt zugestimmt habe. Doch dann muss Isabel ihr Shirt ausziehen, und die Sache beginnt langsam, interessanter zu werden.

Irgendwann mitten im Spiel deutet Isabel plötzlich aus dem Fenster. Draußen hat es angefangen, riesige, dicke Flocken vom Himmel zu schneien. Es sieht verdammt schön aus. Als wir gemeinsam zusehen, wie es immer weiter schneit, bemerke ich, dass ich verdammt glücklich bin, einfach nur mit Isabel hier sein zu können.

Gott, wie habe ich diesen Ort einst *gehasst*. Und jetzt bringt er mich fast zum Lachen. Dass sich das geändert hat, ist Isabels Verdienst. Genauso, wie sie fast jeden anderen Aspekt meines Lebens geändert hat. Jetzt könnte ich eine gefühlte Ewigkeit hierbleiben, solange sie hier bei mir ist. Nur wir beide, versteckt vor der Welt.

Es stellt sich heraus, dass ich im Strip-Candyland besser bin, als man es von einem Mann je erwarten sollte. Schließlich sitzt Isabel nur noch in BH und Slip da, und ich bin kurz davor, durchzudrehen, weil ich einfach nur dasitze und nichts unternehme. Sie besteht allerdings darauf, dass wir das Spiel zu Ende spielen, und hat sichtlich Spaß daran, mich damit zu ärgern.

„Ha!", sagt sie, als sie an der Reihe ist, hält die Karte, die sie gerade gezogen hat, hoch, und zeigt sie mir. Zwei rote Quadrate – das bedeutet, dass ich etwas ausziehen muss. Bis auf Stiefel, Socken und meine Weste bin ich noch ziemlich vollständig bekleidet, also ist es an der Zeit, mein Shirt auszuziehen. Das heißt, es ist auch an der Zeit, ihr meine kleine Überraschung zu zeigen.

„Ich habe ein verfrühtes Weihnachtsgeschenk für dich", sage ich ihr.

Isabel rollt mit den Augen. „Du willst nur Zeit schinden."

„Überhaupt nicht." Ich greife an den Saum meines Shirts.

„Oh, dieses Geschenk gefällt mir jetzt schon!", grinst sie. „Aber bleiben wir bei der Wahrheit. Ich habe dein Shirt fair und ehrlich gewonnen."

„Kannst du vielleicht auch mal die Klappe halten?",

schimpfe ich sie. „Und überhaupt, das Shirt ist nicht das Geschenk. Sondern das hier."

Ich ziehe mein Shirt ganz aus, sodass ein Klebeverband auf meinem rechten Brustkorb zum Vorschein kommt. Isabel schaut verwirrt zu, als ich den Verband abziehe und ihr das Tattoo zeige, das ich mir heute Morgen bei Rebel Ink habe stechen lassen, während sie für ihre letzte Prüfung gelernt hat.

Es ist ein Seestern.

Isabels Augen werden groß, ihre Lippen öffnen sich vor Erstaunen.

„Es war an der Zeit, dass ich mit Tinte auf mir verewige, was dich repräsentiert", sage ich. „Ich konnte mir nichts Besseres vorstellen als das hier. Deine Mutter hatte recht: Du bist das Meer und die Sterne, Isabel. Aber du bist auch das Geschöpf, das sich regeneriert. Du bist unverwüstlich. Du bist unaufhaltsam." Ich nehme sie in meine Arme. „Und das Beste ist, du gehörst mir."

Isabels Augen leuchten im Schein des Feuers. „Ja, das tue ich." Als sie sich an mich drückt, fallen ihre Augen vor Verlangen immer weiter zu. „Ich verliere das Spiel", flüstert sie mir zu. „Bring mich ins Bett, Mr. O'Malley."

„WIE SICH HERAUSGESTELLT HAT, mag ich Candyland irgendwie", sage ich danach.

Isabel lacht, wobei sie immer noch schwer atmet. „Auf diese Weise sollte man es zwar eigentlich nicht spielen, obwohl es so *wesentlich* mehr Spaß macht." Sie legt ihren Kopf auf meine Brust. „Schon komisch, dass es hier, im Versteck eines MC, ein Kinderspiel gibt."

Ich zucke mit den Schultern. „Einige der Lords haben

Kinder. Ich nehme an, eine der Familien hat es hier zurückgelassen."

Einen Moment lang herrscht angenehmes Schweigen zwischen uns. Bisher haben wir noch nicht über Kinder gesprochen, ich weiß jedoch, dass sie früher oder später kommen werden. Es hat eine Zeit gegeben, in der ich gesagt hätte, dass das das Letzte ist, was ich mir jemals wünschen würde. Das war allerdings, bevor ich Isabel getroffen habe. Bevor ich ein Zuhause gehabt habe.

„Ich kann mir dich gut vorstellen ...", flüstert sie. „Wie du Candyland mit einer Miniaturausgabe von dir spielst."

„Oder von dir", antworte ich.

„Nein. Ich möchte zuerst einen Jungen." Ich kann das Lächeln in ihrer Stimme hören. „Er soll James heißen. Jimmy."

Als sie den Namen meines Cousins ausspricht, stockt mir der Atem. Der Cousin, den ich nicht beschützen konnte. Zum ersten Mal seit all den Jahren schießt der Gedanke an ihn nicht wie ein Stich durch mein Herz.

Ich werde mir immer wünschen, dass die Dinge anders gelaufen wären. Dass ich sehen hätte können, wie Jimmy aufwächst. Wie er ein Mann wird. Eine eigene Familie gründet. Ein Vater wird. Wie er vielleicht sogar ein besserer Vater geworden wäre, als es die meisten Menschen um uns herum geschafft haben.

Hätte ich Jimmy retten können, wäre ich nie in die Staaten gekommen. Wäre nie den Lords beigetreten. Hätte nie Isabel getroffen.

„Jimmy, hm?", wiederhole ich fragend. Die Worte kommen heiser heraus. „Ja, das könnte gut passen."

Es ist an der Zeit, nicht mehr zu bedauern, was hätte sein können.

In der Vergangenheit zu leben, wird mir Jimmy nicht zurückbringen. Ich kann ihn nicht zurückbringen.

Aber vielleicht ist es ein erster Schritt, seinen zukünftigen Cousin nach ihm zu benennen.

Gemeinsam können Isabel und ich unser Bestes tun, damit die Erinnerung an ihn weiterlebt.

Vielen DANK, dass du THORN gelesen hast!

Ich hoffe, die Geschichte von Thorn und Isabel hat dich berührt. Ich liebe es, wie Isabel Thorns Ecken und Kanten geglättet hat und wie sie ihm beigebracht hat, an die Zukunft zu glauben.

In BEAST, dem nächsten Buch der Lords-of-Carnage-Reihe, werdet ihr mehr von Thorn und Isabel zu lesen bekommen!

Hol dir BEAST jetzt!

Daphne Loveling ist ein Mädchen aus der Kleinstadt, das als junge Erwachsene auf der Suche nach Abenteuern in die Großstadt gezogen ist. Sie lebt mit ihrem fabelhaften Mann und deren zwei Katzen im Mittleren Westen der USA. Eines Tages möchte sie sich an einem Sandstrand zur Ruhe setzen und mit Sand zwischen den Zehen weiterschreiben.

Kontaktiere sie per E-Mail unter daphne@ daphneloveling.com

Manufactured by Amazon.ca
Acheson, AB

13790254R00176